Peter Rospert

SERIENMORD IN HEIDENHEIM

Schwabenkrimi

Oertel+Spörer

Mit besonderem Dank an Conny,
die es für richtig hielt, die Espressopausen
der Helden um die Hälfte zu reduzieren.

Peter Rospert

Als Elias um achtzehn Uhr von seinem Job nach Hause kam, stieg er zuerst in den Keller hinab, wo der rostige Metallspind stand, denn er hatte sich vorgenommen, dessen Inhalt endgültig aufzulösen, weil er sich auf das neue Ziel vorbereiten wollte.

Er öffnete das kleine Messingschloss mit einer knappen Drehung des Schlüssels und zog den blanken Bügel aus dem Gehäuse. Dann nahm er das Schloss aus der Lasche und öffnete die Tür mit einem Ruck. Ein dumpfer Geruch schlug ihm entgegen. Er musterte die einzelnen Kleidungsstücke auf der Stange, bevor er sie von der einen Seite zur anderen schob. Missmutig wiederholte er den Vorgang in entgegengesetzter Richtung, bis seine Aufmerksamkeit auf eine schäbige Jacke fiel, olivgrün und mit einem Bund. Er nahm sie vom Bügel und war überrascht, welche Zeichen und Symbole er damals auf der Vorderseite angebracht hatte. Auf der linken Brustseite prangte der Zahlencode *444*, also die dreimalige Verwendung des vierten Buchstabens im Alphabet, was für Eingeweihte nichts anderes bedeutete als *Deutschland den Deutschen.* Dabei sah er sich wieder in der Gruppe Gleichgesinnter bei der Demo auf Stuttgarts Königstraße, als sie gegen Überfremdung durch Immigranten, damals besonders aus Südosteuropa, protestierten. Mit siebzehn war er eingetreten, mit neunzehn hatte er die *Kameradschaft Südwest* wieder verlassen, was sie ihm übel nahmen. Sie stellten ihm nach, leerten seinen Briefkasten, um sich über seine Pläne zu informieren; kamen mit Angeboten und Drohungen. Obwohl er schon über drei Monate keine Aktivitäten der Gruppe feststellen konnte, fühlte er sich dennoch beobachtet. Jetzt war er zwanzig, und nach einer mühsamen Zeit der Neuorientierung gottlob Meilen von der Vorstellungswelt dieser militanten Unterwerfungskultur entfernt. Eines Tages hatte er es satt; er sagte sich: Elias Kühn, nun wird es Zeit, deiner Lebensbahn eine neue Form zu geben.

Elias war mittelgroß, stämmig und besaß wasserhelle Augen mit strohblonden Wimpern, die aus seinem blassen Gesicht auffällig hervortraten. Sein kurzes rötliches Haar kräuselte sich leicht, sobald man ihm eine gewisse Länge gestattete. Die »Kameraden« hatten ihn häufig als den »idealen germanischen Typ« bezeichnet, und Elias hatte in der ersten Zeit seiner Mitgliedschaft bei der *Kameradschaft Südwest* nicht gewusst, ob er über dieses Prädikat froh oder verärgert sein sollte.

Jetzt war es an der Zeit, die Relikte einer pubertären Episode ein für alle Mal zu beseitigen. Und er würde nicht nur dies tun – er würde sich aus allen Verbindlichkeiten und alten Abhängigkeiten lösen, er würde frei sein für die neue, vielversprechende Aufgabe. Doch nun musste er sich zunächst um die materiellen Dinge kümmern.

Oben angekommen, wählte er den Nebeneingang zur Garage, die sich dicht ans Haus schmiegte und Platz für zwei Fahrzeuge bot. Beim Eintreten erkannte er im Halbdunkel den alten mattblauen VW-Passat seiner Mutter. Also war sie schon von der Schule aus Geislingen zurück, wo sie Religion und Ethik unterrichtete. Der Wagen seines Vaters war nur selten in der Garage abgestellt, weil er sich häufig tagelang geschäftlich unterwegs aufhielt.

Die Kartons hatte er an der gegenüberliegenden Wand gestapelt und tastete sich um das Fahrzeug herum. Wegen einer durchgebrannten Glühbirne ließ sich die Beleuchtung nicht einschalten, dennoch bemerkte er einen dunklen Streifen auf dem hellen Betonboden. Ohne das kleine Lüftungsfenster, durch das etwas Licht eintrat, hätte er den Streifen nicht bemerkt, obwohl er unweigerlich darauf getreten war.

Er angelte sich zwei mittelgroße Kartons, die seiner Einschätzung nach, bereits den größten Teil seiner Utensilien aufnehmen würden und machte kehrt. Nun sah er auch, dass seine Sohlen eine Spur auf dem Estrich hinterlassen hatten – dunkle Farbe, dachte er – wenn nicht Farbe, was dann?

Im nächsten Moment war ihm klar, dass er in eine Blutspur getreten war. Zwei Zentimeter breit, und etwas mäandrierend, weil der Boden nicht hundertprozentig eben war. Die Leuchtfunktion seines Smartphones beseitigte letzte Zweifel: dies hier war Blut, und zwar nicht eingetrocknet, sondern frisch vergossen. Teufel, fuhr es ihm in den Leib, was ist hier geschehen? Ein unangenehm biologischer Geruch lag in der Luft, warm und doch abstoßend. Der schmale Lichtkegel verfolgte die Spur; sie führte um das Fahrzeugheck herum und endete schließlich an der Fahrertür, vor der sich eine dunkel schimmernde Lache gebildet hatte. Als er die Lampe gegen die Scheibe richtete, fuhr ihm ein Stich ins Herz – jemand saß vornüber gebeugt am Lenkrad; die rechte Hand umklammerte es, mit der linken musste derjenige die wüste Schmiererei an der Innenseite des Fensters verursacht haben, sodass es kaum möglich war, mehr zu erkennen als den abgesunkenen Kopf und einen Teil der rechten Hand.

Elias begann zu zittern und wäre am liebsten davongelaufen, doch dann riss er sich zusammen und öffnete die Tür. Ganz gegen seine Erwartung rutschte die Person nicht hinter dem Lenkrad hervor, sondern blieb starr sitzen – da sah er, was er vermuten musste: Es war seine Mutter.

Es war zwar schon Mitte Januar, doch es hatte in diesem Winter noch nicht geschneit auf der Ostalb, die hier eine Höhenlage von bis zu 670 Meter erreichte. Das Thermometer zeigte fünf Grad Celsius, und es stand zu erwarten, dass es im Verlaufe der Nacht noch um weitere fünf Grad absinken würde, so wie in den letzten Tagen.

Die Einsatzfahrzeuge der Kriminalpolizei aus Heidenheim erreichten das Ziel nach fünfzehn Kilometern. Der Anruf war aus einem kleinen Weiler zwischen Gerstetten und Böhmenkirch, abseits der Landstraße, gekommen. Hier oben war die Landschaft von weiten Feldern und unendlicher Sicht geprägt. Nur die stetig zunehmende Anzahl an Windrädern störte das Bild der Alb nachhaltig, und zwar nicht nur subjektiv. Ganz in der Nähe war vor vielen Millionen Jahren ein Meteorit eingeschlagen und hatte das viel besuchte Steinheimer Becken hinterlassen.

Das Haus lag etwas abseits eines kleinen Weilers namens Weidenhof, dessen Zentrum aus drei bescheidenen Bauernhäusern bestand – irgendwie schien die Neuzeit hier spurenlos vorübergegangen zu sein. Opitz wies mit dem Zeigefinger in die Richtung, wo er das Haus vermutete.

»Hast du das Straßenschild gesehen? Eben sind wir daran vorbeigefahren. *Kühn* stand handschriftlich auf einem schwarzen Schild«.

Der Fahrer schüttelte den Kopf, bremste aber und setzte den Einsatz-Mercedes zurück, bis sie den Zugangsweg erreichten. Ein paar Hundert Meter weiter konnten sie jetzt das unbeleuchtete Haus erkennen, das sich gegen das Restlicht am Horizont abhob. Mit abgeblendeten Scheinwerfern rollten sie auf das Haus zu. Frank Opitz hatte das Gefühl, dass sein Begleiter und Fahrer beunruhigt war, denn der rutschte offenbar grundlos auf seinem Sitz von einer in die andere Ecke, seit sie sich dem Ziel näherten.

»Ist das der Passat?«, fragte Martin Berner, als die Scheinwerfer auf das Auto in der geöffneten Garage trafen.

»Jedenfalls ist es ein blauer Passat«, entgegnete der Kommissar, »fahr noch näher heran, dann sehen wir mehr.«

Martin Berner stoppte den Wagen vor dem nach oben angeschlagenen Garagentor. Sie stiegen aus und tasteten mit ihren Stabtaschenlampen die Garage ab. Wo war Elias Kühn, der die Polizei angerufen hatte? Mit Respekt näherten sich die beiden Beamten dem Passat, leuchteten den Boden ab und das Fahrzeug mit seinen blutverschmierten Scheiben. Es hatte nicht viel gefehlt und Opitz wäre in die Lache vor der Fahrertür getreten.

»Heiliger Strohsack«, presste er heraus, »was ist denn hier passiert?«

Im nächsten Augenblick entdeckte er die reglose Figur hinter der Scheibe. Spontan führte er seine Hand zum Türgriff, konnte sie aber rechtzeitig zurücknehmen, weil das rote Lämpchen in seinem Kopf geblinkt hatte. Es signalisierte, dass die Spurensicherung zu beachten war.

Plötzlich stand Elias Kühn hinter den beiden Polizisten. Er grüßte mit fast tonloser Stimme. Im Licht der Scheinwerfer wirkte sein Gesicht kalkweiß. Weitere Fahrzeuge näherten sich dem Haus und parkten in einer Reihe auf dem Zufahrtsweg. Die Beamten der Spurensicherung erschienen in der Garage und machten sich nach einer kurzen Orientierung an die Arbeit, während Gerichtsmediziner Dr. Mühlbach auf die beiden Kriminalisten zusteuerte.

»Gibt es denn hier kein elektrisches Licht?«, wandte er sich ärgerlich an die Beamten, während er ebenfalls mit einer Taschenlampe den Wagen ableuchtete.

Das nahm Elias zum Anlass, in der Zwischentür zum Wohnhaus zu verschwinden, um nach ein paar Minuten mit einer Glühbirne zurückzukehren. Der Schaden war rasch behoben, worauf Bewegung in die Spurensicherer kam. Zuerst zogen sie weiße Schutzanzüge mit Kapuze an, für die Füße waren Überschuhe vorgesehen und für die Hände Latexhandschuhe. Dann begann die Absperrung des Tatorts mit Banderolen.

Elias Kühn, den der Kommissar nicht ganz aus dem Blickfeld gelassen hatte, machte einen desolaten Eindruck.

»Gehen Sie ruhig ins Haus«, sagte er, »das hier müssen Sie sich nicht länger ansehen. Später werde ich ein paar Fragen an Sie richten.«

Der junge Mann stutzte, dann drehte er sich um und verließ die Garage. Dr. Mühlbach, der sich ebenfalls mit Schutzkleidung versehen hatte, trat an den Wagen und öffnete die Tür.

»Einer muss ja den Anfang machen«, murmelte er bitter und winkte den Fotografen, die sich sofort in Position brachten und ein Blitzlichtgewitter abfeuerten. Sobald sie ihre Arbeit getan hatten, widmete sich der Gerichtsmediziner der Toten, testete die Beweglichkeit ihrer Gelenke und maß die Körpertemperatur. Dann wandte er sich an Opitz: »Viel mehr kann ich in dieser Position des Opfers nicht feststellen, außer, dass es definitiv tot ist, und zwar noch nicht sehr lange. Ich schätze den Eintritt des Todes vor drei bis vier Stunden.«

»Kannst du schon etwas zur Todesursache sagen?«

»Mann, nicht so eilig! Legen wir sie erst einmal auf die Bahre, dann sehen wir weiter.«

Auf seinen Wink hin erschienen vier Männer des Einsatzkommandos mit einer wannenförmigen Bahre, die sie neben dem Passat absetzten. Anschließend zogen sie die Tote hinter dem Steuerrad hervor und legten sie auf die Bahre. Dr. Mühlbach hatte die Aktion mit kritischen Blicken verfolgt und die Bahre um einen halben Meter zurechtgerückt, als die Männer die Tote ablegten. Dabei musste er etwas Auffälliges entdeckt haben, denn er untersuchte ihren Hals, tastete das Gewebe nach Verletzungen und anderen Anomalien ab. Dann öffnete er ihre Bekleidung, um einen Blick auf den Oberkörper zu bekommen.

Der Pullover war von Blut durchtränkt und es dauerte nur einen Augenblick, bis er die Ursache gefunden hatte: Zwei breite Stiche befanden sich oberhalb und in der linken Brust, die gewiss dem Herzen gegolten hatten. Die dunkle Markierung um den Hals sah nach dem Abdruck einer Schlinge aus, vielleicht nach einem Gürtel. Nicht auszuschließen, dass der ebenfalls letal gewirkt hatte, die Stiche jedenfalls hatten ihr Leben definitiv beendet. Die Details würde eine Obduktion klären müssen.

Gertrud Kühn-Scharter war sechsundfünfzig Jahre alt, kirchliche Lehrerin für evangelische Religion und trug einen knielangen schwarzen Rock, einen dunkelblauen Rollkragenpullover, eine Wildlederjacke mit echtem Innenfell, kurzes mittelblondes Haar und eine bifokale Brille, die mit einem Bändchen um den Hals befestigt war. Die wasserhellen Augen blickten starr nach oben. Dr. Mühlbach wischte mit zwei Fingern der rechten Hand über ihre Lider und schloss sie. Sobald sich der Mediziner zurückgezogen hatte und mit den Notizen begann, erschienen die Spusi-Leute, um die Tote zur Sicherung möglicher DNA-Spuren abzukleben, was zuvor hinter dem Lenkrad nicht möglich gewesen war.

Frank Opitz hatte in seiner zwanzigjährigen Dienstzeit schon viele Mordopfer und auch ein paar Suizidanten gesehen, doch noch nie war er mit einer solchen Menge Blutes konfrontiert worden. Oder bildete er sich das nur ein? Hatte die große Blutlache ihn etwa irritiert und seine Wahrnehmung getäuscht? Er hatte das Bedürfnis, ein paar Schritte nach draußen zu tun und richtig durchzuatmen, was er in der Nähe des Opfers vermied. Er gab Martin Berner ein Zeichen, worauf dieser sich sofort anschloss.

Die Lufttemperatur lag noch nicht im Minusbereich, wenngleich es doch empfindlich kalt war. Draußen standen vier Fahrzeuge der Heidenheimer Polizei und Kripo in einer Reihe auf dem schmalen Zufahrtweg, als fünftes hatte sich das Privatauto des Gerichtsmediziners angeschlossen.

Sie nahmen den Weg zurück, um das Haus etwas aus der Distanz betrachten zu können. Oben unter dem Dachgiebel brannte Licht hinter einer Glastür, alle anderen Fenster waren dunkel. Es war ein modernes, geräumiges Haus, nicht viel älter als zehn bis zwölf Jahre, ein Unikat unter den Bruchbuden des Weilers. Es schien auf zwei Etagen bewohnt zu sein; dort wo unter dem Dach Licht brannte, sah es nach einem Einzelzimmer aus. Die Garage schmiegte sich an die Ostseite.

»Viel Platz für eine vierköpfige Familie«, sagte Opitz und deutete auf das Gebäude. Berner schien überrascht: »Vier Leute wohnen hier? Das sind ja nicht besonders viele. Und woher wissen wir das?«

»Der Junge hat es gesagt, als er uns alarmierte. Er hat eine Schwester, die in Tübingen studiert. Und es gibt noch einen Mann in der Familie, der allerdings selten anwesend ist. Geschäftlich sehr viel unterwegs, er nächtigt folglich auch oft außerhalb.«

Die Beamten stapften über die rohe Ackerscholle in geringer Distanz um die Westseite des Hauses, ohne viel erkennen zu können, denn es war stockdunkel geworden, nachdem das Restlicht im Westen komplett verschwunden war. Taschenlampen waren wenig hilfreich, denn sie warfen nur Lichtpunkte an die Mauern oder ins offene Feld, ohne ein Bild entstehen zu lassen. An der Nordwestseite des Hauses kreuzten die Lichtstrahlen etwas, das nicht zum Haus gehörte. Opitz richtete seine sehr helle LED-Stablampe auf dieses Objekt, ohne es richtig erkennbar zu machen, weil der Lichtstrahl eher wie ein Schneidbrenner wirkte.

»Ein Käfig!« rief Berner, nachdem sie sich auf hundert Meter genähert hatten. »Vielleicht ein Hühnerstall«, entgegnete Opitz, der in weiches Erdreich getreten war und fluchend nach festem Grund unter den Füßen suchte. Nach einigen Minuten hatten sie die Umzäunung erreicht und konnten nun punktgenau den Boden ableuchten. Der Zaun war mannshoch, ganz oben hatte man zur Krönung einen Stacheldraht eingezogen, der das Überklettern erschweren sollte. Dann sahen sie das Tier: Ein großer Hund lag reglos ausgestreckt, mit halb geöffnetem Maul, auf dem Boden vor seiner Holzhütte. Ganz offensichtlich war er tot. Martin Berner trat an den Eingang des Zwingers, der durch eine Brettertür verschlossen war. Zu seiner Überraschung ließ sie sich öffnen, worauf er behände in das Gatter schlüpfte: »Die Nummer zwei. Das müssen wir uns ansehen.«

»Welchen Sinn sollte es haben, den Zwingerhund umzubringen«, meinte Opitz, »etwa damit er nicht bellte, als sich der Mörder dem Haus näherte?«

»Er wird auch gebellt haben, als der Mörder sich dem Zwinger näherte.«

Das Tier war ein schöner schwarzer Schäferhund. Auf den ersten Blick war nicht zu erkennen, woran er gestorben war. Martin Berner durchkämmte mit gespreizten Fingern das dichte Fell des Hundes – plötzlich stockte die Bewegung seiner Hand. Etwas steckte im Brustkorb. Dann hatte er es herausgezogen: eine Art Pfeil oder Spritze, die vermutlich mit einem Gewehr von außen auf den Hund abgeschossen worden war. Zoologische Gärten verfügten über solche Mittel, wenn sich ein gefährliches oder großes Tier losgerissen hatte, das man nicht anders einfangen konnte.

Er bewegte die Taschenlampe in Richtung des Kollegen, doch dann senkte er den Lichtstrahl auf den rauen Boden unter ihren Füßen.

»Ist dieser Fall nicht irgendwie sonderbar«, begann er und schluckte, »jemand, der mit geistlichen Dingen zu tun hat, wird in der eigenen Garage im Auto ermordet. Wir wissen noch nichts über sie, aber was wird wohl vorausgegangen sein, dass sie so brutal abgeschlachtet wurde?«

»Und wenn gar nichts vorausgegangen ist? Wenn ein Irrer

auf der Suche nach einem Opfer war, ein Spontantäter, völlig unberechenbar?«

»Und das Opfer hat er ausgerechnet hier in der Ödnis gesucht und gefunden? Das kann ich mir nicht wirklich vorstellen.«

Opitz schob einen Streifen Kaugummi in den Mund.

»Gehen wir zurück, die Spusi muss sich auch noch um diesen Tatort kümmern.«

Als sie sich unter die eifrig tätigen Kollegen der Spurensicherung mischten, deren Sperrbändern und Hinweisen man kaum ausweichen konnte, lag die Tote unter dem grellen Licht zweier Standleuchten wie aufgebahrt in der Tragewanne. Der Gerichtsmediziner hatte die beiden bemerkt und kam ihnen mit ausgestreckten Armen entgegen.

»Meine Untersuchung ist für heute abgeschlossen: Die Frau ist Opfer einer Messerattacke geworden, die beiden Stiche mit einem großen Messer in die Herzregion haben den Exitus bewirkt. Was die Druckmarkierung im Halsbereich zu sagen hat, können wir hier nicht klären – das wird die Obduktion ergeben. Nach der Körpertemperatur ist der Tod vor etwa drei bis vier Stunden eingetreten. Also etwa zwischen fünfzehn und sechzehn Uhr.«

Diese Diagnose hätte ich auch stellen können, dachte Opitz. Aber jeder tut eben das, wozu er ausersehen ist.

»Danke Alfred, dann können wir die Tote überführen lassen?«

Dr. Mühlbach nickte und streifte sich dann die Latexhandschuhe von den Händen. Darauf entledigte er sich des weißen Schutzanzuges, in dem er wegen seiner Größe ein bisschen wie ein Nachtgespenst wirkte. Er griff sich die große schwarze Utensilientasche, wünschte allen noch einen schönen Abend, und war verschwunden.

Nach zweiundzwanzig Uhr wurde es merklich kälter, der eine oder andere Mann der Spusi gönnte sich eine Rauchpause vor dem Haus, manche hatten sich ein Heißgetränk mitgebracht und setzten sich in eine Ecke, um für einen kurzen Augenblick zu entspannen. Martin Berner rieb sich die Hände, sei es wegen der aufsteigenden Kälte, oder um den nächsten Schritt einzuleiten.

»Wir sollten jetzt den jungen Mann verhören. Er sitzt schon seit Stunden in seiner Kammer.«

»Gut, er soll in unseren Mannschaftswagen kommen, da gibt es einen Tisch. Oder warte – wir gehen gemeinsam nach oben und holen ihn ab. Das verschafft uns einen Eindruck, mit wem wir es zu tun haben.«

Als sie durch die Verbindungstür traten, gelangten sie in einen schwach beleuchteten Flur oder Vorflur, durch dessen bleiverglaste, grünlich schimmernde Fenstergläser sich der anschließende Raum erahnen ließ. Eine breite hölzerne Treppe führte eine Etage höher, wo ebenfalls diese Art von Einteilung vorhanden war.

»Hörst du das?« Berner deutete nach oben, wohin eine wesentlich anspruchslosere Treppe führte. »Verdammt laut, die Musik! Was ist das?«

»Discomusik, keine Ahnung …«

Sie stiegen das schmale Treppchen nach oben und standen vor dem Raum, aus dem die Musik kam. Opitz klopfte an der Tür, doch es war weder eine Antwort zu hören, noch gab es eine andere Reaktion. Nach dem zweiten Versuch drückte er die Türklinke und öffnete ein Stück, bis er Elias Kühn erkennen konnte, der vom dämmerigen Licht zweier Kerzen schwach beleuchtet wurde. Er lag auf einem Bett und schien nach oben zu starren. Plötzlich fuhr er hoch und blickte entsetzt zur Tür, wo sich die beiden Beamten abzeichneten. Mit einem raschen Griff zur Fernbedienung stellte er die unerträglich laute Musik ab.

»Mann, haben Sie mich erschreckt!«, stammelte er und erhob sich. Sein Gesicht schien jetzt nicht mehr die Verzweiflung auszudrücken, die Opitz beim ersten Kontakt aufgefallen war.

»Ich musste mich ablenken«, erklärte er mit einer knappen Handbewegung vorwärts, »deshalb die Lautstärke.«

»Wenn es Ihnen möglich ist, wollen wir nun mit der Befragung beginnen, dafür ist unser Mannschaftswagen vorgesehen.«

Elias nickte und folgte den beiden Kriminalisten nach unten. Das Fahrzeug besaß einen Klapptisch und Drehstühle, sodass eine ungestörte Vernehmung durchgeführt werden konnte.

»Herr Kühn, Elias ist Ihr Vorname?« Er nickte wieder und Opitz fuhr fort: »Bitte sagen Sie uns, wann Sie heute Abend nach Hause gekommen sind und woher Sie kamen.«

»Ich kam von meiner Arbeitsstelle bei Gerstetten«, begann er zögernd und mit verschleiertem Blick. Jedes Wort schien ihm Schmerzen zu bereiten. »Sie ist nicht weit von hier, etwa drei Kilometer. Um achtzehn Uhr ist Feierabend, dann bin ich losgefahren und war spätestens fünfzehn Minuten später zu Hause.«

»Haben Sie das anhand der Uhrzeit festgestellt, oder ist es eine Schätzung?«

»Das ist Erfahrungssache, eine Uhr trage ich nicht.«

»Gut, nehmen wir das mal so hin, wie Sie es sagen. Können Sie bitte noch Ihren Arbeitgeber nennen.«

»Firma Lackmayer, freie Kfz-Werkstatt und Fahrzeughandel.«

»Und was sind Ihre Aufgaben bei der Firma Lackmayer?«

Elias schürzte die Unterlippe und blickte missmutig in Richtung seines Gegenübers auf der anderen Tischseite.

»Ich bin für Auftragsannahme, die Terminplanung, den Materialeinkauf, die Kundenbetreuung, die Werbung und manchmal auch für die Probefahrten zuständig. Eigentlich für alles, was der Chef auch erledigt. Aber was hat das mit diesem abscheulichen Verbrechen an meiner Mutter zu tun?«

Die letzten Worte kamen schluchzend. Dann wischte er sich mit dem Handrücken über die Augen.

»Nur wegen der Vollständigkeit«, beschwichtigte Opitz, der sich nun selber fragte, ob diese Auskunft nicht völlig nebensächlich gewesen sei. Der Kommissar legte eine kurze Pause ein und gab mit einer Handbewegung in Richtung Martin Berner zu erkennen, dass die weitere Befragung nun von diesem Kollegen durchgeführt werde.

Berner, um ein paar Jahre jünger als Opitz, hatte dichtes dunkles Haar, das er immer wieder zurückstreifen musste, weil es zu lang war und ihm das Sichtfeld einschränkte. Das tat er auch jetzt, bevor er seine erste Frage formulierte.

»Bitte beschreiben Sie uns doch Ihren Weg bei der Ankunft zu Hause, bis Sie … Ihre Mutter fanden.«

»Es war wie immer, als ich ankam, war die Haustür verschlossen. Ich öffnete sie, legte meine Tasche ab und stieg in den Keller hinunter, weil ich mir den Inhalt eines alten Spindes vornehmen wollte. Aufräumen und Aussondern. Nach einer Viertelstunde war ich damit fertig und ging nach oben, um aus der Garage ein paar Kartons zu holen. Da sah ich, was geschehen war …«

Er stockte und zog ein Papiertaschentuch hervor. »… ich wollte meinen Augen nicht trauen, es war wie ein Sturz aus tausend Meter Höhe, ich betete, der Herr möge das hier ungeschehen machen.«

Eine Pause trat ein, in der man eine Feder hätte fallen hören. Der Schock über den gewaltsamen Tod seiner Mutter saß dem jungen Mann tief in den Knochen. Nach einer Weile der Geduld versuchte Martin Berner fortzufahren.

»Es waren keine weiteren Personen im Haus, als Sie Ihre Mutter fanden?«

»Ich konnte darauf nicht achten, weil ich zu erschüttert und aufgewühlt war. Jedenfalls habe ich niemand gesehen. Ich musste mich erst einmal setzen, so sehr zitterten meine Knie. Nach etwa fünf Minuten habe ich dann bei der Polizei, bei Ihnen, angerufen ...«

»Wir nehmen an, Ihre Mutter ist von einem Außenstehenden getötet wurde. Können Sie sich spontan jemand vorstellen, dem Sie eine solche Tat zutrauen würden?«

Er schwieg eine halbe Minute – dann schüttelte er sehr langsam den Kopf, ebenso lang. Opitz reichte eine Flasche Mineralwasser und ein paar Plastikbecher aus einem Einbaufach des Fahrzeuges, die er auf das Vernehmungstischchen stellte. Das Wasser perlte in den Bechern, nachdem er allen eingegossen hatte. Der Junge nippte lediglich ein wenig, während die Männer die Becher in einem Zug leerten.

»Ist Ihr Vater über den Mord informiert worden? Und wenn ja, wo befindet er sich zurzeit?«

»Er ist geschäftlich unterwegs, ich kann ihn nicht erreichen, weil er sein Mobiltelefon nicht eingeschaltet hat. Er arbeitet zurzeit irgendwo an der holländischen Grenze. Er vertritt eine Firma, die Sonderfräsmaschinen herstellt.«

Er griff noch einmal nach dem Wasserbecher und leerte ihn diesmal zur Hälfte. Die Scheiben hatten sich beschlagen und behinderten den Blick nach draußen auf die Männer von der Spurensicherung, die sich jetzt auf den Innenraum des Passats zu konzentrieren schienen. Zwei weitere Weißkittel leuchteten systematisch die Zugangswege des Hauses ab, hoben hier und da einen Halm oder ein Stückchen Holz vom Boden auf, um diese Dinge schnell wieder fallen zu lassen. Die Scheinwerfer eines heranrollenden Fahrzeuges beleuchteten das Vorfeld des Hauses und alle dort stehenden Polizeifahrzeuge. Dieser Wagen quetschte sich vorbei an der Reihe der eng aneinander in Schlange geparkter Autos, bis nach vorne zum Garagentor. Es war das lange schwarze

Fahrzeug des Beerdigungsinstituts. Opitz musste gähnen, da half auch das sprudelnde Wasser nicht mehr.

Als Frank Opitz aufwachte, hatte er den Geruch von Schnee in der Nase. Um das zu verifizieren, quälte er sich aus dem Bett und zog den ohnehin luftigen Vorhang neben seinem Bett zur Seite. Schnee! Und welche Mengen sich hinter dem Fenster auf dem kleinen Balkon aufgetürmt hatten. In der Nacht musste es verdammt stark geschneit haben, denn solchen Mengen Schnee waren nur fünf Stunden Zeit geblieben – die er im Bett zugebracht hatte. Und es schneite weiter; keine dicken Flocken, sondern solche leicht wie Federflaum, der sich sanft auf den Boden setzte und von einer Windbö weggeblasen werden konnte. Aber diese Gefahr bestand nicht, denn die Luft war still und stumm, der Horizont von dem gekippten Fenster aus nicht zu sehen, weil die dunkelgraue Wolkenuntergrenze auf den Baumgipfeln hinter dem Sportplatz thronte.

Giulia saß gewiss schon unten beim Kaffee, während er mit dem Gedanken spielte, noch einmal in die Decken zu kriechen und den Herrn einen guten Mann sein zu lassen. Er probierte es jedenfalls, zog sich die wärmende Daunendecke bis über die Ohren und schloss die Augen. Aber nicht lange, denn erstens hatte ihn der Duft von Kaffee erreicht, und zweitens verfolgten ihn die Geschehnisse des gestrigen Tages mit unerwartetem Nachdruck.

Nachdem er geduscht hatte, begrüßte Giulia ihn mit taxierendem Blick über den Rand ihrer Lesebrille.

»So früh? Ich hätte mit zehn Uhr gerechnet.«

Sie legte die Stuttgarter Zeitung beiseite und nippte an ihrem Kaffee. Er beugte sich zu ihr hinab und küsste sie auf die Stirn. Dann goss er sich Kaffee und einen Schuss Milch in die bereitstehende Tasse.

»Um diese Zeit müsste ich schon im Dienst sein. Nehmen wir heute die Langlaufskier?«

Sie reagierte sofort: »Das wäre eine Schlagzeile für den Lokalteil: *Redakteurin macht authentische Erfahrungen mit der ersten Schneekatastrophe des Jahres.*«

»Ist es so schlimm?«

»Höre die Nachrichten, es ist ein Verkehrschaos. Hunderte von Unfällen, unendliche Staus, stundenlanges Ausharren in den Fahrzeugen.«

Sie benutzte ihre Hände, um der verbalen Kommunikation mehr Ausdruck zu verleihen.

»Also bleibst du zu Hause. Ausnahmsweise kann die Redakteurin ihre Artikel auch vom heimischen Schreibtisch aus verfassen.«

»Das sagst du.«

»Stimmt es etwa nicht?«

Plötzlich sprang sie auf, schüttelte sich das lange dunkle Haar aus dem Gesicht und erklärte mit ein paar Dezibel mehr in der Stimme, dass sie zu Hause nicht arbeiten könne. Basta. Das verstand er gut – ging es ihm doch ebenso.

»Und du – wie willst du zu deiner Kripodienststelle kommen? Du musst eben auch warten, bis die Straßen freigeräumt sind.«

Er kicherte: »Machen wir uns doch einen vergnüglichen Vormittag, mag die Welt auch untergehen.«

Sie lächelte süffisant, kam aber schnell wieder zur Realität zurück: »Du hast mir noch nichts von dem Mordfall erzählt, allerdings habe ich schon um acht Uhr gruselige Dinge darüber in den Nachrichten gehört.«

»Ja, es war nicht appetitlich. Alles voller Blut, mir ist verdammt unwohl geworden und ich musste mit Martin Berner nach draußen zum Luftschnappen. Jemand hat eine Frau mit einem Messer erstochen. Sie saß noch im Wagen, vor der Fahrertür eine riesige Lache. Aber bitte: keine Interna verbreiten oder gar veröffentlichen.«

Sie sah ihn entrüstet an: »Hattest du jemals Grund, dich darüber zu beklagen?«

»Hatte ich nicht, bleiben wir dabei.«

»Wer war die Frau?«

»Eine Lehrerin, genauer: Eine Religionslehrerin, Mitte fünfzig. Ein Fall fast vor unserer Haustür. Sie wohnen in einem Weiler, ganz in der Nähe von Gerstetten.«

»Wer kann denn etwas gegen Religionslehrerinnen haben? In einem Weiler! Wie viele Häuser gibt's dort?«

Anstelle einer Antwort schob er ein weiteres Scheibchen Salami in den Mund und kaute gründlich darauf herum.

»Drei Häuser, soweit ich mich erinnere«, äußerte er lustlos, »aber alle sind sehr baufällig. Wir wollten zunächst gar nicht glauben, dass dort noch Menschen wohnten. Und dann das moderne Haus, vielleicht zehn bis zwanzig Jahre alt, in dem die Familie wohnt. Sie hieß Kühn-Scharter, der zweite Nachname war ihr Mädchenname.«

»Wo hatte sie denn unterrichtet?«

»Genaues haben wir noch nicht gehört, jedenfalls an einer Schule in Geislingen.«

»Und ihre Familie?«

»Sie hat einen zwanzigjährigen Sohn, den wir gestern vernommen haben. Er hat berichtet, dass der Vater auf Dienstreise sei und sein Handy zurzeit ausgeschaltet ist. Er konnte hoffentlich eine SMS hinterlassen. Außerdem gibt es noch eine Tochter namens Maja. Sie ist zweiundzwanzig Jahre alt und studiert in Tübingen.«

Während sie wieder zu lesen begonnen hatte, beobachtete er das Treiben der Schneeflocken vor dem Haus und auf der Straße. Die wenigen Nachbarn hatten sich mit ihren Fahrzeugen nicht aus den Garagen gewagt. Weil die Besiedlung am nördlichen Ortsrand von Oggenhausen nicht besonders hoch war, nahm man es nicht so genau mit dem Schneeschippen. Auch das Schneeräumfahrzeug würde noch auf sich warten lassen.

»Und ihr habt noch gar keinen Hinweis auf den Täter?«, fragte sie hinter ihrer Lektüre. »Gar keine Vermutung?«

»Du weißt doch, wie es damit steht, vermuten kann man viel. Einstweilen verlassen wir uns lieber auf unsere Spurensicherer, die sind erstaunlich gut. Heute sollten wir die ersten Resultate erfahren – aber bei dem Schnee? Gestern Abend hatten wir keine Möglichkeit, noch weitere mögliche Zeugen zu befragen.«

Er nahm das Telefon und wählte die Nummer des regionalen Busunternehmens. Es war besetzt. Auch weitere Versuche in der nächsten Viertelstunde führten nicht zum Erfolg. Zu viele Menschen versuchten eine Auskunft zu erhalten. Frustriert suchte er die Nummer der Ortsverwaltung heraus und tippte sie ins Telefon. Es klingelte und klingelte, aber niemand nahm ab. Das hinderte ihn nicht, weitere Versuche zu starten. Giulia verfolgte seine Tätigkeit mit raschen Blicken über ihren Brillenrand. Auf einmal richtete sie sich in ihrem Stuhl auf, wendete den Kopf, um besser hören zu können, sprang schließlich von ihrem Platz auf, und deutete mit ausgestreckter Hand zum Fenster.

»Der Schneeräumer! Sie machen die Straßen frei – vergiss das Telefonieren!«

Von draußen war das durch den Schnee gedämpfte sonore Brummen des schweren Räumfahrzeugs zu hören, das sich langsam auf der Straße vorwärts arbeitete und dabei den abgetragenen Schnee achtlos auf den rechten Fahrbahnrand spie. Die freigelegte Spur war tiefer als erwartet, mindestens dreißig Zentimeter, wenn nicht sogar mehr, soweit Opitz vom Fenster aus sehen konnte.

Dann ging alles sehr zügig: Beide beendeten das ohnehin

auslaufende Frühstück in Windeseile, kleideten sich der Witterung entsprechend und entschieden sich für eine gemeinsame Fahrt in Opitz rotem Golf, was wegen der Nähe beider Arbeitsplätze zueinander sinnvoll war und wagten sich auf die Straße.

Adam Kühn befand sich, als er die Nachricht erhielt, in Meppen, nahe der niederländischen Grenze, einer Stadt an der Ems. Es war gegen neunzehn Uhr, und er hatte die Einweisung des Technikers, der die neue Spezialfräsmaschine künftig bedienen sollte, wegen ihrer Komplexität noch nicht ganz abgeschlossen. Zuletzt hatte der Mann aus Versehen einen so hohen automatischen Vorschub gewählt, dass der Fräser viel zu schnell in das Material vordrang und mit einem Schlag abbrach.

Sein Handy summte und Majas Nummer und Name erschienen im Display – was ihn verwunderte, denn sie rief selten an, schon gar nicht um diese Zeit. Dann sagte sie es. Einfach so. Sie sagte: »Mama ist umgebracht worden.« Und weil er vor Starre nicht reagieren konnte, griff sie nach: »Deine Frau ist tot, Elias hat sie im Auto gefunden.« Es klang so, wie eine Sportnachricht am Samstagnachmittag: »Gewonnen hat der FC …«

Er beendete die Einweisung an der teuren Fräsmaschine, indem er den verdatterten Techniker mit seinem abgebrochenen Fräser einfach vor dem Werkstück sitzen ließ und verschwand. Es bedurfte nicht einmal einer Minute, um die Bahn auszuwählen. Viel zu zerbrechlich war seine Konstitution auf einmal geworden, als dass er sich hinter ein Lenkrad gesetzt hätte, um mehr als sechshundert Kilometer bis nach Heidenheim an der Brenz zu fahren. Erst als er einen

Fenstersitzplatz im ICE gefunden hatte, konnte er ein wenig entspannen. Die nach vorn fliehende Landschaft hinter dem Fensterglas bestätigte sein Gefühl, dass die Gegenwart sich dünne machte.

Den ersten Teil der Reise verbrachte er, indem er vor sich hindämmerte; die optischen Reize durch die nächtliche Beleuchtung der Bahnhöfe und Straßen drangen nicht sehr weit in sein Bewusstsein vor. Als der Zug sich Frankfurt näherte, verspürte er einen unsäglichen Durst auf ein kaltes Bier. Ein Angestellter des Zugrestaurants passierte hin und wieder mit einem Getränkewagen und bot seine Ware feil. Er öffnete ihm eine Flasche und lieferte einen Plastikbecher dazu, den Kühn ablehnte. Weil er etwas zu hastig trank, entwickelte sich die Wirkung des Bieres analog und er begann müde zu werden, zumal der Abend schon weit vorgerückt war.

Er wachte auf, als er die Stimme einer Frau hörte, die behauptete, er habe ihren reservierten Platz belegt. Eine kurze Überprüfung ihres Tickets zeigte aber, dass sie sich um eine Zehnerstelle geirrt hatte. Danach war an weiteren Schlaf nicht mehr zu denken.

Was war daheim passiert? Maja hatte das schreckliche Verbrechen ja nur angedeutet. Kein Mensch kann vor einem solchen Hintergrund auch noch plausible Erklärungen abgeben. Ihre farblose Schilderung war für ihn jedoch von solcher Vehemenz und Erbarmungslosigkeit, dass ihn schwindelte, wenn er nur an ihre Worte dachte: »Mama ist umgebracht worden«. Waren sie denn in ihrer Einöde nicht so sicher wie in Abrahams Schoß? Hatten sie ganz umsonst einen Wohnort gewählt, der sie bewahren sollte vor den Tücken des Alltäglichen?

In den frühen Morgenstunden rollte der Zug in den Bahnhof von Heidenheim ein. Drei weitere Personen verließen den Zug ebenfalls und gingen rasch in verschiedene

Richtungen davon. Danach war der Bahnhof kalt und leer wie zuvor. Er trat aus dem Gebäude und sah sich nach einem Taxi um. Es dauerte nur wenige Minuten, bis er die Aufmerksamkeit eines weißen Mercedes-Taxis geweckt hatte, das in der Vorbeifahrt den späten Kunden bemerkte und mit einer Wende zu ihm zurückkehrte.

Als sie Heidenheim verlassen hatten und nach Westen kamen, begann es leicht zu schneien. Auf der Höhe von Steinheim stellte sich ihnen eine dichte Schneewand entgegen, die den Fahrer zwang, kaum schneller als im Schritttempo zu fahren, wollte er nicht von der Straße abkommen. Um diese Zeit gab es oben auf der Alb keinen Gegenverkehr. Es erwies sich als schwierig, die Abzweigung zum Weidenhof zu finden, denn die übliche Orientierung am Horizont und an bestimmten Feldmarken war nicht mehr möglich. Schließlich gelang es ihnen doch, das schmale Sträßchen ausfindig zu machen und zwischen den Feldern die Spur zu den Häusern zu suchen. Die Haustür war von der Eingangsbeleuchtung erhellt, alles andere versank in der Dunkelheit und dem verwirbelten Schnee.

Er schloss die Eingangstür auf und trat ins Haus. Es war der immer gleiche Geruch, den dieses Haus ausströmte, so als sei nichts von Bedeutung geschehen. Ein Duft, der sich nicht definieren ließ – irgendwie streng, ohne eine angenehme Note, aber so vertraut wie all die Jahre zuvor. Elias musste im Haus sein, das wusste er, denn sie hatten miteinander telefoniert, bevor er in Heidenheim ankam.

Er lauschte, doch da war nichts; kein vergessenes Radio lief irgendwo, das Haus war still, totenstill, dachte er, während er die Stufen zum nächsten Stock emporstieg. Als er in die Wohnung trat, war da wieder der Geruch von Zigarillos, den er mochte, wenn er nicht zu penetrant wurde, an diesem Abend hatte er jede Schärfe verloren. Adam Kühn durchschritt den geräumigen Wohnbereich, um zu sehen, was sich verändert hatte, seit er an Weihnachten zuletzt hier gewesen war. Zeitungen stapelten sich zu Informationszentren, jemand hatte alle Schlagzeilen zu den ersten Aktionen von US-Präsident Trump separat gelegt und mit einem Stift die Reaktionen seiner Gegner hervorgehoben.

Er ließ sich im Sessel vor dem Fernseher nieder, weil er die Atmosphäre des Hauses spüren wollte, nicht um das Gerät einzuschalten. Es war alles so, wie Gertrud es auch sonst geführt hatte, die Schale mit dem Obst, die Blumen aus der Gärtnerei, die Post gesammelt in einer Schale neben dem Kamin. Seine Gedanken kreisten ungeordnet um die Dinge, die er ringsum sah; das hatte den Effekt, dass sie auch unkontrolliert sprangen und ihn ermüdeten. Womit hatte sie diesen schrecklichen Tod verdient? Wenn er sich umblickte, erwartete er sie in der Küchenzeile, wo sie Tee aufgoss, um sich dann mit zwei gefüllten Tassen neben ihn zu setzen. Und dann dachte er auch an ihre andere Art, mit Menschen umzugehen, wenn sie ihnen misstraute. Sie konnte skrupellos werden, wenn es darum ging, aus einer Situation als Sieger hervorzugehen. Auch er hatte mit harten Bandagen gegen ihren Willen kämpfen müssen, um sich durchzusetzen. Es hatte lange gedauert, bis er eine Lösung darin gefunden hatte, nicht permanent anwesend zu sein.

Plötzlich hatte er das Bedürfnis, die Garage aufzusuchen. Spontan erhob er sich aus dem Sessel, während sein Herz mit hoher Frequenz auf diese Entscheidung reagierte. Elias hatte am Telefon über die Umstände ihres Todes berichtet. Von ihm hatte er auch erfahren, dass sie etwa um fünfzehn Uhr zu Tode gekommen war. Ein kurzer Blick auf die Uhr überzeugte ihn davon, dass sie seit fast zwölf Stunden nicht mehr am Leben war.

Während er die Treppen hinabstieg, versuchte er zu vermeiden, ein Bild über ihre Todesumstände entstehen zu lassen. Elias hatte eine Andeutung darüber versucht, doch das hatte er sich verbeten, denn er wollte sein labiles Nervenkostüm nicht noch weiter belasten. Unten war die Tür zur Garage nur angelehnt, und während er nach dem Lichtschalter suchte, stolperte er über hinterlassene Requisiten, die nur von der Polizei stammen konnten. Die geräumige Garage war noch mit einer roten Banderole abgesteckt, die den VW-Passat mit einschloss. An verschiedenen Stellen des Bodens waren kleine Markierungen in Form von Wimpeln angebracht, die eine durchgängige Nummerierung trugen.

Während er die verschiedenen Hinterlassenschaften der Polizei registrierte, entdeckte er, dass der Wagen an der Fahrertür eine verwischte blutige Spur in Höhe der Scheibe trug. Dies setzte unmittelbar ein Schwächegefühl in seinem Magen frei und ein Knistern im Bereich der Ohrläppchen. Es hielt ihn aber nicht davon ab, weiter nach auffallenden Bildern und Zeichen zu suchen. Wenig später entdeckte er etwas, das augenfällig genug war, um sich alles vorstellen zu können. Die große schwarze Fläche am Boden war nichts anderes als eingetrocknetes und in den Estrich gesickertes Blut. Er verharrte eine Weile reglos, bis er die Kälte spürte, dann wandte er sich zurück. Es stand jemand im Halbdunkel der Durchgangstür – da fuhr er zusammen – erkannte aber im nächsten Augenblick, dass es Elias war, der nach ihm gesucht hatte. Er hatte sich eine Decke um die Schultern gelegt, unter der die weiße Haut seiner nackten Beine hervorschaute, selbst auf Schuhwerk hatte er verzichtet.

»Hier unten hätte ich dich nicht vermutet«, sagte er mit der Erleichterung, den Vater doch noch gefunden zu haben.

»Ich musste hier hinuntersteigen, weil ich dachte, nur dann könne ich das alles glauben, was geschehen ist. Aber es bleibt für mich ebenso abstrakt wie zuvor. Niemand kann den plötzlichen Tod begreifen, ob er durch eine Gewalttat eingetreten ist oder aus anderen Gründen. Außer jenen Menschen vielleicht, die professionell mit ihm zu tun haben.«

Er sah Elias an und legte seinen Arm um ihn.

»Du bist jung, du hast noch nichts mit dem Tod zu tun – außer, du würdest dich in Gefahr begeben.«

Elias blickte seinen Vater verwundert an, denn er hatte offensichtlich nur zur Hälfte verstanden, was dieser mitteilen wollte. Sie verließen die Garage und stiegen nach oben.

»Ist Maja schon angekommen?«

»Nein, sie wird im Laufe des Tages eintreffen, das hat sie vorhin am Telefon gesagt. Sie muss zuerst ihre Seminararbeit abliefern, bevor sie sich dem Trauerfall ihrer Mutter zuwenden kann. Sie ist von uns allen die coolste Socke.«

Da er seinen Vater auf dessen Etage abgeliefert hatte, stieg er einfach ein Stockwerk höher und schnappte, oben angekommen, die Tür hinter sich ins Schloss.

Gegen Mittag ließ der Schneefall nach. Der ständige Einsatz aller Räumfahrzeuge sorgte dafür, dass Straßenverkehr wieder möglich wurde, wenn auch mit Behinderung durch Glätte und Schneedünen, die sich besonders in windigen, höheren Lagen gebildet hatten. Opitz hatte sich vorgenommen, in der Nachbarschaft des Opfers ein wenig herumzuschnüffeln, nicht, weil er davon überzeugt war, etwas über die Tat zu erfahren, sondern weil er schon immer davon ausging, dass man bei der Ermittlung eines Falles nichts auslassen sollte.

Gegen alle Erwartungen erreichte er Weidenhof schon nach zwanzig Minuten. Irgendwie konnte er sich nicht mehr so gut erinnern, wie sie gestern Abend die Zufahrt zu dem Weiler gefunden hatten. Die Hinweisschilder wiesen die nächstgrößeren Ortschaften aus, doch dann entdeckte er ein unscheinbares, halb mit Schnee bedecktes Täfelchen, das die gesuchte Bezeichnung trug.

Als er sich den Häusern näherte, erkannte er diesmal rechtzeitig die Abzweigung zum Haus der Familie Kühn, jemand musste den Weg dorthin mehr schlecht als recht geräumt haben. Er lenkte das Polizeifahrzeug in den Kern der Ortschaft. Die Häuser waren alt, das Mauerwerk brüchig und es bröckelte. Zwei alte Männer saßen vor dem halb geöffneten Tor einer geräumigen Scheune und pafften Stummelpfeifen, während eine große Dogge aufsprang und mit tief grollendem Bellen das ankommende Fahrzeug registrierte.

Frank Opitz hielt den Wagen nur wenige Meter neben den beiden Alten an, machte ein flottes Zeichen des Grußes, indem er zwei Finger an die Stirn führte und ausstieg. Es war offensichtlich, dass Autos eher selten in diesen inneren Kreis der Abgeschiedenheit vordrangen, denn die alten Herrschaften gaben sich überrascht und verblüfft, weil nun ein veritables Polizeifahrzeug direkt neben ihnen stoppte. Er nickte ihnen freundlich zu und stellte sich als Kriminalkommissar Opitz vor. Er habe ein paar Fragen. Der mit dem vollen silbergrauen Haar schien sich rasch gefangen zu haben: »Sie kommen also wegen unserer Nachbarn. Da werden wir Ihnen nicht viel helfen können.«

Opitz nickte und trat einen Schritt näher.

»Wir bearbeiten den Mordfall Frau Kühn-Scharter. Ihnen als Nachbarn ist vielleicht irgendetwas aufgefallen, das uns einen kleinen Schritt weiterbringt. Hatten sie Feinde oder besondere Freunde? Bekamen sie regelmäßig Besuch, und welche Leute waren das? Gab es ein auffälliges Ereignis in letzter Zeit?«

Die beiden sahen sich gegenseitig an und überlegten offensichtlich, bis der kleinere der beiden sein Gegenüber fragte: »Was sollen wir …?«

»Der Karle hört nicht mehr so gut«, erklärte der andere, »ich bin Theo Köhler, und der ist Karl Nagel.« Dabei wies er mit dem Daumen auf seinen Partner, fixierte ihn und wiederholte mit lauter Stimme: »Der Kommissar fragt, ob uns etwas aufgefallen ist bei den Nachbarn, in der letzten Zeit. Und an den Besuchern.«

»Diese Leute sind vor ungefähr zwanzig Jahren hier hergekommen, weil ein baufälliges Haus verkauft wurde.« Er nuckelte ein paarmal an seiner Pfeife. »Später haben sie es abreißen lassen und an der Stelle das moderne Haus gebaut. Wir kennen uns zwar, wir grüßen uns, aber viel mehr ist da nicht. Der Adam Kühn ist die Woche über ständig auf Achse, er vertritt einen Hersteller von Spezialmaschinen. Das scheint lukrativ zu sein. Sie war Lehrerin in Geislingen, Religion glaube ich. Der Junge arbeitet im Büro bei einer Autowerkstatt in Gerstetten. Und die Maja, sie ist etwas älter als ihr Bruder, hat ein Studium angefangen. Aber was sie studiert, das weiß ich nicht.«

Die Dogge beschäftigte sich inzwischen mit Opitz' Schuhen. Angenehm war das nicht. Theo Köhler schien Opitz' Nöte nicht zu bemerken, obwohl dieser alle möglichen Abwehrzeichen von sich gab. Da fasste er einen Entschluss: Für den Bruchteil einer Sekunde holte er aus und setzte sein Gewicht mit einem kräftigen Tritt auf eine Vorderpfote der Dogge. Das Tier stieß einen jämmerlichen, trompetenähnlichen Ton aus und sprang entsetzt zurück.

Karl Nagel hatte diesmal das Geräusch mitbekommen und blickte verdutzt dem Hund nach, der sich in eine Ecke in den hinteren Bereich der Scheune verzog.

»Haben die Leute regelmäßig Besuch? Vielleicht kennen Sie auch den einen oder anderen?« Mit einem Papiertaschentuch wischte er den abgeschnüffelten Bereich seiner Schuhe trocken, während die beiden Alten sich besannen.

Nach einer Weile meldete sich Karl Nagel zu Wort, nachdem ihm die Fragen übermittelt worden waren: »Frau Kühn hatte oft Besuch von jüngeren Leuten, so um zwanzig bis dreißig Jahre alt waren sie. Sie kamen oft gemeinsam angereist,

Frauen und Männer, man hat behauptet, dass dort drüben so etwas wie Unterricht gegeben wurde, Seminare und so weiter. Schließlich war sie ja Religionslehrerin. Genaueres kann ich aber darüber nicht sagen.«

»Wann haben Sie von dem Mord an Frau Kühn-Scharter das erste Mal gehört?«

»Gestern Abend noch«, antwortete Theo Köhler, »wir haben den Lärm und die Lichter der Einsatzfahrzeuge gehört und gesehen, da haben wir gewusst, dass etwas Schreckliches passiert sein musste. Dann ist mein Enkel rüber gegangen und hat einen der Polizisten gefragt. Das war eine schreckliche Offenbarung. Ich glaube, wir haben die ganze Nacht wach gelegen. Meine Frau hat überall doppelt abgeschlossen, vor die Haustür hat sie einen schweren Stuhl geschoben, damit der Griff nicht betätigt werden konnte. Sehen Sie, hier draußen ist nichts, gar nichts, außer den Feldern und Äckern. Eine Handvoll Menschen wohnen hier wegen der Landwirtschaft, die von unseren Vorfahren schon auf derselben Scholle betrieben wurde. Die alten Häuser sind immer noch bewohnt, weitab von der Straße – und da dringt jemand hier ein und schlachtet eine Einwohnerin brutal ab. Wer tut so etwas, wo kommt der her?«

Der schwerhörige Alte bearbeitete mit einem scharfen Taschenmesser zwei rohe Rundholzstücke verschiedener Durchmesser. Das dickere Stück hatte er bereits mit einer Sacklochbohrung versehen, das dünne Rundholz versuchte er durch Schnitzen einseitig abzuflachen. Opitz setzte sich neben ihn auf die Bank und versuchte sich zerstreut vorzustellen, was daraus entstehen könnte.

»Haben Sie gehört«, warf er ein, »dass auch der Zwingerhund der Familie Kühn umgebracht wurde? Mit einem Giftpfeil.«

»Das arme Viech – wozu halten Leute einen Hund den ganzen Tag im Zwinger? Und so ein schönes Tier.«

Der Bastler hielt ein brennendes Streichholz an den Pfeifenkopf und sog mit kleinen schnellen Zügen am Mundstück, bis es wieder brannte.

»War es ein sehr wachsamer Hund?«

»Ja, was denken Sie denn, hat ein eingesperrter Hund anderes zu tun? Er hat viel gebellt, manche Nacht konnte man kaum schlafen. Dann hat er auch gejammert und geheult wie ein Wolf.«

»Das Haus ist in Sichtweite von hier entfernt, ich meine den Platz, wo wir grade sitzen. Hat der Hund angeschlagen, wenn jemand die Abzweigung zum Kühn-Haus genommen hat? Vorausgesetzt, Sie konnten das von hier hören.«

»Aber ja, der Hund hat sofort reagiert, wenn sich jemand auf der Zufahrt dem Haus näherte. Wenn die Post angeliefert wurde, konnte er sich überhaupt nicht mehr bremsen, er wurde rasend.«

Opitz atmete tief durch und deutete mit der Hand in Richtung des Hauses.

»Glauben Sie denn, dass sich überhaupt jemand dem Haus nähern konnte, ohne dass der Hund anschlug?«

»Das kann ich mir nicht vorstellen«, schüttelte Köhler den Kopf, um gleich darauf sein langes Silberhaar wieder zu ordnen.

»Egal von welcher Seite?«

»Völlig gleichgültig.«

»Dann frage ich mich«, murmelte Opitz, mehr im Selbstgespräch, »weshalb er den Hund überhaupt umgebracht hat. Und das so aufwendig mit einer Giftspritze.«

Irritiert wandte er den Kopf wieder der Bastelarbeit in den Händen von Karl Nagel zu, der nun die beiden Holzteile miteinander verband. Als er den vermutlich unangenehmen Geschmack des rohen Holzes durch diskretes Abspucken losgeworden war, nahm er seinen Tabaksbeutel zur Hand und stopfte die Pfeife mit einem krümeligen, sehr dunklen

Tabak. Paffend und schmauchend bewegte er den Inhalt zum Brennen, doch sobald er etwas verweilte, verlosch der Brand. Sonderlich angenehm, fand Frank Opitz, duftete der Qualm nicht.

»Wer wohnt denn in den anderen beiden Häusern?«, fragte er die Männer, indem er mit einer Hand in die Richtung deutete.

»Ein altes Ehepaar, der Mann ist bettlägerig«, und während Köhler auf das nächste Haus zeigte, »dort wohne ich mit meiner Frau. Zurzeit ist mein Enkel Benni zu Besuch, weil er sich beruflich für Landwirtschaft interessiert. Wer weiß – vielleicht wird er den Hof einmal übernehmen.«

»Dann wohnen Sie vermutlich hier«, richtete er sich an den schwerhörigen Nagel, und zeigte auf das Haus neben der Scheune. Der aber hatte nichts mitbekommen und beschäftigte sich mit seiner Bastelpfeife. Da tauchte ein junger Mann hinter der Scheune auf und näherte sich den drei Männern.

»Da kommt Bennie, er studiert Agrarwissenschaft in Stuttgart-Hohenheim.«

Ein schlaksiger Zwanzigjähriger trat in den Kreis der Männer und nickte ihnen zu. Er trug eine knielange Winterjacke mit Pelzkragen und eine Wollmütze, die er bis knapp über die Augen gezogen hatte.

»Kalt, nicht wahr?«, fädelte Opitz die Gelegenheit ein, um vielleicht eine andere Perspektive der Tat zu bekommen.

»Geht so, aber wenn man warm gekleidet ist…«

»Ihr Großvater hat berichtet, dass Sie bei den Polizisten nachgefragt haben, als Sie die Einsatzfahrzeuge beim Haus der Familie Kühn sahen.«

»Ja, sie waren sehr beschäftigt und wollten mir eigentlich nichts sagen, aber ein junger Mann von der Spurensicherung hat dann doch ausgeplaudert, was geschehen war. Ich meine, er hat keine Details geliefert, aber immerhin waren wir dann informiert.«

Die Dogge hatte sich mittlerweile aus den Tiefen der Scheune herausgewagt und war zu den Männern getreten. Opitz indessen betrachtete sie mit Misstrauen aus den Augenwinkeln, sie ließ sich jedoch neben der Sitzbank nieder. Als er einen Schritt vorwärts andeutete, sprang sie auf und nahm einen Platz hinter der Bank ein. Bennie war so groß, dass Opitz den Kopf heben musste, wenn er ihm in die Augen sehen wollte. Dabei fiel ihm auf, dass er eine ungewöhnlich kurze Nase und einen hellen Flaumbart hatte.

»Sind Sie schon längere Zeit bei Ihrem Großvater zu Besuch?«, machte er einen weiteren Anlauf.

»Etwa eine Woche, es ist für mein Studium, ein wenig wie ein Praktikum.«

»Was meinen Sie mit *wie* ein Praktikum?«

»Na, das richtige Praktikum folgt erst später im Studium, jetzt ist es mehr eine Art Eingewöhnung in die Landwirtschaft.« Er lächelte zögerlich.

Der Kommissar trat etwas zurück, um einen Blick in Richtung des Kühn-Hauses zu bekommen.

»Ist Ihnen vor dem Mord irgendetwas Besonderes rund um das Haus aufgefallen?« Dabei wies er mit der Hand in die Richtung des Hauses, das von diesem Standort aus nicht zu sehen war. Bennies Blick folgte der ausgestreckten Hand. »Sind vielleicht Besucher erschienen, die irgendwie ungeläufig waren, äußerlich oder durch ihr Verhalten?«

Er musste nicht lange nachdenken.

»Junge Leute sind gekommen, vielleicht etwas älter als ich. Zu zweit oder zu dritt kamen sie vor ein paar Tagen. Nach ein, zwei Stunden fuhren sie wieder ab.«

»Das sind Studenten gewesen«, warf Theo Köhler ein, »sie kommen häufig, um ein Seminar zu besuchen, das mit dem Unterricht an ihrer Schule zu tun hat.«

»Und der Schäferhund?«, fragte Opitz unvermittelt und

blickte mit einem leichten Aufwärtswinkel in die dunklen Augen des jungen Mannes.

»Hat sich der Hund irgendwann einmal ungewöhnlich verhalten – immerhin war er ja auch ein Zielobjekt des Mörders?«

»Einmal stand ein Wagen dort, wo die Einfahrt zum Haus der Kühns beginnt, also etwa zweihundert Meter davon entfernt. Ich wollte sehen, weshalb der Hund so viel und so aggressiv bellte, deshalb bin ich auf die Zufahrtstraße hinausgelaufen, bis ich das Haus im Blick hatte. Ein Mann befand sich auf der Hauseinfahrt und hatte die halbe Strecke schon hinter sich gebracht. Der Hund tobte, doch bevor der Mann die Haustüre erreichte, brach er ab und kehrte um.

Auf der Rückfahrt begann sein Magen unmissverständliche Zeichen zu geben, sodass er in Erwägung zog, eine Kleinigkeit irgendwo an der Landstraße zu essen, wenn er ein passendes Angebot dazu fände. Er erinnerte sich, am Vormittag unterwegs einen Imbissstand gesehen zu haben, etwa auf halber Strecke. Die Landstraße war nicht mehr so feucht und damit das Risiko gering, auf Eis zu geraten wie auf der Hinfahrt. Gleichwohl hing die Wolkenuntergrenze tief über Feldern und Wäldchen, kein wirklicher Anreiz für einen Streifzug durchs Land.

Bevor die Straße in eine Fichtenschonung mündete, stieß er auf den Parkplatz, wo sich der Imbiss befand. Er bestand aus einem Wohnanhänger mit Theke und drei runden Tischchen, die sich unter eine Markise duckten. Über dem Thekenausschnitt war in Großbuchstaben die Reklame angebracht: BRATWURST – SCHASCHLIK – POMMES.

Opitz bestellte eine rote Bratwurst in der Semmel mit Senf und eine Cola. Die beiden anderen Gäste waren junge Männer um die zwanzig bis fünfundzwanzig, die sich über die letzten Ergebnisse der Fußball-Bundesliga unterhielten und Pommes frites verzehrten. Unerwartet schnell war die Bratwurst fertig und wurde samt aufgeschnittenem Brötchen in eine doppelte Papierserviette gewickelt, über die Theke gereicht. Sie war nicht ganz so gut, wie eine rote Bratwurst sein konnte, weil sie wohl seit geraumer Zeit schon fertig gegrillt zum Warmhalten auf dem Rost gelegen hatte.

Trotzdem kaute er mit Appetit und hing seinen Gedanken nach. Es war der erste ungeklärte Mordfall, den er zu bearbeiten hatte, seit seiner Versetzung aus dem hessischen Polizeidienst vor zwei Jahren nach Heidenheim. Manchmal wunderte er sich nachträglich, wie reibungslos – trotz der negativen Prognosen vonseiten der Kollegen – der Dienst- und Ortswechsel vonstatten gegangen waren. Zu diesem Zeitpunkt kannte er Giulia bereits ein Jahr, nachdem er sich im Sommerurlaub in Sardinien in sie verliebt hatte, wo sie bei einer Tante zu Besuch war. Als Kind italienisch-sardischer Eltern in Heidenheim geboren, empfand sie wenig Neigung, ihren Wohnsitz nach Gießen zu verlegen, und so blieb ihm nichts anderes übrig, als ein Versetzungsgesuch nach Heidenheim zu stellen.

Als er gehen wollte, klingelte sein Handy. Er nahm es aus der Jacke und meldete sich. Es war Kollege Berner, der von der Rückkehr der Tochter Maja und des Vaters berichtete.

»Gut, vereinbare bitte, wenn es geht, einen Termin für morgen, aber nicht beide zusammen.«

»Soll ich sie aufs Präsidium bestellen?«

»Ich glaube, wir gewinnen bessere Erkenntnisse, wenn wir sie zu Hause besuchen.«

»Das sehe ich auch so.« Er grüßte und legte auf.

Opitz trank den letzten Schluck Cola aus dem Pappbecher

und ließ auch ihn im Müllbeutel verschwinden, als sein Telefon schon wieder klingelte. »Mühlbach hier«, erklang die unverwechselbare Stimme des Gerichtsmediziners, »ich habe dich im Präsidium vermutet, doch das Sekretariat sagt, du bist auf Achse.«

»Das stimmt, Doktor. Wenn du noch eine Viertelstunde Zeit hast, treffen wir uns in meinem Büro.«

Fünfzehn Minuten sind nicht zu viel Zeit, um von hier in die Innenstadt zu gelangen, fiel Opitz ein. Daher gab er dem Golf die Sporen, soweit es die Straßenverhältnisse zuließen. Tatsächlich erreichte er die Karlstraße nach exakt fünfzehn Minuten, brachte den Wagen in die Tiefgarage und fuhr mit dem Aufzug in die dritte Etage. Dr. Mühlbach lief mit weit ausholenden Schritten auf dem Flur auf und ab. Er schien ungeduldig zu sein und seinen Antrieb auf diese Weise zu kompensieren. Opitz schloss sein Dienstzimmer auf und schob Mühlbach einen Stuhl auf der Gegenseite seines Schreibtischs zu. Der lange Mediziner ließ sich ächzend nieder und streckte die Beine unter Opitz' Schreibtisch aus.

»Wir haben die Obduktion schon heute Vormittag erledigt«, brummte er ungnädig, »weil der Auftrag des Staatsanwalts schon um acht Uhr eintraf.«

»Wo denn, etwa hier in Heidenheim?«

»Ja, in der Pathologie im Klinikum auf dem Schlossplatz, sie sind dort ganz gut dafür eingerichtet. Aber Obduktionen sind dort natürlich keine Alltäglichkeit.«

Opitz wartete gespannt darauf, was Mühlbach berichten würde.

»Es war natürlich so, wie ich gestern Abend schon sagte: Der Tod ist durch zwei Stiche in die Herzgegend eingetreten, die mit einem großen Messer ausgeführt wurden. Kein direkter Stich ins Herz, denn bei einer Herzbeuteltamponade tritt sofortiger Herzstillstand ein. Und damit auch kein großer Blutverlust.«

Das Wort hatte Opitz noch nie gehört, doch Mühlbach wehrte ab.

»Weil das Opfer aber sehr viel Blut verloren hat, ist es letztlich an Blutverlust gestorben, etwa drei Liter haben dafür ausgereicht.«

Jetzt ließ er sich nicht abwimmeln: »Und was ist mit den Strangulationsmarken am Hals? War sie nicht mehr am Leben, als die Stiche folgten?«

»Gemach, gemach, dazu wollte ich noch kommen. Die Strangulationsmarken rühren sehr wahrscheinlich von einem Gürtel her, also von etwas Breiterem. Auf keinen Fall stammen sie von einem Seil. Diese Art von Verletzung kann den gesamten Organismus außer Funktion setzen, je nach Dauer auch zu Bewusstlosigkeit führen, bevor der Tod eintritt. Aber sie war nicht letal, sondern sie hat die Frau lediglich ausgeschaltet.«

»Wozu, um sie danach genussvoller umbringen zu können? Mit größerer Hingabe? Das verstehe ich nicht.«

»Wir untersuchen den Leichnam, wenn es sich um eine Frau handelt, natürlich immer auch auf Spuren von Sperma«, überging er diesen Einwurf, »denn es könnte ja sein, dass die Tat sexuelle Hintergründe hat. In diesem Fall haben wir nichts gefunden. Ich glaube, hier handelt es sich um eine Tötung im Affekt. Zunächst hat er sie überfallen, um sie zu berauben. Mit einem Gürtel oder etwas Ähnlichem hat er ihr den Hals abgeschnürt, damit sie nicht schreien konnte. Das Würgen deutet vielleicht darauf hin, dass ursprünglich keine Tötungsabsicht vorlag.«

Er machte eine kleine Formulierungspause und überlegte sich das Szenario.

»Dann muss etwas geschehen sein, das seine Absichten grundlegend geändert hat …«

»Du meinst, er hat sich's anders überlegt und daraufhin die Frau erstochen?«

»So etwa, vielleicht war der Täter ein ehemaliger Schüler der Mörike-Realschule in Geislingen, der fürchtete, von seiner damaligen Lehrerin erkannt worden zu sein, bei der er noch vor Jahren am Religionsunterricht teilgenommen hatte.«

»Das wäre eine Möglichkeit«, sagte Opitz ohne Begeisterung, »ich kann mir noch fünf weitere vorstellen.« Er winkte ab.

»Da ist aber etwas, das mehr in dein Tätigkeitsfeld passt – *wie* hat der Täter die Frau umgebracht? Wir haben sie aufrecht sitzend in ihrem Auto gefunden, mit einer großen Lache Blut direkt vor der Fahrertür. Innen waren die linke Seitenscheibe und die Türverkleidung mit Blut verschmiert, auch der Fahrersitz hatte etwas abbekommen. Wie passt das zusammen?«

Mühlbach richtete sich auf.

»Ich stelle mir vor, dass sie direkt vor dem Wagen erstochen wurde, entweder beim Aussteigen oder bevor sie einsteigen konnte.«

»Wie? Du meinst, sie sei vor dem Wagen erstochen worden, worauf man sie hinter das Lenkrad setzte? Wozu dieser Aufwand?«

Mühlbach setzte eine fragende Miene auf, antwortete aber nicht. Opitz war davon überzeugt, dass der Gerichtsmediziner auch keine klare Antwort auf seine nächste Frage haben würde: »Wie konnte er ihr einen Gürtel um den Hals ziehen, sie wird sich doch gewehrt haben?«

»Hat sie auch«, entgegnete Mühlbach lakonisch, »wir haben Abwehrspuren an ihren Händen und Armen gefunden. Das sind Abschürfungen oder Kratzer, die sie im Kampf mit dem Täter davongetragen hat.«

»Und wie kam es wohl zu diesem seltsamen Verhalten des Täters?«

»Das ist schwer zu sagen«, entgegnete Mühlbach, indem er sich erhob und durch das große Doppelfenster einen

Blick auf die winterlich verschneiten Häuser warf, »aber die Polizei entwirft doch in solchen Fällen hypothetische Szenarien, um einen besseren Überblick zu bekommen. Ich versuche so was jetzt mal:

Frau Kühn-Scharter kommt gestern gegen sechzehn Uhr in ihrem VW-Passat aus Geislingen zurück, vermutlich von der Mörike-Realschule, wo sie unterrichtet. Sie öffnet die Doppelgarage mit der Fernbedienung und fährt den Wagen hinein.

Ein Einbrecher ist im Haus und hat den Wagen gehört. Er versteckt sich hinter der Durchgangstür von der Garage zum Wohnhaus. Sie betätigt dabei die Fernbedienung, und während sich das Tor langsam schließt, wendet sie sich zur Durchgangstür. Weil die Beleuchtung defekt ist, bemerkt sie erst im letzten Augenblick, dass jemand in der Tür steht. Sie starrt ihn an, schreit um Hilfe und versucht in den Wagen zu fliehen. Das schafft sie aber nicht, denn sie wird von einer Schlinge festgehalten, die über ihren Kopf geworfen wird.

Der Einbrecher ist überrascht, als er merkt, dass das Opfer seine ehemalige Religionslehrerin ist. Um jedes Risiko für sich selbst klein zu halten, ersticht er die Frau mit einem langen und scharfen Einbruchsmesser.«

Er holte Luft und lehnte sich an den Schreibtisch.

»Das klingt gut«, entgegnete Opitz, »es ist aber nicht mal eine Hypothese, sondern ein frei erfundenes Szenario. Weshalb sollte ausgerechnet ein ehemaliger Schüler in dieser öden Landschaft auf Beutezüge gehen? Außerdem kundschaften solche Täter ihre Ziele vorher aus, das heißt, er wusste wahrscheinlich, dass es sich um seine ehemalige Lehrerin handelte. Und zudem bevorzugen Einbrecher städtisches Milieu, weil sie dort besser anfahren und untertauchen können. Jetzt kommst du!«

»Dann eben kein Schüler, vielleicht ein Seminarist«, warf Mühlbach ein, »der war durch frühere Besuche mit diesem Hause schon vertraut.«

Opitz musste an die Schilderung von Bennie denken, als dieser noch vor zwei Tagen einen Besucher beobachtet hatte, der aber wieder umdrehte. Konnte das so etwas wie ein Test gewesen sein, um den Zugang zum Haus zu überprüfen, also keine Fehler zu machen, wenn er zuschlagen würde?

Nachdem der Gerichtsmediziner keine weiteren Aspekte zur Obduktion der Toten beitragen konnte, einigten sie sich darauf, noch einmal zu einem Gespräch zusammenzukommen, wenn die DNA-Analysen der entdeckten Beweismittel vorlagen. Beide wussten aus langjähriger Erfahrung, dass ein fast unsichtbares Beweismittel wie ein blondes Härchen, die gesamten bisherigen Ermittlungen auf den Kopf stellen konnte. Deshalb neigte er nicht dazu, sich verfrüht auf ein Verdachtsmoment zu kaprizieren, sondern wartete lieber die verschiedenen Ergebnisse ab, auch wenn sie einander widersprachen.

»Ach, da ist noch eine Kleinigkeit, die ich zu erwähnen vergaß«, erklärte Mühlbach ohne Hast, »im Magen der Toten und in ihrem Blut haben wir Alkohol gefunden. Nicht zu wenig – es müssen bei regulärer Blutalkoholmessung mehr als zwei Promille gewesen sein.«

Opitz sah auf die Uhr seines Smartphones und sagte sich, dass es für einen Rückruf bei Anne-Marie Friedrichs noch nicht zu spät sei. Er hatte für einen Augenblick mit dem Gedanken gespielt, sie kurzerhand aufzusuchen, denn er wusste, dass sie nur wenige Kilometer entfernt, in Nattheim, wohnte. Aber sie war krank und womöglich ansteckend, schon deshalb schloss sich ein spontaner Besuch aus. Er legte die Beine auf den Schreibtisch und wählte ihre Nummer. Nach drei Klingelzeichen nahm sie ab.

»Ich habe es geahnt«, sagte sie lachend, und plötzlich schien sie frei von jeder Krankheit zu sein, denn ihre Stimme war zu vollem Umfang zurückgekehrt. Dann kam sie ohne Umschweife zur Sache: »Du hast sicher bemerkt, dass ich nicht mit von der Partie war, als unsere Leute den Tatort untersuchten. Aber eine funktionierende Anlage hat immer auch ein Notsystem. Das ist in unserem Fall Markus Weber, der die Untersuchung geleitet und mit mir die Ergebnisse verglichen hat.«

Er hörte, wie sie tief durchatmete. So gut schien es ihr doch nicht zu gehen.

»Demnach sind Fingerabdrücke gefunden und mit Kontrastmittel sichtbar gemacht worden. Es sind mehrere unterschiedliche Fingerabdrücke, die gesichert worden sind – du weißt, mit Klebefolie macht man das. Kein einziger dieser Fingerabdrücke ist schon einmal polizeilich registriert worden. Das haben unsere Leute national und international heute abgeglichen.«

»Sind Fußspuren gefunden worden?«, warf Opitz ein.

»Es muss nicht gerade einfach gewesen sein, bei dem vielen Blut Spuren zu fixieren.«

»Es war sehr schwierig, aber wir sind sicher, Fußspuren des Täters gefunden zu haben. Sie waren gut von deinen und den anderen zwei Ersteintreffenden am Tatort zu unterscheiden, sie sind aber auch sehr verwischt.«

»Und wie steht's mit DNA-Material?«

Sie hustete einige Sekunden lang, was sich wie der Versuch anhörte, gegen Atemnot zu kämpfen. Dann vernahm er wieder ihren Atem, der sich langsam beruhigte. »Verzeihung, ich wollte es unterdrücken, aber dann wird es nur noch schlimmer.«

»Ich habe mich zu entschuldigen«, erwiderte Opitz betroffen, der eine solch heftige Hustenattacke nicht erwartet hatte, »wir sollten das Gespräch auf einen späteren Zeitpunkt verschieben.«

»Nein, nein – es geht schon wieder. Haare sind natürlich gefunden worden, ob aber anderes DNA-taugliches Material dabei ist, kann ich noch nicht sagen. Wir werden als Nächstes die Ergebnisse der DNA-Analyse abwarten müssen.«

»Vielen Dank, Anne, nochmals möchte ich dir sagen, dass mein Anruf heute Abend überflüssig war. Kuriere dich aus, bevor du wieder im Dienst erscheinst.«

Sie lachte wieder, aber ihre Stimme klang ganz entstellt. »Es geht schon wieder«, hauchte sie noch einmal ins Telefon, dann legte sie auf.

Kurz vor neunzehn Uhr traf er zu Hause ein. Die Straßen waren alle wieder geräumt, dafür häuften sich zu beiden Seiten teils gewaltige Wälle von aufgeworfenem Schnee, die selbst einige Übergänge verstopften. Er sah, dass in der Wohnung, oben im zweiten Stock, Licht brannte, folglich musste Giulia bereits zu Hause sein.

Als er die Wohnung betrat, bemerkte er zuerst eine gläserne Salatschüssel, die Giulia füllte. Die kleinen LED-Leuchten strahlten einen warmen Lichtkegel in die Mitte der Arbeitsfläche, die aus schwarzem Granit bestand, und in deren Mitte sich die Aussparung des Induktionsherdes befand. Aus der Musikanlage erklang *Il nostro amico Angiolino* von Paolo Conte. Giulia stand neben dem Herd, schnitt eine große Tomate in dünne Scheiben und belegte sie mit ein paar Basilikumblättern. Er trat hinter sie, legte einen Arm um ihre Hüfte und küsste sie auf die Wange.

»Es gibt *Gamberoni* und Salat. Willst du ein Glas Wein bis ich so weit bin?«

»Wenn du auch eines nimmst.«

In dem Moment sah er, dass sie sich schon ein halbes Glas eingeschenkt hatte … *e dal porto del suo cuore un bastimento nella sera prende il largo* … erklang Contes kehlige Stimme. Er nahm den *Vermentino* aus dem Kühlschrank und füllte sich ebenfalls ein Glas zur Hälfte. Dann bestieg er einen der beiden hohen Barhocker, die für ein schnelles Frühstück vorgesehen waren, oder eben für die Begleitperson des Kochs. Er schnupperte am Weißwein, um davon einen kleinen Schluck zu nehmen, dem bald ein weiterer folgte. Giulia schob ihm eine Schale mit grünen Oliven zu, während sie eine Portion *Gamberoni* kurz abspülte, um sie anschließend auf den Elektrogrill zu legen.

»Frisch vom Fischladen – nicht vorgekocht«, sagte sie und deutete dabei auf die immer noch halb volle Plastiktüte, in der die sperrigen blassgrauen Tierchen lagen.

»Heute hat mich der Gerichtsmediziner auf der Dienststelle besucht und die Ergebnisse der Obduktion präsentiert«, erzählte Frank Opitz.

»Haben sie etwas gefunden, das ihr nicht schon wusstet?«

»Ja, sie war offensichtlich ziemlich besoffen, als sie umgebracht wurde. Das passt überhaupt nicht in unsere Überlegungen.«

Die Garnelen begannen auf dem Grill zu dampfen und zu knistern, worauf Giulia die Temperatur etwas reduzierte.

»Dann ist sie betrunken von irgendwoher mit ihrem Wagen nach Hause gefahren?«

»Es scheint so«, sagte er vage und leerte das Weinglas mit einem Schluck. »Außerdem geben uns ihre Würgemale am Hals Rätsel auf. Die Frau scheint mit etwas Gurtähnlichem gewürgt worden zu sein.«

Mit raschen Griffen setzte sie zwei Teller auf die schwarze Granitarbeitsfläche und legte Besteck dazu ... *il nostro amico Angiolino ...* Akkorde einer Entenflöte irritierten den Zuhörer ... *ha una moglie tutta bionda e tutta bella ... il nostro amico Angiolino.* Die graue Farbe der Gamberoni begann in ein sanftes Rosa zu wechseln, ein deutliches Zeichen dafür, dass sie gewendet werden mussten. Der unverwechselbare Duft von geröstetem Meeresgetier stieg ihnen in die Nasen und stimulierte den Appetit.

»Und morgen werde ich mit Martin Berner noch einmal hinausfahren zu diesem Weidenhof, weil der Ehemann und die Tochter der Toten eingetroffen sind. Man weiß kaum, wie man den Angehörigen solcher Mordopfer begegnen soll. Es ist immer noch schwer, damit in meiner Rolle als Ermittler umzugehen, doch wenn ich an meine Anfangszeit denke …!«

»Wir haben eine Spalte für die Lokalnachrichten verfasst und für die Ausgabe morgen vorbereitet.«

Sie suchte in ihren Unterlagen, die sie am Ende der Granitplatte übereinandergestapelt hatte. *»Brutaler Mord im Weiler«*, las sie vor, worauf eine sehr kurze Fassung der Fakten ohne Kommentar folgte und den Inhalt beendete.

»Wer hat es geschrieben?«

»Ich – was lag näher, als dafür jemand zu wählen, der mit dem Leiter der Ermittlungen zusammenlebt. Ich sehe schon deine Bedenken an der Anzahl der Stirnfalten. Sei unbesorgt, ich habe nichts Internes einfließen lassen.«

In der Zwischenzeit hatte sie einige Scheiben Weißbrot in den Toaster geschoben, entnahm nun die Garnelen dem Grill und verteilte sie auf beide Teller. Dann belud sie den Rost erneut mit Schalentieren. Opitz nahm eine Garnele und versuchte, ihr den Kopf abzudrehen, ließ sie aber sofort wieder auf den Teller fallen, weil er sich die Finger verbrannt hatte.

»Die wichtigste Frage ist natürlich«, sagte sie und führte ihr Glas zum Mund, »weshalb diese Frau ermordet wurde.«

»Das ist zugleich die schwierigste Frage; wir können vielleicht bald etwas zum Wie und zum Wo sagen – aber nicht zum Warum. Die Ergebnisse der Spurensicherung sind noch nicht alle verfügbar, und die DNA-Auswertung dauert natürlich auch ein paar Tage.«

»Gibt es denn bis dato keinerlei Hinweise, in welcher Richtung man die Tat verorten muss?«

Sie biss in eine geschälte Garnele und lutschte an den Fingerspitzen der freien Hand.

»Eher könnte ich die Herkunft dieser Krabbeltiere bestimmen«, meinte Opitz und nippte an seinem Wein.

»Es gibt einen Zeugen, der beobachtet hat, wie sich ein Mann dem Haus näherte, auf halber Strecke aber aufgab. Ob das am aufgeregten Hundegebell lag, konnte er natürlich nicht sagen – aber das war der Grund, weshalb er aufmerksam wurde.«

Sie warf ihm einen überraschten Blick zu.

»Und wann hat er das beobachtet?«

»Vorgestern, irgendwann am Nachmittag.«

»Also einen Tag vor der Tat!«

»Es kann ja auch völlig bedeutungslos gewesen sein, vielleicht war es ein Staubsaugervertreter oder jemand, der nach dem Weg fragen wollte.«

Sie konnte sich ein ironisches Lächeln nicht verkneifen.

»Und das dort draußen in der Einöde?«

Ein scharfer Geruch von Verbranntem weckte ihre Aufmerksamkeit, worauf Opitz hochschnellte und die Garnelen von der Grillstelle riss. Die schwarz verbrannte Unterseite konnte nicht dazu beitragen, den Appetit der Esser zu vergrößern. Giulia versuchte, mit spitzen Fingern die Schalen zu entfernen. Dann drehte sie den Kopf mit den angebrannten Fühlern um neunzig Grad, worauf dieser sich löste, und biss beherzt in den an einen überdimensionalen Engerling erinnernden Torso.

»È buonnissimo«, nuschelte sie zufrieden und nahm einen Schluck Wein dazu.

Als alle Garnelen vertilgt waren, blieb ihnen noch der gemischte Salat, der aus winterlich blassen Tomaten, Zwiebelringen, Mozzarella und dunklen Oliven bestand. Opitz wischte sich mit der Papierserviette den Mund ab und fragte: »Espresso?«

Statt einer Antwort nickte sie und zog die Schultern hoch.

»Ich stelle mir diesen Mann mit einem teuflischen Messer vor, wie er auf die hilflose Frau einsticht…, ein fürchterlicher Gedanke. Wenn sie aber betrunken war, hat sie womöglich von ihrem eigenen Tod gar nicht so viel mitbekommen.«

»Das kann man nicht mit Gewissheit sagen, denn sie ist zuvor mit einem Gurt so gewürgt worden, dass sie gewiss schon dabei Todesängste ausgestanden hatte.«

»Ich frage mich, weshalb diese Bestie die Frau auch noch so brutal würgen musste, bevor er ihr den Todesstoß gab. Und überhaupt – weshalb musste sie sterben?«

Sie blickte ihn ratlos mit einem blass gewordenen Gesicht an, das ein paar Minuten zuvor noch ganz anders ausgesehen hatte. Opitz servierte den Espresso und stellte Zucker dazu.

»Ihr Zustand gibt zu denken: war sie tatsächlich so schwer betrunken, wie die Blutalkoholwerte zeigen? Konnte sie dann noch fahren – wir nehmen an, dass sie von ihrer Schule in Geislingen kam. Kam sie etwa betrunken von ihrer Dienststelle? Das ist noch nicht geklärt.«

Elias trat an die Türe zu dem kleinen Balkon und schaute nach draußen, wo das Weiß des Schnees im trüben Licht versank. Vor dem Fenster betrug die Sicht kaum mehr als die Länge eines Fußballfeldes. Nun, er würde den Winter hier sowieso nicht mehr erleben – hatte er gedacht. Er öffnete die Tür, setzte einen Schritt nach draußen und sah sich um: Ringsum war nur Schnee erkennbar; Schnee, der sich über Felder und Äcker gelegt hatte wie ein trister Schleier. Elias fragte sich, ob er mit dem Gepäck auskommen würde, wenn er in der Frühe in Stuttgart in den Bus stieg, der ein gutes Dutzend junger Leute nach Istanbul bringen sollte. Jedenfalls hatte er den Rucksack bereits gepackt, vollgestopft mit leichter dunkler Bekleidung, drei Packungen Knäckebrot, einem Ring Rindssalami, dreitausend Euro, dem Reisepass und einem Exemplar des Korans in Deutsch. Und natürlich hatte er das Smartphone immer griffbereit. Arabisch verstand er nicht, doch das sei für den Anfang kein Problem, hatten seine Brüder gesagt, das würde er wie von selbst im Umgang mit den anderen Kämpfern lernen.

Hamid und Osman sprachen Deutsch mit leichtem türkischen Tonfall, sie konnten auch ein wenig Arabisch; er hatte sie am Rande einer Islamisten-Kundgebung kennengelernt, wo sie ihn auf der Straße in ein folgenschweres Gespräch verwickelt hatten, was in den nächsten Monaten dazu führte, dass er mit dem Islam in Berührung kam. Nicht etwa, dass er konvertieren wollte, doch dann hatte er von der Schreckensherrschaft des syrischen Machthabers Baschar al-Assad gegen sein eigenes Volk gehört. Ab diesem Zeitpunkt hatte er viel gelernt – und ein anderes Bewusstsein bekommen. Wenig später fasste er den Entschluss, die syrischen Aufständischen in ihrem Kampf gegen Assad zu unterstützen. Auch er würde Dschihadist werden. Allahu Akbar!

Fröstelnd verließ er den kleinen Balkon und trat ins Zimmer zurück. Am Waschbecken füllte er den Wasserkocher und goss sich einen Teebeutel auf. Er hatte die Überzeugung gewonnen, dass die Dschihadisten und die internationale Gemeinschaft ihrer Brüder in Syrien eingreifen mussten. Es war ihm leicht gefallen, sich von den beiden türkischen Brüdern auf deren Seite ziehen zu lassen. Was folgte, waren ein paar Sitzungen bei einem Imam, zusammen mit Hamid und Osman und einigen weiteren Interessenten. Dabei trat fast unbemerkt der Wandel ein, der in Empathie für das geschundene Volk der Syrer mündete; nichts war mehr wie zuvor, seine gesamte Interessenlage schien auf den Kopf gestellt. Und nun dies. Er hätte sich bereits auf dem Weg befunden, wäre das mit Mutter nicht passiert.

Vor etwa einer Woche hatte es an der Tür geklingelt. Er suchte grade nach Dingen, die er vielleicht noch mitnehmen sollte. Doch er konnte nichts finden, was ihm wichtig genug erschien. Das Radio dröhnte viel zu laut für *All about that Bass* mit seinem regressiv stolpernden Rhythmus. Fast hätte er die Türglocke überhört, wenn da die Pausen nicht gewesen wären. Er stellte die Musik leiser und betätigte den elektrischen Türöffner. Unten im Treppenhaus ertönte das Schnarren. Noch einmal drückte er auf den Knopf, setzte aus, um erneut zu drücken – doch die Tür wurde nicht aufgestoßen. Auch der Versuch, über die Sprechanlage Kontakt zu nehmen, schlug fehl. Dann verließ ihn die Geduld und er eilte verärgert die Treppe hinab. Schon von innen konnte er durch die Mattglasscheibe erkennen, dass außen niemand darauf wartete, eingelassen zu werden. Als er die schwere Buchenholztüre zur Hälfte aufgerissen hatte, bestätigte sich die Einschätzung, allerdings hatte jemand etwas hinterlassen, einen Korb, wie man ihn zum Einkaufen benutzt oder um leere Flaschen darin zu sammeln.

Er trat näher heran, dann erfasste er den Inhalt mit einem Blick, den blutigen, knöchernen Inhalt. Er fuhr zusammen wie in Eiswasser gestoßen, wandte sich schmerzerfüllt stöhnend ab von diesem Korb, der zwei Tierschädel enthielt. Dünne Spuren von geronnenem Blut zogen sich quer über die beiden Schädel und versickerten irgendwo in der Oberfläche, die Mäuler geöffnet in gnädiger Erstarrung, die gelben Zähne gebleckt für immer.

Wer hatte den Tieren die Köpfe von den Leibern getrennt? Es waren ganz offensichtlich die Köpfe zweier Schafe. Ein kalter Schauer durchfuhr ihn. Das robuste Gebiss deutete darauf hin, dass solche Tiere sich mühelos an Sträuchern und Wurzelwerk zu schaffen machen können, wenn sie nichts Besseres finden. Doch was sollten diese Köpfe im Korb vor der Haustür? Wenn sie kein Geschenk an den falschen Adressaten waren, dann konnten sie nur eine übertragene Bedeutung haben. Jemand wollte damit etwas andeuten. Aber wer sich eine solch abstruse, makabre Symbolik ausdenken konnte, der musste ein ebenso verworrenes wie krankes Hirn haben. Während er darüber nachdachte, wem er so etwas zutraute, fiel ihm nur die *KS* ein, die *Kameradschaft Südwest,* seine ehemaligen Kameraden mit den Glatzen und Springerstiefeln.

Wieder ertönte die Hausklingel. Er trat in das Treppenhaus und hörte, dass sein Vater, eine Etage tiefer, die beiden Kriminalpolizisten empfing und mit ihnen in der Wohnung verschwand. Er trank den inzwischen erkalteten Tee und kleidete sich an. Als die Vernehmung seines Vaters beendet war, kam dieser eine Etage höher und pochte an seine Tür. Das hinderte ihn aber nicht daran, in das kleine Giebelzimmer einzutreten und nach Elias Ausschau zu halten.

»Du bist dran«, schnaufte der etwas korpulente Sechzigjährige und deutete mit der Hand Richtung Treppenhaus.

»Es wird nicht lange dauern, sie wollen nur wissen, ob man etwas besonders Auffälliges beobachtet hat.«

Der Wohnraum war großzügig angelegt und roch entfernt nach Zigarillos oder Zigarren. In der Mitte befand sich ein mächtiger Eichentisch mit sechs ebensolchen Eichenstühlen, gepolstert mit bunten Blumenkissen. Die Wände waren mit Bildern übergroßer Blumenmotive dekoriert, in einer Nische des Raumes befand sich eine Fotowand mit alten schwarz-weißen und neueren Farbbildern, vermutlich Familienaufnahmen. Die beiden Beamten hatten es sich an einem niederen Glastisch bequem gemacht. Opitz ging mit ausgestreckter Hand auf den jungen Mann zu, der das Angebot erwiderte.

Er begann in der üblichen Methodik mit den persönlichen Daten, über das Verhältnis des jungen Mannes zu seinen Angehörigen, bis hin zu beruflichen und privaten Perspektiven des Befragten. Der erste Teil der Befragung ging zügig und routiniert voran, bis sie sich dem Kern der Sondierung näherten.

»Können Sie uns etwas über ihre Mutter berichten«, versuchte er die Befragung zu individualisieren, »damit wir uns ein Bild über sie machen können? Wie war sie zu Ihnen und Ihrer Schwester? Und wie verhielt sie sich gegenüber ihren Schülern, wie zu den Studenten, die wohl immer wieder zu ihren Seminaren erschienen?«

»Ich kann nur sagen, sie war sehr fürsorglich, so wie doch die meisten Mütter sind. Ein Beispiel: Sie hat uns morgens persönlich geweckt, das Frühstück gemacht, für die Wäsche gesorgt und vieles mehr.«

Opitz nickte verständnisvoll.

»Hat sie Ihre Schwester in gleicher Weise behandelt, oder gab es Unterschiede?«

Elias dachte kurz nach, dann erwiderte er: »Ja, die gab es. Maja war immer etwas selbstständiger als ich, aber sie ist ja auch zwei Jahre älter.«

Berner lächelte diskret.

»Ihre Mutter war Religionslehrerin an der Mörike-Realschule in Geislingen. Evangelische Religion, sagte Ihr Vater, und dass beide Kinder ebenfalls diese Schule besuchten.«

Elias streckte sich in seinem Sessel und malte mit dem rechten Zeigefinger imaginäre Kreise auf die Lehne.

»Richtig, ich habe dort den Realschulabschluss gemacht und danach zu arbeiten begonnen. Maja hat anschließend eine weiterführende Schule besucht und ein BWL-Studium begonnen.«

»Sind Sie jemals von ihrer Mutter an der Mörike-Realschule in Religion unterrichtet worden?«

»Ja, wieso?«

Diese Frage schien er nicht erwartet zu haben, denn er blickte Berner erwartungsvoll an.

»Das liegt ja auch nahe«, milderte Berner ab, dem die Frage selber nicht mehr behagte.

Opitz, der sich nebenbei Notizen gemacht hatte, schaltete sich wieder ein:

»Ihre Mutter hatte immer wieder Besuch von jungen Leuten – können Sie uns darüber etwas berichten?«

»Das sind Seminaristen im Fach Theologie, die nach dem Studium an der PH ihre Unterrichtsversuche vorbereiten. Mutter hat sie häufig nach Hause eingeladen, um sie zu beraten und ihnen Tipps zu geben. Auch Probestunden hat sie sich daheim angehört.«

»War das ihre Aufgabe – ich meine dienstlich, war sie Seminarleiterin?«

»Nein, das hat sie aus Interesse gemacht. Sie wusste natürlich, wann eine Lehrprobe der Anwärter an der Schule bevorstand. Dann hat sie diese Hilfe angeboten.«

»Dann war sie bestimmt eine sehr beliebte Lehrerin?«

Elias schwankte mit der Antwort: »Nicht einmal. Sie war sehr gewissenhaft und manchmal auch ziemlich autoritär. Sie hat sich immer gerne eingemischt.«

Opitz fand *eingemischt* ein merkwürdiges Wort aus dem Mund ihres Sohnes – sollte es positiv oder abschätzig klingen?

»Eingemischt…?«, wiederholte er gedehnt und wartete.

»Naja, wenn sie glaubte, irgendwo Unrecht zu sehen.«

Opitz nickte, obwohl er nur vage verstanden hatte, was gemeint war. Daher fand er den Zeitpunkt für gekommen, den Fragenkatalog auf das Umfeld zu erweitern.

»Gab es in letzter Zeit Besucher, die Ihnen verdächtig vorkamen? Der Enkel Ihres Nachbarn Theo Köhler hat einen Mann beobachtet, der sich auf der Zufahrt bis auf die halbe Strecke dem Haus genähert hat. Dann wurde er wohl vom extrem aggressiven Gebell des Hundes zurückgehalten.«

»Davon habe ich nichts mitbekommen«, entgegnete Elias und zuckte mit den Schultern. Für einen Moment schien er wie abwesend, doch dann stand sein Entschluss fest: »Ich hatte einen anonymen Besucher, der zwei abgetrennte Tierköpfe an der Haustür hinterließ – Schafsköpfe.«

Die beiden Beamten starrten sich gegenseitig an.

»Wie?«, fragte Opitz verblüfft, »Köpfe von Schafen?«

»Ja. Zwei noch blutige Köpfe von Schafen in einem Einkaufskorb.«

Für einen kurzen Augenblick entstand eine Pause.

»Wann war das?«

»Es ist erst ein paar Tage her – vier oder fünf. Die Köpfe habe ich noch am selben Tag im Mülleimer entsorgt.«

»Gab es noch einen Hinweis, eine Nachricht auf einem Zettel oder etwas Ähnliches?«

»Nichts, gar nichts. Ich denke, jemand wollte uns ärgern, uns einen Streich spielen.«

»Glauben Sie, dass jemand hier herauskommt, um einen Schabernack zu spielen? Für einen solchen Jux scheint mir der Weg zu weit. Es sei denn – es war jemand aus der unmittelbaren Nachbarschaft.«

Opitz hatte den Bleistift auf die anderen Häuser ausgerichtet und drehte ihn wie eine schwingende Kompassnadel hin und her.

»Das glaube ich nicht«, sagte Elias und zog die Stirn kraus, »die Nachbarn sind alle zu alt oder zu krank für solche Streiche, und dem Enkel von Köhler traue ich das nicht zu. Der studiert bald Agrarwissenschaften und ist für ein paar Tage bei seinem Opa zu Besuch.«

»Ja, wir sind darüber schon informiert«, bemerkte Opitz, »und wenn Ihnen noch weitere Dinge auffallen, dann können

Sie mich unter dieser Nummer erreichen.« Damit schob er dem jungen Mann sein Kärtchen über den Tisch und nickte ihm freundlich zu.

Als Maja eintrat, bemerkten die Kommissare eine deutliche Ähnlichkeit beider Geschwister. Auch sie hatte wasserhelle Augen, einen offensichtlich pigmentarmen Teint und den Ansatz zu Kraushaar, das sie teilweise glattgeföhnt haben musste. Sie trug Jeans und einen dunkelroten Wollpullover mit Rollkragen. Opitz ging auf sie zu und reichte ihr die Hand, nannte seinen Namen und den von Martin Berner. Dann bat er auch sie, am Glastisch Platz zu nehmen.

»Wir haben ein paar Fragen«, begann er freundlich lächelnd, »die wir teilweise auch Ihrem Bruder und Ihrem Vater gestellt haben, damit wir uns ein Bild von Ihrer Mutter machen können.«

Sie hörte aufmerksam zu und nickte.

»Nur zu, wenn ich Ihnen helfen kann.«

Ihre Stimme war belegt und sie sah leidend aus.

»Können wir vielleicht mit Ihrem Verhältnis zu Ihrer Mutter beginnen: Ihr Bruder hat sie als sehr fürsorglich beschrieben – würden Sie das auch so sehen?«

Sie schien sich zu sammeln, doch dann hatte sie die Antwort gefunden: »Glauben Sie wirklich, dass das Thema Beziehung zwischen den Kindern und der ermordeten Mutter zum Erkenntnisgewinn über den Mörder beitragen kann? Ich denke, Sie sollten wie alle anderen Kriminalbeamten bei der Spurensuche bleiben, wenn es schon keine Tatzeugen gibt, und sich auf die DNA-Ergebnisse verlassen.«

Peng! Das saß.

Opitz fand als Erster die Sprache wieder.

»Verzeihung, es ist nicht unsere Absicht Ihnen zu nahe zu treten oder Ihre Gefühle zu verletzen. Wenn man sich aber ein Bild von dem Mordopfer machen will, dann zählen auch kleinste Details. Wir sind ja erst am Anfang der Ermittlungen und versuchen deshalb, zunächst die leichter zu bekommenden Informationen abzugreifen.«

Sie hatte offenbar ihr Pulver bereits verschossen und die Gesichtszüge entspannten sich leicht. Hat ihr etwas an mir nicht gefallen?, überlegte Opitz. Manche Menschen reagieren allergisch auf einen bestimmten Typ. Daher gab er dem Kollegen unter dem Tisch einen leichten Schubs gegen das Bein. Dieser verstand und übernahm die weitere Befragung.

»Ich komme auf die erste Frage zurück: Stimmt es, dass Ihre Mutter alles getan hat, um ihre Kinder zu entlasten?«

»Glauben Sie bloß nicht, sie sei altruistisch gewesen – und wenn, so bezog sich das ausschließlich auf Elias. Ihm hat sie jede Tätigkeit abgenommen, während ich meinen Kram frühzeitig selber erledigte. Es war mir so auch lieber.«

»Ich verstehe«, bestätigte Berner mit einem Blick auf die dominante Eichenholzvitrine an der Langseite des Raumes, »die Kleineren werden oft von den Müttern gehätschelt. Aber das zahlt sich nicht immer aus.«

Sie nickte bestätigend, hatte jedoch keine Entgegnung parat, was ihn zur nächsten Stufe der Befragung ermunterte:

»Haben Sie jemals gehört, ob ihre Mutter einen Konflikt mit anderen Menschen hatte, oder gab es vielleicht sogar eine offene Feindschaft?«

Maja musste nicht lange nachdenken.

»Wissen Sie, es war nicht sonderlich schwer, mit meiner Mutter in Streit zu geraten. Ich kann mich an Dutzende solcher Konflikte erinnern. Wenn wir in Urlaub gefahren sind, hat sie regelmäßig mit den Nachbarn Krach bekommen. Entweder hatten sie zu laut gefeiert, oder sie hatten ihr Fahrzeug auf unserem Parkplatz abgestellt. Beim nächsten Mal hat der Grill nebenan zu stark gequalmt, oder sie konnte den Zigarettenqualm nicht aushalten. Dabei hat sie selber geraucht, aber nur Zigarren.«

»Wohnen Sie deshalb vielleicht so abgeschieden auf dem Lande?«

»Ihre Vermutung ist bestimmt nicht ganz falsch, denn Mutter hat es nicht ertragen, in engerem Kontakt zu anderen Menschen zu leben. Haben Sie unseren Vater nicht danach gefragt?«

»Nun, es hat keinen Sinn, allen dieselben Fragen zu stellen«, schaltete Opitz sich ein, »es würde uns aber interessieren, welches die nahestehenden Freunde Ihrer Familie sind.«

»Nahestehende Freunde der Familie?« Sie stockte mit der Antwort. »Vater ist nicht oft anwesend, auch an den Wochenenden kann man nur selten auf ihn zählen, weil er nach der anstrengenden Woche nicht auch noch eine stressige Rückfahrt auf der Autobahn erleben will. Dann bleibt er einfach in seinem Hotelzimmer. Mutter hatte natürlich Kontakte über die Kirche, weil sie verschiedene Hilfsdienste ausübte; sie war mehrmals in der Woche dort beschäftigt.«

»Gab es denn Freunde, die Ihre Eltern gelegentlich besuchten – oder umgekehrt?«

Sie konnte sich ein schiefes Lächeln nicht verkneifen.

»Solche Besuche gab es bei uns nicht. Dafür sind dann solche Leute gekommen, die der Hilfe bedurften. Das waren in erster Linie Lehramtsstudenten im Fach evangelische Religion.«

»Ja, das haben wir schon gehört.«

Er legte eine Pause ein, um ein paar Wörter zu notieren.

»Und Sie selber? Haben Sie und Ihr Bruder Freunde, die zu Besuch kommen?«

»Wenn Sie Sozialkontakte meinen, die kann ich bestätigen. Das Problem liegt bei uns natürlich in der Abgeschiedenheit. Klassenkameraden sind höchst selten hier draußen gewesen, erst mit dem Führerschein hat sich das geändert.«

Opitz nickte seinem Kollegen zu und wandte sich nochmals an Maja: »Eine letzte Frage haben wir noch – haben Sie sich oder Ihre Eltern hier draußen jemals bedroht gefühlt? Denken Sie bitte an die beiden Schädel, die vor ein paar Tagen jemand in einem Korb vor die Tür gestellt hatte.«

Sie beugte sich etwas vor und legte beide Hände mit der Innenseite auf den Tisch. »Ich kann nur für mich selber sprechen: Als Kind habe ich mich immer sicher gefühlt, wir hatten alle Freiheiten, konnten mit den Bauern auf dem Traktor aufs Feld mitfahren, zu den Tieren in den Stall gehen, bei der Fütterung helfen. Selbst die Schlachtung eines Schweines war ein ganz normaler Vorgang, der zum Leben der Bauern gehörte. Mit Begeisterung habe ich in einem Eimer den dicken Strahl Blut aufgefangen, der dem Tier aus dem Hals schoss.

Doch als ich in die Pubertät kam, sah das etwas anders aus. Einmal saß ein Mann hinter einem Weidenbusch, als ich mit dem Fahrrad von einem Ausflug nach Hause kam. Er sprang plötzlich hervor, packte mich im Vorbeifahren am Arm und zerrte mich vom Fahrrad. Er war ein ziemlich großer Mann, um die Dreißig, und ich wäre hoffnungslos unterlegen gewesen, doch ich hatte großes Glück, denn plötzlich tauchte ein Auto auf, das nach Weidenhof fuhr. Er ließ mich los und verschwand mit Riesenschritten über den Acker bis zum Waldesrand, wo er in die Dunkelheit eintauchte. Ab diesem Tag wurde ich vorsichtiger.«

»Wie lange ist das her?«

»Ich war gerade vierzehn geworden, und da ich jetzt zweiundzwanzig bin, liegen also acht Jahre dazwischen. Meinen Sie, dass dieser Mann jetzt noch aktiv ist?«

»Wenn in dieser Zeitspanne nichts mehr vorgefallen ist, glaube ich nicht an eine Wiederholung. Jedenfalls nicht in dieser Gegend der Schwäbischen Alb. Haben Sie oder Ihre Eltern damals die Polizei eingeschaltet?«

»Leider nicht«, sagte sie bedauernd, »damals hat man das leichtgenommen, heute wäre es ein schweres Delikt.

Der Fahrzeughandel Lackmayer lag wenige Kilometer westlich von Gerstetten an der Landstraße, wo eine geräumige Scheune ausreichend Platz bot, um ein umfangreiches Sortiment an abgelegten Fahrzeugen unterzubringen. Elias Kühn hatte von zu Hause kaum mehr als zehn Minuten zu fahren, um seine ehemalige Arbeitsstelle bei Lackmayer zu erreichen. Er parkte den Cinquecento vor dem Tor und trat ein. Toni Grimm, der Mechaniker, war mit dem Reifenwechsel an einem älteren Opel beschäftigt. Er sah von seiner Arbeit auf, als er bemerkte, dass jemand eingetreten war. Sobald er erkannte, dass es Elias war, fuhr er fort, mit dem Pressluftschrauber die Radmuttern anzuziehen.

»Wo ist Fred?«, rief Elias gegen das Rattern des Pressluftwerkzeuges an, nachdem er sich mit einem Blick zum gläsernen Bürokasten davon überzeugt hatte, dass der Chef nicht anwesend war. Wider Erwarten hatte Benno die Frage verstanden.

»Probefahrt!«, schrie er, ohne sich dem Besucher zuzuwenden oder mit dem Rattern aufzuhören.

Nach fünf Minuten hörte er ihn kommen. Ein tiefgrüner Alfa Romeo Giulietta bremste vor dem Tor scharf ab, der Motor heulte zweimal laut auf, wurde abgestellt und der Fahrer stieg aus. Er beugte sich hinab, um die Reifen zu inspizieren, dann öffnete er die Motorhaube, kontrollierte Kühlflüssigkeit, Batterie und Öl, bis seine Aufmerksamkeit an einem Detail hängen blieb. Er begann mit einem Taschenmesser im Bereich der inneren Kotflügel zu kratzen – dann hatte er Gewissheit: »Ein Unfallfahrzeug«, murmelte er und kratzte weiter an der verdächtigen Lackstelle, die dem Lackierer nach der Unfallreparatur offensichtlich nicht besonders gut gelungen war. Er entnahm dem Handschuhfach ein Formular, in das der Verkäufer die Fahrzeugdaten eingetragen hatte.

»Nicht zufrieden mit dem Auto?«, fragte Elias, der herausgetreten war und mit dem Zeigefinger über den Lack der Heckklappe fuhr.

Lackmayer blickte auf und erkannte in diesem Moment, wen er vor sich hatte. Er trat an Elias heran und ergriff seine Hand, während er mit gepressten Lippen sein Beileid äußerte. Nach einer Minute des Schweigens sagte er: »Ich habe natürlich schon am nächsten Tag von dieser schrecklichen Tat gehört. Es tut mir so leid.«

Elias konnte die meiste Zeit die Bluttat an seiner Mutter verdrängen, doch wenn darüber gesprochen wurde, hatte er Mühe sich zusammenzunehmen. Sofort schossen ihm Tränen in die Augen, und er war stets nahe daran, in Schluchzen auszubrechen. Toni hatte den Pressluftschrauber zur Seite gelegt und war ebenfalls gekommen, um zu kondolieren. Elias wischte sich mit einem Papiertaschentuch die Tränen aus den Augenwinkeln und versuchte eine resolute Haltung einzunehmen.

»Ich kann den Wagen jetzt nicht hergeben, solange die Ermittlungen laufen. Es wird sicher noch ein paar Wochen dauern, bis man vielleicht einen Tatverdächtigen findet.«

»Das macht nichts«, beschwichtigte Lackmayer, »wir können das Geschäft trotzdem abwickeln, außerdem bekommst du noch einige Überstunden bezahlt.«

Damit schien die Hinwendung Lackmayers an Elias beendet zu sein, der erst vor wenigen Tagen sein Arbeitsverhältnis gekündigt hatte. Er kehrte ohne Umstände zu seiner Probefahrt zurück.

»Der Kerl bildet sich ein, einen Unfallschaden verschweigen zu können!« rief er aufgebracht, ließ die Motorhaube krachend zufallen und verschwand im Inneren der Scheune. Bald darauf konnte Elias eine telefonische Verbalkanonade vernehmen, wie er sie so noch nie aus Lackmayers Mund gehört hatte. Sie endete damit, dass er den potenziellen Verkäufer ultimativ aufforderte, sein Fahrzeug binnen einer halben Stunde abzuholen, wenn er nicht riskieren wolle, dass alle Autohändler im Umkreis von hundert Kilometern eine persönliche Warnung von Fred Lackmayer erhielten.

»So ein Stümper! Na, lassen wir das. Möchtest du einen Kaffee?«

Ohne die Antwort abzuwarten, drehte er sich auf der Stelle um und schritt auf das Büro zu. Lackmayer war um die vierzig und ein wenig korpulent. Vielleicht trug er deshalb gerne locker sitzende Anzüge mit Hosenträgern. Er drückte das Knöpfchen der Kaffeemaschine.

»Die Reise ins Morgenland fällt natürlich aus – aber du hast doch sicher schon gepackt?«

Elias verzog den Mund zu einer unwilligen Miene.

»Ich bin eigentlich nur gekommen, um zu erklären, dass ich dir den Wagen jetzt noch nicht geben kann.«

Lackmayer zog zwei Tassen unter der Maschine hervor. Dann deutete er auf den Besucherstuhl und ließ sich selber in den bequemen Lehnstuhl sinken, der zu seinem Arbeitsplatz gehörte.

»Zucker, Milch?«, er schob beides seinem Besucher entgegen.

»Du kannst den Wagen noch so lange fahren, bis du abreist. Haben wir schon über den Preis gesprochen – wie viel?«

»Siebentausend«, sagte er entschlossen, mit einem leichten Druckgefühl im Oberbauch.

»Siebentausend?«, kam die Antwort so gedehnt, als habe sich der potenzielle Käufer verhört.

»Hatten wir uns denn nicht schon auf sechstausend geeinigt?«

»Der Tacho zeigt noch nicht mal fünfundsechzigtausend Kilometer und der Wagen ist erst vier Jahre alt.«

Er presste die Lippen aufeinander.

»Dann gehen wir eben auf sechseinhalb. Außerdem sind da noch ein paar Überstunden, die wir noch nicht verrechnet haben. Ganz schön was aufgelaufen ... ein knapper Tausender!«

Elias nickte und leerte den Kaffee mit einem Schluck. Das deutete Fred Lackmayer als ein Zeichen der Einigung über die Transaktion. Er kehrte an seinen Arbeitsplatz zurück, knöpfte das Jackett auf, sodass die Hosenträger sichtbar wurden, und stellte eine Quittung aus. Mit der rechten Hand angelte er in der untersten Schublade seines Schreibtisches herum und zog schließlich ein Bündel Geldscheine hervor. Dann zählte er das Geld auf den Tisch und schob es Elias zu, nicht ohne die Quittung obenauf zu legen.

»Quittiere bitte die Summe.«

Elias kontrollierte nochmals die Vollständigkeit des Betrages und setzte seinen unleserlichen Namenszug unter die Zahl.

»Den Kaufvertrag erledigen wir morgen, ich werde alles vorbereiten.«

Nun war er für eine Weile unabhängig von Arbeit, er musste sich nicht um den Lebensunterhalt sorgen; alles in allem besaß er jetzt über elftausend Euro. Soweit er gehört hatte, zahlten die Dschihadisten ihre Kämpfer für deren Einsatz ganz gut – wenn auch nicht so überragend wie I. S., der sich Islamischer Staat nennt.

Er hatte sich schon länger vorgenommen, Viola in Steinheim aufzusuchen, die zu sehr unterschiedlichen Zeiten im Café Ritter als Bedienung beschäftigt war. Einmal unterwegs, schien ihm dies die beste Gelegenheit, den Vorsatz jetzt zu verwirklichen.

Nach zehn Minuten hatte er den Ort erreicht, an dessen Durchgangsstraße im Zentrum das Café Ritter lag, erbaut im Stil der sechziger Jahre, mit dem Charme schlichter Landarchitektur. Jedes Mal, wenn er das Lokal betrat, gab ein mechanisches Glöckchen ein Klingelzeichen.

Viola war tatsächlich anwesend, stellte er mit Freude fest. Sie blickte in dem Moment von ihrer Beschäftigung am Tresen auf, als das Klingeln ertönte. Das Café war fast leer.

»Du bist immer noch im Lande?«, sie verließ den Tresen, trat an ihn heran und strich mit zwei Fingern über seine Wange. Sie trug enge Jeans und ein weißes Shirt, irgendwie passte das überhaupt nicht zum Ambiente des Sechziger-Jahre-Cafés, fand er. Aber ihr stand es.

»Der Cinquecento ist verkauft. Aber ich werde ihn noch eine gewisse Zeit nutzen können.«

»Du sprichst in Rätseln – was meinst du mit: »eine gewisse Zeit?«

Er erwartete jeden Moment ihre Fragen. Sollte sie noch nichts davon gehört haben, dass nur acht Kilometer von hier entfernt ein Mord geschehen war?

»Nun ja, ich kann ihn fahren, solange ich noch hier bin.«

Sie betrachtete ihn skeptisch.

»Hat sich dein Einsatz erübrigt, weil die Kämpfe in Aleppo fast beendet sind? Assad hat so gut wie gewonnen. Alles kaputt.«

Er überlegte, ob er darauf eingehen oder sich lieber zurückhalten sollte. Es dauerte nur ein paar Sekunden, bis er sich entschloss, mit der wahren Begründung hinter dem Berg zu halten.

»Ich möchte dich bitten, Viola, niemand davon zu erzählen.«

Sie hob die beiden Innenseiten ihrer Hände gegen ihn.

»Ganz wie du willst, vor zwei Wochen hast du dich allerdings noch ganz anders verhalten. Alles musste eilig abgewickelt werden, denn die Abreise sollte schon am übernächsten Tag stattfinden.«

Es war ihm klar, dass sie mit seiner Planung nicht einverstanden war. Sie hatten zwar die Intensität ihrer Beziehung auf ein Minimum heruntergefahren, aber dieser kleine Rest genügte immer noch, sich gelegentlich zu treffen und zu plaudern. Wenn er darüber nachdachte, fühlte er sich elend und desolat. Aber er konnte nicht anders, er wollte und musste dort eingreifen.

»Und du?«, wandte er sich an Viola, die sich wieder hinter die Theke zurückgezogen hatte, »hast du jetzt eine Versammlung dieses Gurus schon besucht, von dem du bei unserem letzten Treffen so geschwärmt hast?«

Sie füllte sich ein Glas Wasser aus dem Hahn und schob auch ihm eines über die Glasplatte zu.

»Dieser Mann ist kein Guru, das habe ich damals schon betont, aber du willst mich wohl in einer speziellen Ecke sehen. Er lehrt eine alternative Ernährungsform, nämlich die Paläoernährung.«

»Und was ist das, eine Diät, oder was sonst?«

»Man ernährt sich so, wie unsere Vorfahren es vor vielen Tausend Jahren getan haben. Zum Beispiel darf man nichts gegen Käfer, Würmer und andere Insekten haben.«

Er grinste.

»Wer wird sich denn freiwillig von solchem Ungeziefer ernähren? Die meisten Menschen hierzulande schrecken doch schon vor Fisch zurück. Dann möchte ich mal sehen, wie sie sich verhalten, wenn eine Nacktschnecke auf ihrem Teller liegt.«

Elias setzte das Glas Wasser an und leerte es auf einen Zug.

»Das ist natürlich nur ein Beispiel, als Paläotiker hat man eine große Auswahl an Nahrung – ganz anders als vielleicht der Veganer oder Vegetarier.«

Sie zog eine knappe Broschüre aus ihrer Handtasche, die sie vor ihm entfaltete.

»Hier kannst du sehen, dass die Menschen damals fast alles konsumierten, was sie bekommen konnten. Nur eines nicht – Getreideprodukte, denn die kannte man noch nicht. Manche Paläo-Esser behaupten, dass Getreide gegen die genetische Disposition des Menschen verstößt, aber die meisten halten das für übertrieben – ich übrigens auch.«

Elias angelte sich ein paar Erdnüsse aus einer bereitstehenden Schale und knabberte sie mit Genuss.

»Und was lernen wir daraus? Ist diese Art der Ernährung gesünder, nimmt man dabei ab, lebt man länger, oder was?«

»Du bist so verdammt zielorientiert«, fauchte sie ihn an, »komme, was da wolle: Du willst Peschmerga spielen, und zwar sofort! Und jetzt findest du, dass manche Leute eine ganz absonderliche Form der Ernährung praktizieren, die du nicht nachvollziehen kannst.«

Er schob die Schale mit den Erdnüssen beiseite und hauchte ihr einen Kuss auf die Wange. Sie nahm es hin wie eine Strafe. Bevor er das Café verließ, legte er eine Kopie der Todesanzeige aus der Heidenheimer Zeitung auf den Tresen.

Als Opitz am nächsten Morgen um neun Uhr am Sekretariat vorbei in sein Dienstzimmer wollte, wurde er durch den Ruf seines Vornamens aufgehalten. Er stoppte und drehte um, da kam ihm Linda bereits entgegen.

»Frank, der Chef will dich sprechen. Er wartet oben schon auf dich!«

»Das habe ich mir schon gedacht«, brummte er und ließ sich von seinem ursprünglichen Ziel nicht ablenken.

»Danke, Linda. Wir beide sollten wieder einmal ein Stück Schwarzwälder Torte essen gehen.«

Er war sich nicht sicher, ob sie die Botschaft verstanden hatte, gewiss war nur, dass sie eine große Leidenschaft für diese Art von Torte besaß. Er trat ins Büro, überflog rasch die eingegangenen Mails und stellte dabei fest, dass Anne-Marie Friedrichs am Nachmittag einen Termin in Heidenheim hatte, daher in Aussicht stellte, anschließend zu einer Besprechung in die Kripo-Dienststelle zu kommen. Er tippte schnell eine Antwort, des Inhalts, dass er sich sehr auf ihren Besuch freue.

Kriminalrat Reuter gehörte der Generation nachrückender Beamter an, die ihre Qualifikation durch vielfältige Erfahrungen auf den verschiedensten Posten im Lande erworben hatten. Mit seinen fünfundfünfzig Jahren wirkte er deutlich jünger, zumal er dünn und schlaksig war. Opitz stieg eine Etage höher und klopfte am Chefzimmer an.

»Nur zu!«, ertönte es von innen.

Er öffnete und trat ein. Direkt gegenüber der Tür befand sich der Schreibtisch, an dem Reuter hinter einem Bündel Dokumenten saß und nun aufblickte.

»Das sind alles Originale aus den Achtzigerjahren, man wird sie digitalisieren müssen«, bemerkte er beiläufig und tippte mit dem Mittelfinger auf das Paket.

»Nimm Platz«, damit wies er mit der Hand auf einen Besucherstuhl, »wir werden bestimmt noch so manchen ungeklärten alten Fall lösen müssen, seit DNA-Analysen durchgeführt werden können.«

Opitz ließ sich in den Armlehnstuhl sinken und erwartete die Aufforderung zum Rapport.

»Wie steht es um die DNA-Analysen im Mordfall Kühn-Scharter?«

»Wir haben noch nichts vom Labor erhalten, doch heute habe ich einen Termin mit der Leiterin der SpuSi, dann werden wir sicher mehr erfahren.«

»Ich habe heute Morgen eure Protokolle gelesen«, sagte er nachdenklich, »es sieht merkwürdig aus. Die Leute haben sich in den hintersten Winkel der Einsamkeit zurückgezogen, doch der Mörder hat sie trotzdem erwischt. Ist es nicht so?«

Reuter fixierte ihn aufmerksam. Opitz erwog diesen Gedanken, kam aber zu einem anderen Schluss.

»Die Familie wohnt etwa zwanzig Jahre dort draußen auf dem Land. Wenn es zutrifft, was du andeutest, dann liegt der Grund für ihre Flucht hinaus ebenso lang zurück. Sollten sie erst jetzt von ihrer Vergangenheit eingeholt worden sein?«

»Ich halte es für möglich, aber es ist eher unwahrscheinlich. Hast du denn eine Hypothese?«

»Eine Hypothese?«

Opitz dehnte die Frage zu einem weiten Bogen, während er durch das große Fenster die Sprünge von zwei Elstern auf dem schneebedeckten Nachbardach beobachtete.

»Es ist zu früh, um eine Hypothese zu wagen. Da gibt es ein paar Dinge, die mich irritieren, zum Beispiel die beiden Schafsköpfe, die vor die Tür der Familie Kühn gelegt wurden. Das war zwei Tage, bevor der Mord geschah. War es ein Hinweis, eine Warnung? Was sollte es sonst bedeuten? Jedenfalls kann man es nicht als eine Bagatelle abtun, denn dazu mussten zwei Schafe geschlachtet werden. Wofür?«

Reuter schwieg eine Weile, dann meinte er: »Bizarr, einfach absurd – wenn es ein Tieropfer sein sollte.«

In seinem Gesicht verspannte sich die Muskulatur.

»Es sei denn, sie stammen von einem Schäfer, der die beiden Tiere aus wirtschaftlichen Gründen geschlachtet hat.«

Opitz grinste verhalten.

»Und dann hat sie der Hilfsschäfer an der Tür der Familie Kühn abgelegt?«

»Wenn's der Schäfer nicht war, dann hat sich eben jemand anders die Tierköpfe unter den Nagel gerissen. Jedenfalls kommt derjenige aus einem landwirtschaftlichen Umfeld. Vielleicht sollte man sich mal im näheren Umkreis kundig machen.«

Opitz nickte, weil gegen dieses Argument wirklich nichts zu sagen war.

»Es gibt noch etwas: Das Mordopfer wies Würgemale im Halsbereich auf, du wirst das vermutlich ebenfalls gelesen haben. Außerdem: Es war ziemlich alkoholisiert. Wir haben uns natürlich gefragt, wie diese beiden Fakten zusammenpassen.«

»Tja, vielleicht kam sie von einer Feier? Das würde zumindest den Alkohol erklären.«

»Das ist möglich; der Schulleiter der Mörike-Realschule hat telefonisch bestätigt, dass sie bis zur zweiten Nachmittagsstunde unterrichtet hat. Woher also der Alkohol?«

»Danach blieb sicher genügend Zeit, um sich bis zum Abend hübsch zu betrinken«, erklärte Reuter trocken.

»Und, weiß man denn, ob sie vielleicht dem Alkohol zugetan war?«

»Du meinst, sie könnte abhängig gewesen sein? Das müssen wir natürlich noch prüfen. Eine Bilanzierung des Familienhaushalts hat darüber keinen Aufschluss gegeben. Ein paar Flaschen Wein und ein Sixpack Bier war alles, was auf den Konsum von Spirituosen hinweist.«

Reuter zog sich eine dunkelgrüne Mappe heran und schlug sie auf.

»Du siehst, ich habe die Fotos ebenfalls erhalten.«

Er schob Opitz ein Foto über den Tisch zu, worauf er beim Anblick des Kopfes der Toten ein wenig zurückfuhr.

Am Hals war eine Druckmarkierung zu erkennen, die von einer übermäßig zugezogenen Krawatte stammen mochte.

»Eine Drosselmarke, aber nicht so stark, dass die Frau dadurch zu Tode gekommen sein konnte.«

Opitz fuhr mit einem Bleistift an der auffälligen Markierung entlang, die um den Hals herum führte und neben dem Kehlkopf in einer Verdichtung bestand.

»Hier muss die Schlaufe gesessen haben, durch die das Band – oder was immer es war – zusammengezogen wurde. Das haben die Gerichtsmediziner bestätigt.«

Der Kriminalrat lehnte sich nach vorn, sodass seine Hände mehr als die Hälfte der Tischbreite erreichten.

»Ich nehme an, dass der Mörder das Opfer zuerst gefoltert hat, um irgendeine Information zu erpressen. Man muss sich das mal vorstellen: Das Opfer ist schwer betrunken. Wie der Mörder zunächst einen Strick um den Hals der sich sträubenden Frau legt, wie er die Schlinge fester zieht, vielleicht über mehrere Minuten; das Opfer kann nur noch röchelnd atmen, und schließlich entscheidet er sich für den finalen Schritt: Er hat ein langes und scharfes Messer dabei, sticht der halb ohnmächtigen Frau in den Oberkörper, worauf Fontänen von Blut hervorschießen. Sie verblutet schließlich in kurzer Zeit.«

Opitz hob beschwichtigend die Hände und bewegte sie langsam auf und ab.

»Solche drastischen Schilderungen gehen mir aufs Gemüt. Wissen wir nun mehr?«

Wenn es auch nie den Anschein hatte, Reuter wusste über die Einzelheiten der Verbrechen sehr genau Bescheid, doch es bedeutete nicht, dass er einen höheren Erkenntnisstand besaß. Ganz im Gegenteil. Bei allem dienstlichen Interesse an den verschiedenen Fällen, mit dem Reuter den Kommissar begleitet hatte, stand doch immer die Barriere des Schreibtisches zwischen ihnen. Und das war auch gut so, dachte zumindest Opitz, der es nicht besonders schätzte, wenn ihm jemand ohne Unterlass ins Handwerk pfuschte.

Unter den Stichworten Schäferei oder Schafzucht konnte Opitz in den Gelben Seiten nichts finden. Da pochte es verhalten an der Tür. Er hätte wetten können, dass dies Anne-Marie Friedrichs war, deshalb sprang er auf und öffnete die Tür.

»Ich werde nicht lange stören«, sagte sie lächelnd und reichte ihm die Hand, »es gibt aber ein paar Erkenntnisse, die dich interessieren werden.«

Während sie eintrat, vernahm er den dezenten Duft ihres Parfüms. Er schob einen weiteren Stuhl neben seinen Schreibtisch, den sie ohne Aufforderung belegte. Sie sah aus wie eine Vierzigjährige, doch Opitz wusste, dass sie um fünf bis sechs Jahre älter war. Ihr ironisches Lächeln kündete entweder von einem besonderen Clou oder einer Pleite ihrer Untersuchungen.

»Eine wichtige Erkenntnis ist, dass wir mindestens acht verschiedene DNA-Spuren gefunden haben. Keine dieser Spuren ist irgendwo in der DNA-Datenbank des Bundeskriminalamtes gespeichert. Wir können also nicht auf eine bekannte Identität zurückgreifen, sondern wir müssen uns auf die anderen Spuren konzentrieren.«

»Und welche Spuren sind das?«

»Fingerabdrücke, Fußspuren, Haare, Hautabrieb und noch einige Besonderheiten. Es sind allerdings nur ganz wenige Fingerabdrücke gefunden worden, und die stammen sehr wahrscheinlich nicht aus der Tatzeit. Alle Abdrücke kommen von der Familie selbst, das hat ein erster Vergleich ergeben. Der Täter wird sicher Handschuhe getragen haben, sonst hätten sich in unmittelbarer Umgebung des Tatortes ebenfalls Fingerabdrücke gefunden. Dort, wo der Zugriff des Täters stattgefunden hat, haben wir Haare entdeckt, die sowohl vom Opfer als auch vom Täter stammen, denn das sind die Momente, wo der Mensch dank erhöhter Bewegung auch mehr Haar verliert.

Ich kann jetzt schon sagen, dass es sich um helles bis silbergraues Haar eines Mannes zwischen sechzig und siebzig Jahren handelt. Sicher werden die Chemiker und Biologen dem Haar noch ein paar weitere Geheimnisse entreißen können, dazu brauchen sie aber noch etwas Zeit.«

Opitz wippte ungeduldig mit den Füßen.

»Gibt es denn in den Spuren einen Hinweis auf eine physische Auseinandersetzung zwischen Täter und Opfer?«

»Na klar – das habe ich vorher angedeutet: der größere Haarverlust ist dafür unter anderem ein solches Anzeichen. Und noch etwas haben die Kollegen entdeckt: Einen Plastikbecher und eine halb geleerte Flasche Schnaps. Sie haben sie in einer Ecke der Garage gefunden – Wodka. Am Becher waren Fingerabdrücke des Opfers. An der Flasche nicht.«

An der Flasche nicht. Was bedeutete das? Gab es hier eine Erklärung für ihren Rausch? Das machte Opitz nachdenklich.

»Was wir relativ sicher konservieren konnten«, fuhr sie fort, indem sie einen Packen Fotos auf den Tisch legte, »sind Fußspuren, und zwar unter anderen auch die des vermutlichen Mörders.«

Sie breitete die A5-formatigen Farbfotos auf dem Tisch aus. Darauf waren durch eine besondere Ausleuchtungstechnik, trotz dunklem Hintergrund, die Abdrücke von Schuhen deutlich zu erkennen.

»Das sind die Spuren des Verdächtigen, sie sind entstanden, weil er zuvor durch die große Blutlache gelaufen ist. Er hat einen ganz spezifischen Schritt, der die Füße im Winkel von fast 20 Grad nach außen setzt. Ein sogenannter Donald-Duck-Schritt. Dabei berühren die Hacken mit ihren Außenseiten den Boden zuerst, die Folge davon sind hinten und jeweils außen abgeschliffene Absätze.«

Sie tippte mit dem Finger auf ein Foto, das diesen Effekt deutlich sichtbar machte. Opitz nahm es zur Hand und stellte verwundert fest, welche Details die SpuSi herausgefunden hatte.

»Habt ihr auch vor dem Haus Spuren finden können, und überhaupt, wie ist der Täter hergekommen? Wenn er in einem Pkw kam, wo hat er ihn dann abgestellt?«

Friedrichs zog die Brauen zusammen und deutete zum Fenster. »Die Jungs haben draußen alles abgesucht, sie haben lediglich am Hundezwinger Spuren entdecken können. Und wenn sie welche übersehen haben sollten, dann hat der nächtliche Schneefall sie gnädig bedeckt. Damit sind sie für uns verloren, denn wenn es taut, werden die Spuren weggewaschen.«

Seine Gedanken kehrten immer wieder zu den Fingerabdrücken zurück, welche die Tote auf dem Trinkbecher hinterlassen hatte. Sollte die Frau Schnaps getrunken haben, bevor ihr Mörder sie würgte? Oder hatte er ihr das hochalkoholische Getränk später eingeflößt, um sie aus dem Schockzustand zurückzuholen? Und wozu hatte er sie überhaupt gewürgt – wollte er tatsächlich etwas erpressen, wie der Chef behauptet hatte?

»Ich kann mir immer noch kein Bild davon machen, in welchem Zusammenhang die Fingerabdrücke auf dem Becher zu den Würgemalen am Hals des Opfers stehen.«

»Das geht uns nicht anders«, entgegnete sie und ließ den Blick durch das Dienstzimmer schweifen, »die Details scheinen ziemlich inkompatibel zu sein, doch gewiss gibt es eine Verbindung, die das alles auflösen kann.«

Opitz blickte sie verwundert an: »Eine Verbindung, genau! Aber welche?«

»Das ist jetzt euer Job«, sagte sie lächelnd.

Um acht Uhr in der Früh schreckte Elias aus den Kissen empor. Er versuchte sich zu orientieren, bis er bemerkte, dass sein Handy ihn geweckt hatte.

»Hey Bruder, bist du bereit für morgen?«

Die Stimme klang etwas heiser und ihr unterlag ein milder Türk-Akzent.

»Gott verdammt! Bist du das etwa, Hamid?«

»Hast du kapiert? Morgen früh geht die Post ab, besser gesagt, der Bus. Um sechs Uhr morgens müssen wir am Hauptbahnhof sein. Eh Mann, dann fahren wir ab. Fünfundzwanzig künftige Dschihadisten auf dem Weg zu unseren Brüdern in Syrien, Mann! Für die Befreiung Palästinas und gegen Baschar al-Assad.«

Elias war todmüde und er hätte alles getan, um dieses Gespräch zu vermeiden. Aber nun hatten sie ihn kalt erwischt.

»Ich werde morgen nicht mitreisen, Hamid.«

»Hey Mann, komm schon – morgen um sechs am Hauptbahnhof in Stuttgart. Wozu haben wir uns so oft mit Allah auseinandergesetzt, denk an die Seminare bei Imam Haftar. Sie brauchen uns dort unten.«

»Ich kann nicht. Wir haben einen Todesfall in der Familie. Ich komme vielleicht später nach Syrien, wenn ich eine Mitfahrgelegenheit bei den Schleusern finde. Aber ich denke, für Geld machen die alles.«

»Ein Todesfall in der Familie? Was ist das schon! In Aleppo sterben täglich Hunderte, was sag' ich, Tausende.

Wir müssen etwas dagegen tun, Bruder. Wir müssen die Ungläubigen bekämpfen.«

»Erstens betrifft dieser Todesfall meine Familie, und zweitens bin ich ebenfalls ein Ungläubiger. Du hast immer behauptet, das sei kein Widerspruch. Hat sich daran etwas geändert?«

»Nein, auf keinen Fall, ey! Weißt du, wie viele Ungläubige am Dschihad teilnehmen? Hunderte, und täglich reisen weitere aus Deutschland an. Und natürlich auch aus anderen Ländern. Manche werden Konvertiten, andere bleiben ungläubig – es geht auch so.«

Elias gähnte laut, dann warf er einen Blick auf die Uhr.

»Ich muss mich jetzt um den Todesfall kümmern. Ruf mich an, wenn du in Aleppo, Homs oder Latakia bist. Wir können Kontakt halten, dann treffen wir uns an deinem Aufenthaltsort, wenn ich im Lande sein werde.«

Hamid versuchte es mit weiteren Argumenten; er hob besonders die ansehnliche Besoldung hervor, doch konnte er sich gegen Elias Entschluss nicht durchsetzen.

Nach dem Duschen stieg er hinab und trat in die Küche, um Frühstück zu machen, konnte aber feststellen, dass der Kaffee schon fertig war und einige Brötchen im Backofen erwärmt wurden. Maja saß bereits in der Ecke am Küchentisch. Drei Plätze waren mit großen Henkeltassen, kleinen Tellern und Besteck gedeckt. In der Mitte des Tisches standen Schalen mit Butter und Käse, Gläser mit Marmelade und eine dicke italienische Salami, neben der ein spitzes, scharfes Messer lag.

Maja hatte sich hinter der Heidenheimer Zeitung verschanzt, konnte aber mit einer geringen Abwärtsbewegung ihrer Hände den Blick über den Küchentisch herstellen.

»Heute steht es im Lokalteil: *Mord an Lehrerin in Weidenhof.* Dazu haben sie ein Foto des Hauses eingefügt und einen Text verzapft, dessen Quelle nur der Pressesprecher des

Polizeipräsidiums sein kann. Diese knöcherne Sprache – hör' dir das bitte an:

»... wurde die Heidenheimer Kriminalpolizei zu dem entlegenen Weiler Weidenhof gerufen, wo sie einen weiblichen Leichnam hinter dem Lenkrad eines Pkw der Marke VW antrafen.«

Sie kicherte still in sich hinein.

»Wenn es nicht so traurig wäre, könnte ich laut herausprusten. Meinst du, sie haben drei Tage bis zur Veröffentlichung gebraucht, weil die Staatsanwaltschaft die Sache zurückgehalten hat?«

Elias griff nach der Kaffeekanne und bediente sich. Ein tadelnder Blick von Maja erinnerte ihn daran, dass gewisse Regeln bei Tisch einzuhalten seien, worauf er auch ihre Tasse füllte.

»Sie mussten die Ergebnisse der Obduktion abwarten.«

Sie ignorierte seine Erklärung, weil ihre Aufmerksamkeit sich auf den Vater richtete, der nun ebenfalls in der Küche erschien. Sein Gesicht war blass und er schien übermüdet zu sein. Dankbar, einen gedeckten Tisch vorzufinden, ließ er sich auf den Stuhl vor dem freien Gedeck sinken, während Maja bereits die Kaffeekanne angehoben hatte, um seine Tasse zu füllen.

»Es ist schon eine Weile her, dass ich mit euch beiden das letzte Mal hier an diesem Tisch gesessen habe.«

Seine Stimme war schwach und etwas untermoduliert, sodass die Endsilben verschwammen.

»Ja, Vater. Sehr lange. Vielleicht drei Jahre.«

Maja blickte reglos in das Antlitz ihres Vaters. Man konnte nicht erkennen, ob ein Vorwurf in diesen kurzen Sätzen lag, euphorisch jedoch waren sie nicht. Er nahm eine Scheibe Brot aus dem Korb und bestrich sie mit Butter. Dann griff er nach der Marmelade und schöpfte einen Teelöffel davon aus dem Glas.

»Bist du mit Mutter in den letzten Jahren auch nur einmal ausgegangen?«

»Du weißt, dass ich meistens weit außerhalb in großen Betrieben unsere Fräsmaschinen verkauft habe. Viele im Ausland, in Frankreich, Österreich, Italien. Deshalb habe ich es oft vorgezogen, die anstrengende Wochenendfahrt nach Hause zu vermeiden.«

»Aber Vater, das hört sich etwas nach einer billigen Entschuldigung an. Ich habe dich objektiv ein halbes Jahr lang nicht gesehen – abgesehen von Weihnachten, als du für zwei Tage gekommen bist.«

Elias legte seine Hand auf ihren Arm: »Bitte nicht vergessen, dass auch du an den Wochenenden nicht immer nach Hause kommst. Aber wir haben uns deshalb nicht beklagt. Es macht eben jeder sein Ding.«

Die unerwartete Schützenhilfe schien Adam Kühn nicht ungelegen zu kommen, denn er warf seinem Sohn einen wohlwollenden Blick zu.

»Ihr wisst selber, dass Mutter keinen Wert auf Ausgehen legt, außer, es gab etwas für die Kirchengemeinde oder für die Schule zu tun, zum Beispiel Vorbereitungen für den Chor und dergleichen. Dann war sie sogar in der Lage, einen ihrer berühmten schwedischen Blechkuchen zu backen und selber in den Übungsraum zu bringen.«

Damit nahm er ein Brötchen, das schon einen Tag überlebt hatte, schnitt es auf und belegte es mit hartem Ei.«

Während sie aßen und Kaffee tranken, entstand für ein paar Minuten eine nachdenkliche Gesprächspause, die jeder auf seine Weise nutzte, den Mord an Mutter und Ehefrau zu rekapitulieren.

Opitz hatte Theo Köhler gegen Mittag noch einmal angerufen und ihn diesmal zwischen Schneeräumen und Vorbereitungen zum Mittagessen ans Telefon bekommen. Er zeigte keinerlei Überraschung, dass der Kripobeamte ihn schon wieder zu sprechen wünschte.

»Was kann ich für Sie tun, Herr Kommissar?«

»Ich habe gehört, dass es im Bereich der Steinheimer Alb überhaupt keine Schäfereien mehr geben soll. Ist das wahr?«

»Sie werden sich doch nicht für Landwirtschaft und Tierzucht interessieren?«

Er lachte, was wie ein sonores Bellen klang.

»Doch, es ist natürlich rein dienstlich, und deshalb darf ich nichts ausposaunen, wie Sie sicher verstehen werden. Also, stimmt diese Behauptung oder nicht?«

»Wie man's nimmt«, brummte er abwägend, »wenn es darum geht, ob ein Schäfer einen festen Standort im Bereich der Steinheimer Alb hat, oder ob er mit seinen Schafen vagabundiert.«

»Ich meine solche Schäfer, die ihre Tiere auch schlachten und das Fleisch verkaufen.«

»Damit sieht es in unserer Gegend schlecht aus. Manche Bauern halten sich Schafe, doch das rentiert sich heute nicht mehr. Die Wolle ist nichts mehr wert, die Milch ist was für spezialisierte Käsereien, und das Fleisch ist auch nicht nach jedermanns Geschmack. Und damit die Tiere genügend zu fressen kriegen, muss jemand mit ihnen auf Wanderschaft gehen.«

Opitz trommelte mit den Fingern der freien Hand auf den Schreibtisch.

»Also, Sie wollen mir damit sagen, dass Sie nicht weiterhelfen können?«

»Einen Moment – da gibt es einen solchen Bauern südlich von Gerstetten, fast schon bei der Stubersheimer Alb, etwa sechs Kilometer von hier. Der Mann hatte immer eine

Handvoll Schafe, Ziegen und alle möglichen Geflügelarten. Dort sollten Sie wegen der Schafe nachfragen.«

»Danke, das werde ich tun. Und etwas Näheres, irgendwo in der Nachbarschaft, da gibt es nichts?«

Es entstand eine Pause, bis Opitz ein Schnaufen hören konnte.

»Haben Sie eine genaue Karte der Schwäbischen Alb zur Hand?«

Als er das bestätigte und den Maßstab mit 1:150000 angab, erhielt er die Anweisung, die Karte aufzuschlagen und mit dem Finger auf der Bundesstraße 466 von Heidenheim in Richtung Böhmenkirch zu fahren, jedoch vorher nach Gussenstadt abzubiegen.

»Haben Sie Gussenstadt gefunden? Man fährt einen Kilometer in diese Richtung, da ist die Landschaft flach wie ein Tortenboden. Dann zweigt man in einen Feldweg nach rechts ein und sieht schon das Haus, ein ehemaliges Bauernhaus. Dort leben ein paar Leute, die ehemals nichts mit Landwirtschaft zu tun hatten. Früher sagte man Alternative; sie experimentieren mit dem Anbau von Früchten, die bei uns eigentlich nicht wachsen, Artischocken, Feigen und sowas. Ein paar Schafe habe ich dort gesehen, sie verkaufen auch das Fleisch, besonders natürlich das der Lämmer.«

Opitz schätzte die Entfernung von diesem Hof bis zum Weiler der Familie Kühn auf nur zwei Kilometer, also tatsächlich eine potenzielle Quelle für Schafsköpfe, wenn es nur um die Distanz gegangen wäre. Aber darum ging es freilich nicht allein. Jemand hatte sich die Mühe gemacht, zwei offenbar schlachtfrische Schädel von Schafen zu beschaffen und vor die Haustür der Familie Kühn zu legen, er hatte sogar noch die Klingel betätigt und ausreichend Zeit gefunden sich abzusetzen, bevor jemand kam.

Sollte der Mörder seine Tat ein paar Tage zuvor auf diese Weise angekündigt haben? Welchen Sinn würde es ergeben, falls das zuträfe? Aber dann sagte er sich: Solche Täter könnten derart schwer verletzt, traumatisiert, rach- oder eifersüchtig sein, dass sich normale Kategorien des Zusammenlebens für sie völlig ausschließen.

Folglich müssen auch die Beurteilungskriterien, die von der Polizei angewendet werden können, ganz andere Formen haben. Aber welche? Für sich persönlich beschloss er, von einem schweren Fall von Psychopathie auszugehen. Und auf der Hut zu sein vor einer unberechenbaren Persönlichkeit.

Als Opitz am Nachmittag auf die Alb hinausfuhr, begann es wieder zu schneien. Noch konnte er gut die Spur halten, weil der Schnee verwirbelte und die Sicht zwar beeinträchtigte, nicht aber auf der Fahrbahn kleben blieb wie bei höherer Feuchtigkeit. Nach zwanzig Minuten hatte er die Abzweigung nach Gussenstadt erreicht, einem Ort, der mit dem vornehmen Titel Stadt ausgestattet war, obwohl es sich eher um ein Dorf handelte. Er musste nicht weit fahren, bis er den Feldweg zu dem Bauernhaus erreichte, das, wie von Köhler beschrieben, auffällig in der ebenen Landschaft stand. Auf einem Holzschild stand der Name des Gebäudes: *Vogelhof.* Von der ursprünglichen Konstruktion war nicht mehr viel zu erkennen, denn die Silhouette war von hohem Bewuchs überdeckt, der dem Haus eine Art Schrebergärtenambiente verschaffte. Während er mit dem Wagen in den Schotterweg einbog, bemerkte er die ungewöhnlichen Baumarten zu beiden Seiten des Weges. Nicht eine hätte er benennen können. Der fallende Schnee gab dem Ganzen einen idyllischen Anschein, wenn nicht gar etwas Märchenhaftes. Äußerlich deutete nichts darauf hin, dass sich hier ein Laden befand.

Hinter der Eingangstür wurde der Besucher von einer großen Theke mit einer Vielzahl an kleinen Tontöpfchen überrascht, in denen zwei- oder dreiblättrige Pflänzchen gediehen, deren Bezeichnung Opitz nur hätte raten können. Im Hintergrund befanden sich große Pflanzen in Kübeln, dem Anschein nach so etwas wie Gummibäume. Ein eigentümlich süßlicher Duft lag in dem weiten Raum, und er fragte sich, ob so irgendwelche Opiate oder andere Rauschmittel röchen. Dann stellte er sich vor, dass die Inhaberin oder Verkäuferin, wenn sie auftauchte, einen dicken Zopf tragen müsse, den sie zu einer Seite über die Schulter gelegt hat.

Zu seiner Überraschung kam niemand, obwohl die Türe beim Schließen ein unüberhörbares Schnappgeräusch verursacht hatte. Er trommelte ein paarmal mit den Fingern auf dem Tisch und räusperte sich vernehmlich, um schließlich laut zu rufen. Das wirkte. Eine Frau Mitte vierzig trat plötzlich aus einer Tür, die seinem Blickwinkel nahezu entzogen war. Ihr dunkles Haar war ganz kurz geschnitten, sie betrachtete aufmerksam den Besucher. Ohne unnötige Floskeln kam sie sofort zur Sache:

»Wir haben frisches Landbrot, Schafskäse, selbst gepresstes Leinöl erster Güte, und ein wunderbares eigenes Bier.«

Ihr Stoppelhaar kontrastierte eigenwillig mit einer langen, konvex geschwungenen Nase. Mit einem Griff unter die Theke stellte sie zwei Flaschen nach oben, die sich als das Leinöl und das Bier herausstellten. Beide Flaschen trugen dekorationsarme und annähernd identische Aufkleber, der Unterschied bestand lediglich im Text und in dessen Farbe: *Bier vom Vogelhof* in Grasgrün und *Leinöl vom Vogelhof* in Dunkelrot.

»Leinöl«, sagte Opitz und hielt die Flasche gegen das Licht, »das nimmt man doch als Imprägniermittel für Holz. Es wirkt etwa wie farbloser Lack.«

Sie lächelte verhalten.

»Unser Leinöl ist ein kalt gepresstes Produkt, daher ideal für den menschlichen Verzehr geeignet.«

Damit zog sie einen Esslöffel unter der Tischplatte hervor, nahm eine bereits geöffnete Flasche zur Hand und goss den Löffel so voll, dass jede Bewegung zu einem Wagnis wurde.

»Probieren Sie das Öl«, sagte sie freundlich, »dann werden Sie feststellen, dass es kein Imprägniermittel ist, sondern ein wunderbares Nahrungsmittel, voll von den wichtigsten Bestandteilen für unsere Ernährung.«

Opitz zögerte, doch dann näherte er sich dem in die Luft gehaltenen Löffel, öffnete den Mund und nippte an dem Öl, indem er die gespitzten Lippen sanft hineintunkte. Es dauerte ein wenig, bis der Geschmacksimpuls ankam, doch dann entspannten sich seine Gesichtszüge. »Gut, nicht so sehr wie Olivenöl, aber trotzdem gut! So eine nehme ich!«

»Und Bier? Wollen Sie auch Bier?«

Darauf war er nicht eingestellt, denn lieber trank er Wein. Aber er wollte das Angebot nicht abschlagen und entschied sich deshalb für zwei Flaschen.

»Und wo stellen Sie das Bier her?«

Sie drehte sich um und wies in den hinteren Bereich des Hauses.

»Dies ist ein ehemaliges Bauernhaus, für solche Arbeiten haben wir genügend Platz.«

»Ich hatte vermutet, dass Sie auch Gemüse und Salat verkaufen, selbst gezüchtet versteht sich, vielleicht auch Fleisch – eben wie ein richtiger Hofladen.«

Sie warf ihm einen sarkastischen Blick zu und gab ihm ein Zeichen, ihr zu folgen. »Alles zu seiner Zeit – sehen Sie selber, was wir machen.«

An der Rückseite des pfostengestützten Raumes gab es einen Ausgang, der in eine Scheune führte. Für die Herstellung des Leinöls hatten sie eine uralte Spindelpresse aufgetan, mussten jedoch die Körner zuvor in einer Mühle zu Brei zermahlen. Anschließend wurde der Brei zwischen metallenen Platten gepresst, um das Öl zu gewinnen.

In einem anderen Bereich der gut gefüllten Scheune befand sich ein großer gemauerter Backofen, in dem das Landbrot hergestellt wurde.

»Im Sommer haben wir auch Artischocken im Angebot, und zwar die länglichen italienischen, die wir gegenüber den dicken runden bevorzugen, weil sie zarter sind.«

»Artischocken? Diese Pflanzen wird man in unseren Breiten nicht sehr oft finden.«

Von irgendwoher war ein schleifendes, ja, schnaubendes Geräusch zu vernehmen, worauf sie aufmerksam wurde und auf ein Tor der Scheune zusteuerte. Dort hielt sie für ein paar Sekunden inne, dann hob sie den massiven Riegel aus der Falle und zog das breite Tor zurück. Opitz erhaschte einen Blick durch das geöffnete Tor, konnte aber nicht erkennen, was es dort draußen zu sehen gab. Schneeflocken wirbelten herein und verhinderten Tiefenschärfe. Plötzlich vernahm er die Unruhe, die Bewegung, hörte nun auch die kehligen Stimmen der Tiere, die sich aneinander rieben – das unterdrückte Blöken der Schafe.

Opitz trat näher an die große Öffnung heran und sah sich mit einem Dutzend Augenpaaren konfrontiert, die ihn ängstlich bis sehnsüchtig beobachteten, bereit, bei der kleinsten unerwarteten Bewegung Reißaus zu nehmen. Langsam hob er eine Hand und stützte sich am Rahmen des Tores ab, um sich weiter hinauslehnen zu können. Jetzt erkannte er ein Gatter, nicht sonderlich groß, doch ausreichend genug, um den Schafen etwas Bewegung zu ermöglichen.

Als er sich umdrehte, um ihr eine Frage zu stellen, stand sie dicht hinter ihm.

»Sind das Milchschafe?«, hörte er sich fragen, doch sogleich war er sich über diesen Unsinn im Klaren, denn eigentlich hätte er lieber gefragt, ob das eine oder andere dieser Schafe – bei Bedarf – unters Messer käme. Sie nickte und erklärte die Rollenverteilung auf dem Vogelhof.

»Max, mein Sohn, kümmert sich um die Schafe und um alles, was mit den Tieren zu tun hat. Er ist heute unterwegs zu einem Freund. Der andere Mann ist mein Partner, mit dem ich diesen Laden betreibe. Er ist ebenfalls unterwegs, wird aber schon bald kommen.«

»Verkaufen Sie das Fleisch dieser Tiere auch?«

»Na, was glauben Sie denn – wir tragen es zu Grabe?«

Sarkasmus war durchaus nach seinem Geschmack. Jetzt war aber die Frage fällig, wegen der er eigentlich gekommen war: »Wann ist das letzte Mal geschlachtet worden?«

Sie starrte ihn etwas unbeholfen an, weil sie Zeit benötigte, den genauen Tag zu erinnern. Er fiel ihr allerdings nicht ein.

»Vor ein paar Tagen, wir haben immer Abnehmer für das Schafsfleisch. Sie melden es ein paar Tage vorher an, dann kommen sie und holen es ab. Die Schlachtung erfolgt am Abend zuvor.«

Er zwang sich zur Ruhe, indem er scheinbar gleichgültig in die große Öffnung zu den Tieren hinausstarrte, die sich an seine Gegenwart zu gewöhnen schienen.

»Wer schlachtet denn die Tiere?«

»Dafür ist Max ebenfalls zuständig, mein Partner Heiner schreckt davor zurück. Er kann kein Blut sehen, behauptet er.«

»Oh, das kann ich nachvollziehen«, erwiderte er mit entgleistem Gesichtsausdruck und machte sich auf den Rückweg.

»Wollen Sie noch frisches Landbrot? Am ersten Tag schmeckt es am besten.«

Er nickte und folgte ihr nach vorn in den Laden. In einer roh gezimmerten Truhe bewahrte sie große Brotlaibe auf, die teils mehlig matt waren und zur anderen Hälfte dunkelbraun glänzten.

»Das helle Brot bitte, aber nur die Hälfte«, sagte er, als sie mit einem langen Brotmesser fragend auf die beiden Sorten deutete. Darauf nahm sie einen Laib aus der Truhe, zog ihn mit dem linken Arm an ihren Busen und schnitt das Brot, außen beginnend, mit der Messerklinge in Richtung ihrer Brust, bis es in zwei erstaunlich gleiche Hälften zerfiel. Dann schlug sie die verkaufte Hälfte in ein Stück Packpapier ein und forschte in seinem Gesicht nach weiteren Wünschen.

»Schafskäse?«

»Nein danke, aber ein Stück Lamm würde ich nehmen.«

Sie sah ihn überrascht an.

»Die Lämmer sind noch nicht einmal geboren, doch wenn Sie zu Ostern wiederkommen. Aber warten Sie, ich habe etwas für Sie.«

Damit trat sie an eine große Gefriertruhe und entnahm ihr zwei tiefgefrorene Stücke Fleisch.

»Mastlamm, fast ein ganzes Jahr alt. Wollen Sie das probieren?«

Opitz dachte nicht lange nach und entschied sich für den Lammrücken. Vielleicht würde es Giulia freuen, wenn er mit einem Stück Fleisch käme, das in ihrer Familie gegessen wurde. Dabei fiel ihm ein, was er in Sardinien gegessen hatte, als er dort mit Giulia den Sommerurlaub bei ihren Verwandten in Tertenia verbrachte. *Agnello allo spiedo* – Lamm vom Spieß, aber vollständig, von vorne bis hinten. Und es wurde auch alles verzehrt, selbst für Kopf und Augen fanden sich Liebhaber.

Opitz bezahlte und bat um ein Adresskärtchen, denn er werde wiederkommen, so erklärte er. Das wurde wohlwollend gewährt und freundschaftlich aufgenommen. Dem Kärtchen nach hieß die Dame Janne Hovenkatt, und sie bezeichnete sich und ihre Tätigkeit als *aus der Zeit genommen,* aber mit beiden Beinen auf dem Boden der Erde stehend.

Dann steckte sie ihm ein 100-Gramm-Päckchen ihres vakuumierten Vogelhof-Schafskäses zu und verabschiedete ihn freundschaftlich, indem sie seine Hand mit ihren beiden Händen drückte.

Als er die Wohnung in Oggenhausen betrat, vernahm er Düfte von Salbei und Minze, die wie eine statische Wolke in der Luft hing. Giulia saß mit angezogenen Beinen in einem Sessel und wirkte mit dem Schal um ihren Hals mehr unglücklich als krank. Sie hatte die Redaktion der Zeitung schon am frühen Nachmittag verlassen, weil sie sich schwach und fiebrig fühlte. Irgendwie hatte sie ihr Tablet zwischen die Knie geklemmt und schrieb an einem Artikel.

»Ich habe etwas zu essen mitgebracht«, rief er triumphierend und hielt das Lammfleisch in die Höhe, um es anschließend auf dem Tisch zu platzieren. Flink suchte er nach einer Schere, einem scharfen Messer und nach einem Teller, befreite das immer noch gefrorene Fleisch aus seiner Plastiktüte und legte es auf dem Teller ab. Giulia reckte den Hals, um sehen zu können, was er dort anrichtete.

»Managgia! – Ich würde wetten, das ist Agnello! Woher hast du es?«

»Diskrete Ermittlung in einem Hofladen, da musste ich natürlich auch ein paar Lebensmittel einkaufen. Warte, ich habe noch mehr!« Damit packte er Leinöl, Bier, Landbrot und den geschenkten Schafskäse aus dem Einkaufskorb. Sie rappelte sich aus dem Sessel empor und betrachtete mit Interesse die Lebensmittel, besondere Aufmerksamkeit schenkte sie dem Leinöl, das bei Bewegung gelblich-trüb in der Flasche schwappte. Mit einer knappen Bewegung entfernte sie den Korken und ließ eine kleine Probe auf einen

Teelöffel laufen, worauf sie mit gespitzten Lippen das Öl verkostete.

»Es schmeckt nach, hm, vielleicht Getreide oder Heu. Ist bestimmt sehr gut für Salate.«

Damit stellte sie die Flasche auf den Tisch zurück und ließ sich selbst wieder in den Sessel fallen.

»Ich habe überhaupt keinen Appetit, das Lammfleisch muss warten.«

Jetzt erst bemerkte er ihr gerötetes Gesicht, worauf er mit der Außenseite einer Hand ihre Wange berührte. Erschreckt zog er sie zurück, denn so viel Hitze hatte er nicht erwartet. Sie musste hohes Fieber haben, jetzt konnte nur noch ein Thermometer für objektive Information sorgen.

»Du glühst, Carissima! Ich muss das Thermometer finden.«

Damit verschwand er im Badezimmer. Er wusste, dass solche Gegenstände, die der Gesunderhaltung und Vorsorge dienten, in einem kleinen Fach unter dem Waschbecken aufbewahrt wurden, doch diesmal konnte er nicht auf seine Erinnerung bauen, denn es war vollständig leer. Er überlegte: Hatte Giulia aus logistischen Gründen für diese Dinge einen anderen Platz gewählt, der ihm noch nicht bekannt war? Herrgott, überfiel es ihn, man wird doch in der eigenen Wohnung noch das Thermometer finden!

Er richtete sich aus der Hocke auf, um in der Medizinbox nachzusehen, als sein Blick durch das Fenster auf die nur schwach beleuchtete Straße fiel. Jemand da draußen hatte ein Fernglas auf ihn gerichtet und schien ihn zu beobachten. Der Mann nahm es rasch wieder herunter, als er bemerkte, selbst beobachtet zu werden. Opitz stockte für Sekunden der Atem, während der Mann ohne Eile die Straße hinunter wanderte und an deren Ende, fast schon außerhalb des Sichtfeldes, in ein Auto stieg und davonfuhr.

Nun, was ist schon dabei, dachte er im nächsten Moment, während er sich zerstreut wieder auf die Suche nach dem

Fieberthermometer machte – jemand interessiert sich für die Häuser, vielleicht will er eine Wohnung kaufen oder mieten; soweit er wusste, sollte nebenan eine Wohnung verkauft werden. Aber das Fernglas? Wer wird denn nach Einbruch der Dunkelheit mit einem Fernglas auf verschneiten Straßen herumlaufen, um ein Kaufobjekt zu betrachten?

Die weiße Kunststoffbox mit dem roten Kreuz befand sich im Wandschrank des Badezimmers, wo sie schon immer deponiert war, seit sie diese Wohnung bezogen hatten. Er öffnete sie und fand neben einer Unzahl an Medikamenten tatsächlich das Thermometer. Er hielt es prüfend ans Licht und sah, dass die digitale Anzeige funktionierte.

Sollte er Giulia von der Beobachtung erzählen? Jetzt, wo sie bestimmt hohes Fieber hatte und vielleicht mit dieser Mitteilung überfordert sein würde? Er reinigte das kleine Messgerät mit Wasser und Seife, um es danach mit ein paar Tropfen Azzaro zu desinfizieren – von dieser Methode war er überzeugt. Die Fiebernde ließ es sich willenlos zwischen die Lippen schieben, und binnen weniger Sekunden ertönte das Abschlusssignal: 39,2 Grad – also wirklich hohes Fieber, stellte er überzeugt fest.

Er tauchte zwei Handtücher in kaltes Wasser, legte sie der Länge nach einmal zusammen und wickelte sie um Giulias Waden. Sie ließ sich apathisch seine Behandlung gefallen, auch dass er ihre Lage im Sessel zu verbessern suchte, nahm sie ohne Willensbekundung hin. Jetzt war er davon überzeugt, dass sie in den nächsten Tagen das Haus nicht verlassen würde.

Mit einer blassen Tomate, etwas Allgäuer Käse und einer trockenen Laugenstange bezog er einen Stuhl neben Giulia, schaltete den Fernseher ein und wartete auf die 20-Uhr-Nachrichten. Mehrere Berichte drehten sich um den neuen amerikanischen Präsidenten. Er schien kein Blatt vor den Mund zu nehmen. Jetzt hatte er die deutschen Autoexporte in die USA im Visier. Der Wetterbericht versprach keine wesentliche Änderung; die Temperaturen sollten am Tage um den Gefrierpunkt liegen, nachts bis zu minus 12 Grad erreichen. Während er sich ein halbes Glas Merlot nachschenkte, schweiften seine Gedanken ab zu diesem gewiss ungewöhnlichen Mord, den er und seine Kollegen aufzuklären hatten. Er hätte nicht zu sagen vermocht, was ihn gegenwärtig mehr fesselte – die eigentliche Mordtat oder das, was man als Ankündigung verstehen konnte – die Schafsköpfe. Irgendwie lag in der Benutzung von Schafsköpfen als einleitendes Element Zynismus und Bedrohung, den Betroffenen sollte etwas signalisieren werden: *Ihr Einfältigen, ihr Schafsköpfe – so wird es euch demnächst ergehen!*

War es so einfach und zugleich bedrohlich, oder hatten ein paar Jugendliche lediglich einen üblen Scherz inszeniert? Je mehr er darüber nachdachte, umso stärker wurde der Wunsch, die warme Stube zu verlassen und ein paar Hundert Meter draußen im Schnee zu laufen und die kalte Luft zu atmen, vielleicht, dass ein wenig Bewegung seine neuronalen Verkehrswege besser passierbar machte.

Giulia schien zu schlafen, er berührte ihre Hand, worauf sie sich bewegte und für eine Sekunde die Augen öffnete. »Ich muss etwas frische Luft schnappen«, sagte er und zog die warme Winterjacke an, die er zuvor über einen Stuhl geworfen hatte, dann setzte er die Mütze auf, die man bis über die Ohren ziehen konnte. Sie nickte nur und gab sich wieder ihrem Zustand hin. Bevor er die Wohnung verließ, trat er noch einmal, ohne das Licht anzuschalten, ins Badezimmer und warf einen Blick durch das kleine Fenster hinunter auf die Straße. Die schwache Beleuchtung durch eine Straßenlaterne warf fahles Licht auf die zu beiden Seiten der Straße aufgeworfenen Schneewälle – kein Mensch war zu sehen.

Unten angekommen, empfing ihn die erwartete Kälte durchaus angenehm. Zuerst atmete er ein paarmal tief durch, dann machte er sich mit raschen Schritten auf den Weg in Richtung auf das Zentrum von Oggenhausen, das kaum mehr als einen halben Kilometer entfernt lag. Auch hier konnte er niemand auf den Straßen entdecken, hinter den Gardinen oder Rollos der Häuser flimmerte das Licht der Fernsehgeräte. Auf halber Strecke hatte Gert Weller, den er vom Tennisverein kannte, eine Bar eröffnet. Weil er bisher nur davon gehört hatte, schien dies eine passende Gelegenheit zu sein, ihm einen kurzen Besuch abzustatten. Die Bar war durch einen einladenden Pfeil gekennzeichnet, der sich ins Schwarze einer Zielscheibe gebohrt hatte. Daneben hing ein Plakat, dessen schwarze Lettern den Namen der Bar bekannt gaben: ZIELSCHEIBE.

Opitz klopfte sich den Restschnee von den Schuhen und trat ein. Wenn er eine dunkle Höhle erwartet hatte, so war er jetzt von der Helligkeit geblendet, die in diesem langen Raum vorherrschte. Zuerst bemerkte er im hintersten Bereich eine Zielscheibe, auf die ein kleiner Strahler gerichtet war. Dann erkannte er einige Distanzstriche auf dem Fußboden, die unzweifelhaft den Bogenschützen als Grenzlinien dienten. Eine Bar, die mit einem Pfeil warb, der ins Schwarze traf, und in die eine Art Schießstand integriert war.

Die Theke befand sich an der gegenüberliegenden Seite; drei Männer und eine Frau blickten auf, als Opitz eintrat, widmeten sich aber alsbald wieder ihren Gesprächen. Einer von ihnen weckte Opitz' Aufmerksamkeit, er hätte nicht sagen können, aus welchem Grund.

»Dich hätte ich hier zu allerletzt erwartet!«, rief Weller, ein blonder Vierzigjähriger mit straff nach hinten gekämmtem Haar, ehrlich erstaunt, und starrte Opitz mit offenem Mund an. Dieser trat näher an die Theke und reichte Weller die Hand, quer darüber hinweg.

»Kleiner Abendspaziergang«, bemerkte Opitz beiläufig und setzte sich auf einen der verchromten Barhocker, »netter Laden, das.« Zugleich schielte er in die Richtung der anderen Gäste, die sich intensiv unterhielten.

»Hast du denn kein Sicherheitsproblem, wenn hier mit Pfeil und Bogen geschossen wird?«

»Wir schießen natürlich nicht bei Barbetrieb, das wäre zwar nicht wirklich gefährlich, aber die Behörde hat's verboten. Kein Gast darf sich an der Theke aufhalten, wenn im Wettbewerb geschossen wird.«

Opitz nickte und warf einen weiteren Blick auf die drei Personen. In diesem Augenblick wurde ihm klar, wo er jenen Mann gesehen hatte, der offensichtlich ein Fernglas in einer Tragetasche verbarg, die an einem dünnen Riemen von seiner Schulter hing.

Weil ein Barbesuch nicht wirklich so genannt werden kann, wenn der Besucher nichts trinkt, entschied er sich für ein Glas Glühwein. Die anderen Gäste saßen bei Bier, Sekt und knabberten Salzstangen. Ihre Unterhaltung schien aus einem Monolog des Fernglasträgers zu bestehen. Da neigte Weller sich zu Opitz und signalisierte eine Nachricht, die sogleich mit unterdrückter Stimme folgte: »Dieser Herr«, dabei richtete er den Kopf zu dem Gesprächsführer, »hat mich, als er kam, nach dir gefragt. Wo du wohnst. Er habe eine Information für dich.«

Eine Information? Wie das – doch jetzt bot sich die Gelegenheit, den Mann unverfänglich zu beobachten. Er war leicht untersetzt und besaß eine fleischige Nase; während er sprach, wanderten seine Augen abwechselnd zu seinen beiden Zuhörern und über die Theke zu Weller, der damit beschäftigt war, ein paar Gläser abzutrocknen. Für sein Alter, das der Kommissar auf etwa sechzig Jahre schätzte, war die Stimme des Mannes erstaunlich hell. Immer wieder konnte er ein paar Gesprächsfetzen durch die Musik heraushören.

»… verdammt viele Menschen treffen… die Industrie wird natürlich den Teufel tun… die ganze Region lebt schließlich davon…«

Opitz beobachtete mit Interesse, wie Gert Weller die getrockneten und polierten Gläser für die verschiedensten Getränke in die Vitrine hinter der Theke einsortierte. Als er diese Tätigkeit abgeschlossen hatte, wandte er sich mit gedämpfter Stimme an den Vereinskameraden: »Gibt es neue Erkenntnisse im Mordfall Kühn?«

Der schüttelte langsam den Kopf.

»Wir haben leider noch keine verwertbare Spur. Mehr kann ich dazu nicht sagen – du weißt, das unterliegt dem Dienstgeheimnis.«

Weller nickte verständnisvoll und wischte ein paar Wassertropfen von der Edelstahlspüle.

»… die Pläne sind natürlich schon bereit… das wird die Elektromobilität weit zurückwerfen…«

Da spitzte Opitz die Ohren. Welches Fachgebiet wurde hier eigentlich thematisiert? Berichtete dieser Mann kompetent von elementaren technologischen Veränderungen oder wollte er sich nur wichtigmachen? Die beiden Zuhörer schien der Mann völlig in seinen Bann geschlagen zu haben, denn sie folgten aufmerksam den Bewegungen seiner Hände, mit denen er seinen Erklärungen Tiefe und Gewicht verlieh.

»… das wäre doch zum Kichern, wenn sich die Nachfahren der Erfinder des Automobils das Zepter aus der Hand nehmen ließen… dieser völlig neue Motor verbrennt den Kraftstoff so vollständig, dass nicht einmal Reste von Abgas übrig bleiben…«

Hörte er richtig? Berichtete hier jemand von der Zukunft? Gert Weller, der anscheinend ebenfalls ein paar Gesprächsfetzen mitbekommen hatte, machte ein gequältes Gesicht als milden Ausdruck des Protests. Aber das schien der Mann nicht zu bemerken, zu sehr hatte er sich in sein Thema verstrickt.

»Es wird natürlich noch ein paar Jahre dauern, bis das System perfektioniert ist, auf dem Teststand seines genialen Erfinders hat es schon funktioniert, und die großen Autohersteller reißen sich bereits darum. Davon dringt natürlich nichts an die Öffentlichkeit.«

Der Kommissar war sehr gespannt, welche Märchen dieser Mann für ihn bereithielt, deshalb entschloss er sich, den Vorhang zu heben. In einer Monologpause trat er einen Schritt näher und hob das Glas mit dem kaum noch warmen Glühwein gegen seinen künftigen Gesprächspartner: »Sie haben mich gesucht?«

Dieser überließ seine Zielgruppe ihrer Fantasie und fokussierte den Störenfried.

»Ich – Sie gesucht?« Im nächsten Moment wurde ihm bewusst, wen er vor sich hatte.

»Der Kommissar von der Kripo Heidenheim, der in Oggenhausen wohnt! Ich habe eine Information für Sie, die Ihnen im aktuellen Mordfall vielleicht weiterhelfen kann.«

»Weshalb kommen Sie denn nicht aufs Revier, wenn Sie etwas mitzuteilen haben? Auch ein Anruf würde den Zweck erfüllen.«

Der Mann hielt seine Hände kreuzweise vor die Brust und nahm eine Verteidigungshaltung ein.

»Es ist eine ganz frische Nachricht, die ich heute Abend erhalten habe, deshalb wollte ich sie direkt an den Kommissar weiterleiten. Leider bin ich mit den Hausnummern nicht zurechtgekommen, die mir der Barmann gegeben hat.«

Während er Opitz fixierte, schien sein linkes Auge um ein paar Grad aus der Blickrichtung zu driften. Etwas in seinem Verhalten zeugte von Eifer und Ungeduld, so als ob die Ablieferung seiner Nachricht Terminsache sei.

»Kommen Sie«, sagte Opitz und deutete mit der Hand auf das abgelegene Ende der Schießbahn, »wir können uns dort hinten in Ruhe unterhalten.«

Die beiden Männer verließen die Theke und nahmen einen Platz unter der Schießscheibe ein, wo ein paar Hocker herumstanden.

»Wie ist denn Ihr Name?«, begann der Kommissar und zog ein Notizheft aus der Jacke.

»Steinle, Johannes«.

»Und Ihr Wohnort?«

»Gussenstadt, ein Vorort von Gerstetten, ganz in der Nähe des Tatorts.«

»Gut, das ist mir bekannt, die Details können wir später festhalten. Dann schießen Sie mal los!«

»Heute Nachmittag habe ich den kleinen türkischen Supermarkt in Böhmenkirch besucht. Dort hat mich oft ein freundlicher junger Mann namens Hamid bedient, speziell, wenn ich Lammfleisch wollte. Er hat das Fleisch immer sehr geschickt zerteilt und mir genau das Schulterstück gegeben, das ich wünschte. Diesmal war er nicht da, daraufhin habe ich das Mädchen mit dem Kopftuch nach ihm gefragt, das sonst auch immer bedient.«

Er nestelte ein Papiertaschentuch aus einer Packung und schnäuzte so gewaltig hinein, was Opitz an eine Kontrabasstuba erinnerte.

»Sie wich meiner Frage nach Hamid aus, indem sie mich mit Sonderangeboten abzulenken versuchte – doch ich wollte eine Antwort. Schließlich sah sie sich nach allen Seiten um, und als niemand in der Nähe war, erklärte sie mit gesenkter Stimme, Hamid sei abgereist. Er werde auch nicht wieder erscheinen. Mehr wollte sie partout nicht sagen, doch ich kann ausdauernd sein. Nach zehn Minuten Nervensägerei sagte sie nur zwei Worte: *Islamischer Staat*. Und dann lockerte sich ihre Zunge, denn sie erzählte schließlich von einem ungläubigen jungen Mann namens Elias, der sich Hamid angeschlossen habe, um ebenfalls aufseiten des *IS* zu kämpfen. Die Abreise mit dem Zug von Stuttgart war schon festgelegt, da sagte Elias ab, weil es einen Todesfall in der Familie gegeben hatte.«

»Todesfall ist gut«, sagte Opitz lakonisch, »seine Mutter ist ermordet worden!«

»Da ging mir natürlich ein Licht auf.«

Er rutschte unruhig auf seinem Hocker hin und her.

»Der Sohn der Ermordeten hatte geplant, dem IS beizutreten. Dabei war er doch erst kürzlich noch Mitglied einer rechtslastigen Vereinigung namens *Kameradschaft Südwest*. Man hört ja so einiges, wenn man in der Nähe wohnt, und so lautete die letzte Nachricht der Buschtrommel, dass er sich von der *KS* gelöst habe.«

Die Stadt Geislingen liegt in einer dramatischen Furche vor der Schwäbischen Alb, die von den Gleisbauern des neunzehnten Jahrhunderts genutzt wurde, um einen spektakulären Aufstieg nach Süden zu schaffen, mit dem Nahziel, Ulm und das südliche Hinterland mit dem Zug zu erreichen. Der Anstieg war für die frühen Generationen von Dampflokomotiven keine Kleinigkeit, sodass man sich genötigt sah, Hilfslokomotiven am Bahnhof von Geislingen zu stationieren, deren Aufgabe es war, nötigenfalls Schiebedienste zu leisten.

An diesem kalten Morgen hatte sich Bodennebel über der Schwäbischen Alb ausgebreitet, der sich auf weniger als hundert Meter nicht von der Schneeauflage unterscheiden ließ; auf die Ferne erschien alles wie ein weißer Schleier, während Opitz und Berner im Dienstwagen über Gussenstadt und die *Straße der Staufer* hinab rollten in die Senke, in der Geislingen lag. Hier unten, wo die Stadt ihre Wärme abstrahlte, gab es weder Nebel noch Schnee.

Das Navi zeigte das Ziel auf der westlichen Seite der Stadt, sie folgten einfach den Anweisungen der weiblichen Stimme und erreichten nach wenigen Minuten das alte Schulgebäude, dessen Grundidee auf die Jahrhundertwende des Kaiserreichs zurückgehen musste. Während sie eine Parkmöglichkeit in der Nähe suchten, entdeckten sie einen Hinweis auf einer Blechtafel: *Mörike-Realschule.*

Martin Berner sah auf seine Uhr: »Es ist fast zehn Uhr – da werden sie große Pause haben.«

Opitz nickte und lenkte den in Neutralgrau gehaltenen Wagen in eine Parklücke.

»Ich habe sie angerufen, damit sie nicht aus allen Wolken fallen. Nach der großen Pause sei es am besten, hat der Schulleiter gesagt.«

Das alte Gebäude lag ideal in einer Sackgasse, sodass kein ständiger Verkehr zu erwarten war, der den Unterrichtsbetrieb stören konnte. Als sie näherkamen, konnten sie einen anhaltenden, vollen Klingelton vernehmen, worauf sich Bewegung auf dem geräumigen Pausenhof abzeichnete. Berner schob das Eingangstor auf und sah sich um – ganz wider Erwarten trafen sie keinen einzigen Schüler mehr auf dem Hofe an.

»Respekt«, bemerkte Opitz mit hochgezogenen Brauen, »die Schüler wissen alle, was das Klingelzeichen bedeutet.«

Das Rektorat befand sich im ersten Stock, am Ende eines langen Ganges, der mit hellem Linoleum ausgelegt war. Sie klopften kurz an die Tür des Sekretariats und traten ein. Die Dame am Schreibtisch benötigte nur wenige Sekunden, um zu realisieren, wer da vor ihr stand.

»Oh, die Herren von der Kripo, wenn ich mich nicht täusche?«

Ohne eine Antwort abzuwarten, öffnete Sie die angrenzende Tür einen Spalt und gab die Information weiter: »Herr Herzog, die Beamten von der Kriminalpolizei sind da.«

Daraufhin wurde die Tür vollständig geöffnet, und ein mittelgroßer Mann mit spärlichem Haar trat heraus, der die beiden Besucher aufmerksam musterte, ihnen die Hand reichte und sie bat, in sein Dienstzimmer einzutreten. Mit einer Handbewegung deutete er auf die Stühle vor seinem Schreibtisch.

»Was kann ich für Sie tun?«

Opitz ließ den Blick um hundertachtzig Grad schweifen und registrierte an der Wand hinter dem Schulleiter eine lange Reihe von Radierungen, welche die verschiedensten Insekten in Übergröße darstellten. In gläsernen Kästen, die an miniaturisierte Terrarien erinnerten, waren präparierte Frösche, Schildkröten und Schlangen ausgestellt. Auf der Fensterseite neben dem Schreibtisch herrschte buntes Treiben einer Vielzahl exotischer Fischlein in einem geräumigen Aquarium.

Opitz wies mit einer Hand über die Sammlung an Kleintieren.

»Biologe, würde ich sagen?«

»Biologe im Rahmen der Lehrerausbildung.«

Er lächelte verhalten und schien etwas irritiert zu sein. Der Kommissar tippte mit dem Mittelfinger auf eines der kleinen Terrarien: »Haben diese Tiere denn untereinander keine Fressfeinde?«

»Oh ja, es ist ein wahres Gemetzel.«

»Wie bei den Menschen«, bemerkte Opitz und belegte einen der Stühle, »mit dem kleinen Unterschied, dass sich die Menschen eine Ordnungsmacht gegeben haben, die solche Bluttaten verfolgen und möglichst verhindern soll. Im Falle von Frau Kühn-Scharter war ihr das leider nicht gelungen.«

Herzog schien verblüfft zu sein, dass sich über die Biologie der Tiere so übergangslos eine Wendung zum Mordfall Kühn-Scharter herstellen ließ. Er schluckte und lockerte ein wenig seine weinrote Krawatte, dann konzentrierte er sich auf die erwarteten Fragen. Opitz hatte die erste Frage noch nicht einmal zu Ende gedacht, da kam ihm der Gedanke, dieser Mann könnte eine autokratische Neigung haben. Lag es an seiner sehr korrekten Kleidung, oder weil die Unterrichtsgegenstände so penibel sortiert und verstaut waren? Nein, das ergab keinen Sinn.

»Frau Kühn-Scharter war Lehrerin für Religion an Ihrer Schule?«

»Ja, sie war kirchliche Lehrerin für evangelische Religion, seit mehr als dreizehn Jahren.«

»Dann war sie sicher eine erfahrene Lehrkraft, die noch weitere Aufgaben zu erledigen hatte?«

»Natürlich, das sind Aufgaben, die mit der Kirche zu tun haben, zum Beispiel die Konfirmation der Schüler zu begleiten. Außerdem war sie Ausbildungslehrerin an unserer Schule.«

Martin Berner hatte ein Bein über das andere geschlagen und damit eine Auflage für sein Notizheft gefunden, in das er jetzt Eintragungen schrieb.

»Sie begleitete die kirchlichen Lehramtsanwärter teils im Unterricht, aber auch bei den Unterrichtsvorbereitungen.«

Opitz nickte.

»Haben Sie gewusst, dass immer wieder Lehrerstudenten zu ihr nach Hause fuhren, und dass sie dort offenbar Seminare abhielt?«

»Seminare? Nein – welche Art von Seminaren?«

»Das ist mir nicht bekannt, ich nehme aber an, es hatte etwas mit Unterrichtsvorbereitungen zu tun.«

Herzog schob das Kinn um ein paar Zentimeter nach vorn, indem er den Kopf hob. »Ja, das konnte nur mit ihrer

Rolle aus Ausbildungslehrerin zusammenhängen. Vielleicht besprach sie die Prüfungsvorbereitungen mit den Kandidaten. Unter ihren Fittichen ist nur selten einer durchgefallen.«

Opitz horchte auf und wiederholte sich diesen letzten Satz.

»Hatte diese Frau eine besondere Beziehung zu den ihr unterstellten Lehramtsanwärtern – anders gesagt: eine Affinität zu den jungen Aspiranten, die sie mit weitgehender Hilfe bei den Prüfungen zu füllen suchte?«

»Sie meinen Betrug?«

Seine Gesichtszüge spannten sich und schienen plötzlich stärker durchblutet zu sein. »So etwas ist an unserer Schule niemals vorgekommen, solange ich Schulleiter bin!«

Damit schlug er reflexartig mit der flachen Hand auf die Tischplatte, bremste sich aber rasch wieder aus. Da ist es! …, dachte Opitz.

»Wissen Sie vielleicht von einem Konflikt, von dem die Lehrerin betroffen war? Ich denke dabei an ihr Verhalten gegenüber ihren Kollegen, den Schülern, den Eltern und schließlich auch Ihnen gegenüber.«

Herzog streckte sich, so gut das auf dem Stuhl möglich war, dann stand er auf und sagte mit angehobener Stimme: »Mit Verlaub, so allgemein lässt sich diese Frage nicht beantworten. An Schulen gibt es immer mal eine Auseinandersetzung.«

Bla-bla, er ist unwillig, dachte der Kommissar. Meine Fragen gehen ihm zu weit.

Da schaltete sich Kollege Berner ein, der bemerkt hatte, dass die Situation verfahren war: »Sehen Sie, die Frau ist völlig unerwartet zu Tode gekommen, jemand hat ihr in der Garage aufgelauert und sie erstochen, nachdem er sie schrecklich gequält hat. Da *muss* man fragen: Gab es irgendwann einen Konflikt, wer weiß weshalb, der von jemand bemerkt worden ist?«

»Ich habe dergleichen nie gehört«, erklärte Herzog, nun um einige Grade demütiger, »aber vielleicht ist es sinnvoll, ausgewählte Kollegen danach zu befragen.«

»Einverstanden«, sagte Opitz, »geben Sie uns eine Liste der Kolleginnen und Kollegen, die für uns interessant sein könnten, weil sie vielleicht näher mit Frau Kühn-Scharter zu tun hatten – sei es dienstlich oder privat. Wenn Sie uns jetzt nicht mehr weiterhelfen können, warten wir auf die Liste und schauen uns inzwischen ein wenig in der Schule um.«

Das schien ihm auch nicht ganz recht zu sein, doch schließlich nickte er und entließ die beiden Kommissare. Die Sekretärin hob den Kopf mit einem leicht schiefen Lächeln, als die Männer an ihrem Tresen vorbei den Ausgang suchten.

»Puh, das war aber freundlich«, entwich es Berner wie einem übermäßig gefüllten Gasballon.

Sie schlenderten den Gang zurück, an den Klassenzimmern entlang und vernahmen die Stimmen der Lehrer; die hinter diesen Türen unterrichteten.

Am Ende der Etage nahmen sie die filigrane Stahlrohrtreppe abwärts und wunderten sich, wie ein solches Konstrukt den unzählbaren, jahrelangen Schülerattacken standhalten konnte. Unten gab es einen ähnlichen Gang, auch hier klebte Klassenzimmer an Klassenzimmer.

Aus der Tiefe des Ganges näherte sich ein Mann im grauen Arbeitskittel, der ein hölzernes Klappmetermaß in der Hand hatte und damit bei jedem Schritt rhythmisch gegen sein Bein schlug.

»Grüß Gott, die Herren! Darf man fragen, was Sie hier tun?«

Der Pedell, fuhr es Opitz durch den Kopf.

Als sei ihnen das Selbstbewusstsein freier Bürger abhandengekommen, erklärten sie detailliert, dass sie ein dienstlicher Auftrag an diese Schule geführt habe. Und dass sie auf ein Dokument aus dem Rektorat warteten. Nachdem sie ihre Dienstplakette vorgewiesen hatten, schwand das Misstrauen des Hausmeisters und er erklärte, dass man heutzutage wieder viel näher hinsehen müsse, wenn fremde Leute eine Schule besichtigten. Man habe noch viel zu gut den Fall der Realschule Winnenden aus dem Jahre 2009 in Erinnerung, die von einem Jugendlichen, einem ehemaligen Schüler, heimgesucht wurde, und der fünfzehn Tote hinterließ.

Als er sich vom ordnungsgemäßen Zustand seiner Schule überzeugt hatte, lief er in dieselbe Richtung zurück, aus der er gekommen war. Nach und nach verebbte das klatschende Geräusch seines Meterstabes.

In der Nähe des Haupteinganges gab es ein Schwarzes Brett mit allen offiziellen Nachrichten. Ganz rechts im Eck hing ein Foto mit einer schwarzen Bordüre, das die verstorbene Kollegin Kühn-Scharter zeigte, darunter ein Text, der vom Rektorat unterzeichnet war. Berner, der das Foto zuerst entdeckte, stieß Opitz an: »Sieh mal, was da hängt!«

»*Unsere beliebte Kollegin und Lehrerin für evangelische Religion, Frau Gertrud Kühn-Scharter, ist einem schändlichen Verbrechen zum Opfer gefallen. Wir alle – das Lehrerkollegium, die Schüler und die Eltern sind erschüttert über ihren gewaltsamen Tod. Wir werden sie sehr vermissen.*«

Vereinzelt hatten Schüler Trauerflor um den Text befestigt, der ihrerseits mit kurzen empathischen Wünschen versehen waren. Die beiden Beamten verharrten reglos vor diesem Memento mori.

Im Sekretariat zurück, trafen sie auf einen Mann Mitte vierzig, der sich als Konrektor Eisenfeld vorstellte. Er hatte einen kräftigen Oberlippenbart und erklärte seine Anwesenheit im Sekretariat mit dem kurzfristigen Ausfall der Sekretärin, Frau Seibold. Das Sekretariat könne und dürfe niemals sich selbst überlassen werden, daher sei er hier. Opitz deutete mit dem Finger in Richtung Rektoratszimmer: »Ist der Chef nicht anwesend?«

Jetzt schien Eisenfeld ein Licht aufzugehen: »Ah, sind Sie von der Polizei?«

»Kriminalpolizei, wir warten auf ein paar Namen, die uns Herr Herzog aufschreiben wollte.«

In diesem Moment trat Herzog aus seinem Zimmer und reichte den Polizisten ein halbes Blatt Druckerpapier, auf das er handschriftlich drei Namen mit den dazu gehörenden Adressen und Telefonnummern geschrieben hatte.

»Wenn Sie bis zur Pause warten, können Sie einen Namen der Liste schon abarbeiten. Die anderen zwei sind entweder krank, auf Lehrgang oder schon gegangen.«

Er warf einen Blick auf die Wanduhr.

»Noch fünf Minuten. Die Kollegin heißt Frau Weidner.«

Die Dame schien ein fröhliches Temperament zu haben, denn sie zeigte sich freudig überrascht, dass die Kripo auf sie wartete. Nachdem Herzog sie einander vorgestellt hatte, führte sie die beiden Kommissare in das Besprechungszimmer. Sie war etwa fünfzig Jahre alt und trug eine kurze Lockenhaarfrisur.

»Sie wollen also Informationen über die Kollegin Kühn-Scharter«, begann sie, nachdem sie sich an die Gegenseite des Tisches gesetzt hatte, »Herzog hat mich wohl deshalb ausgewählt, weil ich im Lehrerzimmer neben ihr saß. Um es offen zu sagen: Das war auch schon fast alles, was mich mit ihr verband. Gelegentlich kam es natürlich auch zu einer kleineren Unterhaltung, die meist etwas mit den Schülern zu tun hatte, die wir gemeinsam unterrichteten. Sie müssen wissen, dass ich katholische Religion und Geschichte gebe –

Religion allerdings als staatliche Lehrerin, im Gegensatz zu Frau Kühn-Scharter.«

Sie hatte eine Schachtel Zigaretten in der Hand und schien rauchen zu wollen, doch dies war kein Raucherzimmer, wie Berner mit Genugtuung feststellte.

»Wenn das so ist«, entgegnete Opitz freundlich«, können wir die Befragung kurz machen. Haben Sie jetzt noch weiteren Unterricht?«

»Ja, aber erst nach der kommenden Stunde.«

»Gut, wir haben zwei grundliegende Interessen: Erstens, wie haben Sie die Kollegin als Menschen erlebt, das heißt, wie hat sie sich Ihnen und anderen gegenüber verhalten, und zweitens, gab es irgendwann ein Problem, einen Konflikt, Aggressionen, vielleicht auch unterdrückte?«

»Ich verstehe, Sie wollen an die Genesis. Soweit ich ihr Verhalten im Kollegenkreis beurteilen kann, war sie eher unauffällig, freundlich, den schulischen Problemen nicht so sehr zugewandt, weil sie mit dem anderen Teil ihres Engagements an der Kirche hing. Ich habe auch nicht beobachtet, dass sie mit irgendjemand ein besonderes Verhältnis entwickelt hätte.«

»Es gab doch sicher auch weniger dienstliche Gelegenheiten, sie kennenzulernen, zum Beispiel bei Feiern, Ausflügen, Reisen.«

Sie spielte das Entnehmen der Zigaretten aus der Schachtel so realistisch, dass Berner versucht war, ihr einfach die Schachtel zu entreißen.

»Ich habe sie kaum bei solchen Gelegenheiten erlebt. Wenn überhaupt; wie gesagt, war sie noch anders dienstlich eingebunden und schon deswegen eine seltene Teilnehmerin.«

»Und die anderen? Wie haben sie sich gegenüber ihr verhalten? Ist Ihnen in dabei etwas aufgefallen – zum Beispiel Ablehnung, Getuschel oder Sympathie?«

Weidner schüttelte den Kopf und streckte die Arme über den Tisch, was nach einem Entspannungsversuch aussah. Dann zog sie die Augenbrauen ein wenig hoch und blieb für einen Moment in dieser Haltung.

»Doch, da war etwas – warten Sie …« Sie schien sich Bilder aus der Erinnerung zurückzuholen, dann tauchten sie auf: »Es muss vor meiner Zeit an der Mörike-Realschule gewesen sein. In meinem ersten Jahr wurde noch darüber gesprochen, aber so ganz habe ich den Zusammenhang nie verstanden, und später versank alles im Ozean des Vergessens.«

Sie schob die Zigarettenschachtel flink von einer Hand in die andere, doch plötzlich schubste sie sie aus dem Zugangsbereich ihrer Hände.

»Frau Kühn-Scharter hatte eine Tochter an unserer Nachbarschule, einer Hauptschule. Sie muss wohl in der siebten oder achten Klasse gewesen sein. Eines Tages erschien die Mutter beim damaligen Rektor und beschuldigte einen Fachlehrer, ihrer Tochter zu nah gekommen zu sein. Über die Einzelheiten bin ich nicht informiert, es gab jedenfalls einen Riesenskandal, aus dem der Kollege nach langem Kampf siegreich herausgekommen ist, weil er Unterstützung durch einen psychologisch erfahrenen Kollegen erhielt. Die Lügengeschichte war wie ein Luftballon geplatzt.«

Sie starrte eine Weile aus dem Fenster, dann angelte sie nach den Zigaretten, entzündete sich eine mit dem Gasfeuerzeug und sog den Qualm bis zum Anschlag in die Lungen.

»Geht's jetzt besser?«, lästerte Opitz und wedelte den Qualm davon.

Martin Berner ging zur Fensterseite des Raumes und öffnete die drei Kippflügel um ihre Hochachse. »Für den Fall, dass Sie von Ihrem Chef gesucht werden.«

Am späten Nachmittag verließ Opitz Heidenheim, dann nahm er die gewohnte Route über die Schwäbische Albstraße in Richtung Böhmenkirch, bevor er südlich nach Gussenstadt abbog. Die schneebedeckte Alb lag wie unberührt unter der Schneedecke, einzelne Loipen zogen sich quer über die weiten Flächen. Auf einem blattlosen Baum hatte sich ein Pulk Raben niedergelassen und flatterte immer wieder auf, wenn weitere Artgenossen landen wollten. Die voranschreitende Dämmerung verwischte den Horizont an vielen Stellen bis zur Unkenntlichkeit.

Opitz rollte den Dienstwagen auf den kleinen Parkplatz, direkt neben das Holzschild mit der leicht verwischten Aufschrift *Vogelhof.* Er würde heute den Angeboten und Versuchungen widerstehen, sagte er sich, und ließ die Fahrertür ins Schloss fallen.

Auf den ersten Blick konnte er keine Veränderung im Inneren des Ladens feststellen, selbst die exotischen Pflanzen schienen noch immer unberührt. Ein Duft von Maische und Bäckerei hing in der Luft, der die Geruchsstoffe der Pflanzen vollständig übertönte. »Grüß Gott«, sagte ganz unerwartet eine männliche Stimme hinter dem Türrahmen, an der gegenüberliegenden Wand, »ich komme sofort!«

»Nur keine Eile, es ist ja schon fast Feierabend«, erwiderte Opitz, der sich im Laden umblickte. Bald darauf erschien ein Mann in der Tür, etwa fünfzig Jahre alt und mit dichtem Silberhaar. Er trug einen weißen Kittel und klopfte sich Mehl aus der Kleidung.

»Ich bin heute Nachmittag leider allein im Laden und in der Bäckerei. Aber es ist ja nicht so viel los. Was kann ich für Sie tun?«

»Sind Sie der Partner von Frau Janne Hovenkatt?«

Für eine Sekunde dachte er daran, mit seiner Identität hinter dem Berge zu halten, doch dann zückte er die Dienstmarke und legte sie auf die Theke.

»Kriminalpolizei Heidenheim«, sagte er lakonisch und steckte die Marke wieder ein. »Ich komme wegen des Mordes auf dem Weidenhof.«

Der Mann zuckte zusammen, als die Dienstmarke auf dem Tisch lag.

»Ja, ich bin der Partner von Janne, Heiner Wölfel.«

»Können Sie mir bitte sagen, wann auf dem Hof zuletzt Schafe geschlachtet wurden?«

Wölfel überlegte und zog einen kleinen Taschenkalender aus seiner Jacke.

»Das war Mitte Januar, nein – warten Sie: wenige Tage vor Trumps Amtseinführung, die am 20. Januar 2016 vollzogen wurde, ich hab's nicht aufgeschrieben, aber es könnte der 15. gewesen sein, ein Freitag.«

»Wer hat geschlachtet? Und wie viele Tiere?«

»Die Tierpflege und die Schlachterei übernimmt bei uns Max, der Sohn von Janne. Ich glaube, er hat zwei Schafe geschlachtet.«

»Und was geschah mit den geschlachteten Tieren?«

Wölfel blickte sich um, bevor er antwortete: »Max hat sie fachgerecht zerteilt und in Portionen zum Verkauf vorbereitet; was nicht sofort über den Ladentisch geht, wird eingefroren.«

»Und die Köpfe?«

»Die Köpfe gehen, wie alle nicht verwertbaren Teile der Tiere, in den Bioabfall.«

»Der Bioabfall wird vermutlich von der kommunalen Abfuhr geholt. Wie oft geschieht das – wöchentlich?«

»Oh nein, es kommt meist nicht sehr viel zusammen, sie sammeln immer nach zwei Wochen ein. Im Sommer könnten sie ruhig öfter kommen, denn dann gärt es in den Plastikeimern und es krabbeln lauter Würmchen herum, besonders wenn eiweißreiche Reste verwesen.«

»Und der Gestank?«

»Na, ich kann Ihnen sagen!«

Damit wandte er sich mit einer Geste des Ekels ab und schüttelte sich.

»Ist es schon vorgekommen, dass sich jemand für den Inhalt dieses Bioabfalls interessierte?«

»Sie meinen Menschen, die am Existenzminimum leben? Nein, das haben wir so noch nicht erlebt. Wir leben hier draußen in relativ gesicherten Verhältnissen, so etwas wie städtische Armut gibt es nicht.«

Er griff unter die Theke und nahm eine Flasche Bier hervor, die er zusammen mit zwei Gläsern nach oben stellte. Ohne zu fragen, öffnete er die Flasche und goss beide Gläser voll, worauf sich darin Schaumkronen bis zum Rand entwickelten. Dann schob er eines der Gläser in Opitz' Richtung und nahm aus dem anderen selber einen langen Zug.

Der Kommissar betrachtete den etwas überentwickelten Schaum mit Missfallen, doch dann fiel ihm ein, dass er die beiden, erst vor wenigen Tagen hier erworbenen Flaschen, mit Genuss getrunken hatte. Janne, die ihn so zuvorkommend bedient hatte, wo war sie bloß?

»Nun, es mag Menschen geben, die sich aus anderen Gründen für Schlachtabfälle interessieren, zum Beispiel, weil sie es als Tierfutter verwenden.«

Plötzlich schien Wölfel sich zu besinnen.

»Ich glaube, solche Leute standen vor Kurzem bei uns vor der Tür. Sie fragten nach Schlachtabfällen, um welche Teile es sich handelte, war ihnen völlig gleichgültig.«

Jetzt war auch Opitz hellwach.

»Wann war das, bitte. Und wie sahen die Leute aus?«

»Ich hatte draußen am Backofen zu tun. Es war vor etwa zwei Wochen, jedenfalls vor dem Mord. Zwei junge Männer, ziemlich unauffällig, kamen in den Laden und fragten nach Schlachtabfällen. Janne war vorn im Laden und zeigte keine große Lust, auf ihre Wünsche einzugehen, aber schließlich holte sie doch den Bioeimer und gab ihnen den gesamten Inhalt, der sich in einer Plastiktüte befand.«

»Können Sie diese Leute vielleicht näher beschreiben?«

»Wie schon gesagt, keine hervortretenden Merkmale, warten Sie. Einer von beiden muss stark kurzsichtig gewesen sein, das konnte ich an den dicken Brillengläsern erkennen.«

»Und die Haare? Wie trugen sie die Haare?«

»Oh je, da fragen Sie genau den Richtigen. Solche Dinge kann ich mir einfach nicht merken. Ich weiß nur, dass der andere hohe Schnürstiefel trug.«

In diesem Moment ging die Ladentür auf und Janne Hovenkatt trat ein. Sie grüßte beiläufig die beiden Männer, machte sich dann an der Kasse zu schaffen, wo sie in einer Kladde verschiedene Eintragungen erledigte. Gelegentlich blickte sie auf, doch viel sehen konnte sie wohl nicht. Erst als Opitz mit der Hand wedelte, erkannte sie ihn und kam hinter ihrer Kasse hervor.

»Heute haben wir leider keine große Auswahl mehr, aber frisches Brot und Bier gibt es immer.«

Sie lächelte ihn freundlich an und reichte ihm die Hand. Wölfel war erstaunt, als er diese Vertrautheit bemerkte.

»Die Kripo interessiert sich für unsere Schlachtabfälle, die beim letzten Mal von zwei jungen Burschen mitgenommen wurden«, bemerkte er lakonisch und wartete interessiert, wie sie reagieren würde.

»Die Kripo?«

Im nächsten Moment hatte sie verstanden.

»Waren Sie neulich auch im dienstlichen Auftrag bei mir?«

»Na ja«, druckste Opitz, »ich war halt in der Nähe, und da ich von Ihren speziellen Lebensmitteln und Getränken gehört hatte, dachte ich, schau doch mal rein.«

Sie trat einen Schritt näher an ihn heran und senkte die Stimme etwas ab: »Und jetzt glauben Sie, die beiden

Burschen haben etwas mit dem Mord an der Lehrerin zu tun?«

»Wir von der Kripo haben uns das Glauben abgewöhnt. Wir verlassen uns nur auf Fakten. Dafür erlauben wir uns öfter mal einen Verdacht, wenn die Fakten überhandnehmen. Haben Sie diese beiden Männer zuvor schon einmal gesehen?«

»Nein, aber dabei fällt mir ein, dass einer der beiden etwas verloren hat, eine Quittung oder so etwas. Ich habe sie aufgehoben, für den Fall, dass sie noch mal zurückkommen.«

»Und, kamen sie zurück?«

»Nein, sie haben sich nicht mehr blicken lassen. Vermutlich war das Papierchen bedeutungslos für den jungen Mann. Warten Sie, es muss hier bei der Kasse sein.«

Damit zog sie eine Schublade auf, die sich unterhalb der antiken mechanischen Registrierkasse befand, fuhr mit der Hand darin hin und her, bis sie einen kleinen Zettel gefunden hatte, den sie lächelnd emporstreckte und an den Kommissar weiterreichte. Opitz nahm die Lesebrille zur Hand und setzte sich auf einen der Stühle, die an einem Tischchen standen, das wohl zu Degustationszwecken im Laden stand. Es war eine Art Quittung, die er in der Hand hielt, ein abreißbares Stück Papier, vermutlich von einem Block, auf dem mit Kugelschreiber ein schlecht lesbarer Eintrag gemacht worden war, der sich nach langem Rätseln als »Feldjacke, Moleskin, tarn« entpuppte. Darunter der Stempel eines *Army Store* in Göppingen samt Kosteneintrag über 64,90 Euro.

Was hatte das zu bedeuten? Hatte einer der beiden jungen Männer sich ein Stück militärischer Bekleidung gekauft? Was war denn eine »Feldjacke« überhaupt, vielleicht das obere Teil eines Kampfanzuges? Während er darüber sinnierte und mit dem Papierchen seiner Nase ein wenig Luft zufächelte, fiel ihm ein, dass jemand gesagt hatte, Elias sei vor Jahren Mitglied der *Kameradschaft Südwest* gewesen. Weil jetzt eine Frage nach der anderen auftauchte, beschloss er spontan, bei diesem *Army Store* in Göppingen nachzufragen, am besten gleich morgen früh.

Er parkte den Wagen direkt vor dem Schaufenster, das mit Militaria fast aller Art vollgestopft war. Beim Öffnen der Eingangstür ertönte eine MG-Salve, zum Glück jedoch elektronisch und in der Lautstärke reduziert. Er war der einzige Besucher des Ladens, der zwar schmal, doch ziemlich tief und ausgedehnt war. In einer Ecke saß der Verkäufer oder Inhaber und blätterte in Katalogen. Opitz schlenderte langsam an Reihen von Kampfanzügen, T-Shirts, olivfarbenen Pullovern, Socken und Schnürstiefeln aller Art vorüber. Auf der anderen Seite des Gangs befand sich eher die Hardware: Bajonette, Nahkampfmesser, Feldbestecke und die dazu gehörenden Aluminiumgeschirre, verpackte Feldrationen samt Dauerbrot, Konservenwurst, Feldkaffee, Esbit-Kocher und Kampfschokolade. Im hinteren Bereich gab es eine Menge Lektüre zu allen Schlachten des Zweiten Weltkriegs an Land, zu Wasser und in der Luft zu kaufen.

Opitz hatte nicht die Absicht, einen potenziellen Käufer zu mimen, wollte aber trotzdem einen Eindruck von den hier zu erwerbenden Waren gewinnen. Schließlich wandte er sich an den Mann hinter der Theke und legte ihm die Quittung für die Feldjacke auf den Tisch. Der trug einen ganz unmilitärisch zotteligen Langhaarschnitt und rückte seine Lesebrille zurecht, bevor er die Quittung zur Hand nahm. Er mochte fünfunddreißig bis vierzig Jahre alt sein, betrachtete das Stückchen Papier von allen Seiten und legte es ab.

»Was ist damit, wollen Sie die Jacke zurückgeben?«

»Nein, ich möchte wissen, wie diese Feldjacke aussieht, die Sie vor ein paar Tagen an zwei junge Männer verkauft haben.«

Der Inhaber erhob sich und ging zielstrebig auf die in Reihe aufgehängten Bekleidungsstücke zu, schob einige vor und zurück, bis er das gewünschte Teil gefunden hatte. Er nahm es samt Kleiderbügel von der Stange und hielt es dem Besucher entgegen. Der betrachtete es von allen Seiten, indem er es drehte und wendete, anerkennend mit dem Kopf nickte und es schließlich an den Inhaber zurückgab.

»Die beiden jungen Leute haben diese Quittung in einem Dorfladen bei Böhmenkirch verloren. Vielleicht erinnern Sie sich an diese Männer?«

»Oh ja, das sind gute Kunden. Sie kommen manchmal in kleineren Gruppen und kaufen Messer, Stiefel, Koppel und verschiedene andere Gegenstände, die sie in ihrem Verein brauchen. Jetzt im Winter gehen die Parkas ganz gut.«

»Ein Verein? Welcher Verein?«

»*Kameradschaft Südwest* nennen sie sich, die spielen ein bisschen Soldaten, aber ansonsten sind sie ganz harmlos. Übungen im Gelände, Lagerfeuer, Feindaufklärung, Marschieren und so weiter. Irgendwo auf der Alb haben sie auch eine Vereinshütte, das muss in der Nähe von Gerstetten sein.«

»Und kennen Sie jemand von denen mit Namen, vielleicht auch den Wohnort? Das würde unsere Arbeit erleichtern.«

»Unsere Arbeit? Was wollen Sie denn von den jungen Leuten?«

Der Kommissar zog seine Dienstmarke heraus und legte sie dem Ladeninhaber auf den Tisch. Der schob wieder seine Brille in Position und las: »Kriminalpolizei Heidenheim!«

Dann holte er tief Luft und fasste sich.

»Was haben die Jungs denn getan, dass sich die Kripo für sie interessiert?«

»Vermutlich nichts Strafbares, wir wollen aber wissen, wer ein bestimmtes Geschenk hinterlassen hat.«

Der Mann zuckte die Schultern.

»Sie sollten nicht denken, dass ich die Leute näher kenne. Nur der Vorname des Leiters ist mir bekannt, weil ich ihn von den anderen gehört habe: Theo.«

»Das ist gut. Sie wissen nicht zufällig, wo dieser Theo wohnt? Oder ein anderer aus der Gruppe?«

»Nein, wirklich nicht.«

Weil es keinen Grund gab, an dieser Behauptung zu zweifeln, dankte er und verabschiedete sich.

Schneller als erwartet, befand sich Opitz schon wieder vor der Mörike-Realschule. Irgendwo musste er die Liste mit den Namen der drei Lehrer abgelegt haben. Die linke Innenseite der Jacke kam nicht infrage, weil sich dort die Dienstpistole in ihrem Halfter befand. Eine Untersuchung der anderen Innentaschen der Bekleidung brachte kein Ergebnis, doch schließlich wurde er in der linken Seitentasche der Tür fündig. Zwei Frauen und ein Mann waren eingetragen, in einer perfekten Handschrift, die Buchstaben starr aufgerichtet im immer konstant gleichen Winkel von sechzig Grad. Wenn das nicht Bände über den Verfasser erzählte.

Sarah Waldenburg, Nicole Weidner und Martin Offenheim lauteten die aufgeschriebenen Namen. Als er die Namen drei Mal gelesen und sich laut vorgesprochen hatte, verließ er den Wagen und wählte den kürzesten Weg zur Schule. Es war nun 10.20 Uhr, die große Pause musste vorüber sein und der Unterricht längst angelaufen. Während er die Stufen zur ersten Etage nahm, erkannte er unten den Hausmeister vor dem Schwarzen Brett, der eifrig eine

Nachricht zu studieren schien. Diesmal hatte er keinen Zollstock in der Hand. Er trat ins Sekretariat und fand es, zu seiner Überraschung, unbesetzt. Doch der Konrektor hatte im Nebenzimmer bemerkt, dass jemand eingetreten war, und steckte seinen Kopf aus der Verbindungstür.

»Ah, die Kriminalpolizei! Was können wir für Sie tun?«

»Ich komme wegen der drei Kollegen, die Ihr Schulleiter empfohlen hat zu konsultieren.«

»Das sind Frau Waldenburg und Herr Offenheim – jemand fehlt noch.«

»Frau Weidner«, entgegnete Opitz, »wir haben sie bereits befragt.«

Der Konrektor zog sich in sein Dienstzimmer zurück und trat vor den PC, »ich glaube nicht, dass sich alle im Haus befinden.«

Opitz war ihm gefolgt und sah, wie er rasch etwas eintippte, worauf ein paar Namen auf dem Display erschienen.

»So ist es«, resümierte er seine Suchaktion, »Herr Offenheim ist im Unterricht, Frau Waldenburg hat eine Hohlstunde und müsste sich im Lehrerzimmer aufhalten. Wir können das ja rasch nachprüfen.«

Damit stürmte er auf den Gang hinaus, öffnete die Tür des übernächsten Raumes und verschwand darin. Bald trat eine Frau in dunklem Blazer und in engen dunklen Hosen aus der Tür und sah sich um. Opitz ging auf sie zu und stellte sich vor. Sie trug eine Kurzhaarfrisur und eine etwas exotisch geschwungene Brille.

»Sie haben Fragen wegen der toten Kollegin, hat unser Konrektor gesagt?«

»Ja, und zwar auch an weitere Kollegen. Am liebsten wäre mir aber ein Gespräch unter vier Augen.«

»Na, dann gehen wir am besten ins Elternsprechzimmer. In der nächsten Stunde habe ich allerdings Unterricht.«

Das Elternsprechzimmer befand sich im Erdgeschoss.

Während sie die Treppe hinabstiegen, erkundigte Opitz sich nach ihren Fächern.

»Deutsch und Französisch«, war die Antwort, und er konnte daraus entnehmen, dass dies für sie mit täglichen Kämpfen im Klassenzimmer verbunden war, »die Sprache unserer westlichen Nachbarn findet an den Schulen des Landes nicht die Bedeutung, die sie verdient. Haben Sie jemals Französisch gelernt?«

»Nein, leider nicht.«

»Glauben Sie etwa, dass der Erwerb einer Fremdsprache mit der Nähe zum jeweiligen Land zu tun hat? Das kann ja wohl nicht sein, wenn Sie daran denken, wie wir an der angelsächsischen Sprachwelt hängen.«

Sie waren vor dem Elternsprechzimmer angekommen, das die Lehrerin mit dem Hausschlüssel öffnete.

»Ihr Chef hat Sie für eine Befragung empfohlen, weil Sie Erfahrung im Umgang mit Frau Kühn-Scharter haben.«

Sie zog die Brauen über den verschnörkelten Rand der Brille hinauf.

»Erfahrung ist zu viel gesagt, sie ist mitgekommen auf eine Abschlussfahrt nach Frankreich; in Nancy haben wir unsere französische Partnerschule. Die wenigsten Kollegen hatten ein Interesse an dieser Abschlussfahrt, und dafür gibt's einen einfachen Grund: Sie können entweder überhaupt kein Französisch oder nur sehr lückenhaft. Und dann, Nancy ist doch nicht weit, grade mal über die Grenze. Frau Kühn-Scharter bot sich an, sie konnte auch ein paar Brocken Französisch. Zudem waren einige Schüler darunter, die sie von ihrem Religionsunterricht kannte, damit passte ja alles und ich war froh, eine Begleitperson zu haben. Kaffee?«

Opitz nickte und zeigte mit Daumen und Zeigefinger einen Espresso an. Sie suchte nach geeigneten Tassen und stellte die Kaffeemenge ein, bevor sie den Startschalter betätigte.

»Sie konnten somit gelassen den Dingen entgegen sehen. War es so?«

»Ja freilich, die einwöchige Fahrt war abwechslungsreich, Nancy selber bietet viele *attractions touristiques*, und mit dem Bus konnten wir Straßburg und auch Luxemburg besuchen. Die Schüler waren bei Gastfamilien untergebracht.«

»Und Sie selber? Wo haben die Lehrerinnen übernachtet, im Hotel?«

Sie zog eine spöttische Miene: »Hotel? Sowas zahlt doch das Land seinen Beamten nicht – *Sie* müssten das doch wissen! Wir sind halt in einer Pension abgestiegen, Gott sei Dank in Einzelzimmern.«

Der Kaffee war fertig, und sie servierte ihn wie gewünscht, für Opitz als Espresso.

»Wie sind Sie ausgekommen mit Frau Kühn-Scharter? Immerhin verbrachten Sie doch eine Woche mit ihr.«

»Nun, wir waren nicht ständig zusammen, allerdings schon zu den Mahlzeiten. Sie berichtete nie von sich selber, dafür umso mehr von anderen Leuten. Dabei hatte sie zwei Kinder und einen Mann. Mir ist aufgefallen, dass sie manchmal eine intrigante Neigung besaß, wenn sie über Menschen aus ihrem Umkreis sprach. Einige Zeitgenossen kamen bei ihr ziemlich schlecht weg.«

»Zum Beispiel?«

»Der eine oder die andere Kollegin. Aber sie war niemals konfrontativ, sondern ihre Zwischentöne ließen nach und nach ein schiefes Bild über die jeweilige Person entstehen. Und wenn ich nachfragte, dann bagatellisierte sie ihre zuvor gemachten Andeutungen.«

Opitz hatte den Espresso geleert und stellte die Tasse ab.

»Interessant. Gerne hätte ich gehört, wie eine solche Verunglimpfung vor sich ging.«

Frau Waldenburg musste nicht lange nachdenken.

»Lappalien, verstehen Sie? Äußerlichkeiten vielleicht, oder

Standpunkte, die vertreten wurden, was weiß denn ich! Sie besaß das Talent, andere Leute mit subtilen Bemerkungen lächerlich zu machen. Natürlich niemals in deren Gegenwart. Wenn die Frage auf den Punkt zusteuerte, nahm sie alles zurück. Doch der erste Eindruck blieb haften.«

»Hatte sie einen anerkannten Feind im Kollegium?«

»Schwer zu sagen, jedenfalls schienen manche Leute einen Bogen um sie zu machen. Ich bin nicht lange genug an dieser Schule, um das kompetent beurteilen zu können.«

»Und anders herum: Gab es jemand, zu dem sie sich hingezogen fühlte?«

Die Lehrerin erhob sich von ihrem spätpädagogischgerundeten Buchenholzstuhl und trat zum Fenster, von wo sie einen Blick über den Pausenhof werfen konnte.

»Es klingt schon seltsam«, sagte sie stockend, »denn sie war wohl mit dem Chef ziemlich vertraut. Man soll aber nicht glauben, dass dieses besondere Verhältnis nur auf ihrem Mist gewachsen war, es beruhte gewiss auf Gegenseitigkeit. Manchmal dachte ich, es ist vielleicht wegen der Religion. Herzog kann durchaus robust sein zu den Kollegen, aber bei den Religionsleuten wird er weich. Warum nur? Weil er so gläubig ist? Nein, ich sage es Ihnen: Er hat Respekt vor der Autorität der Kirche. Sie hat für einige Leute einen hohen Stellenwert an den Schulen, auch wenn das Kruzifix nicht mehr in den Klassenzimmern hängt. Ich wünschte, wir hätten in Deutschland französische Verhältnisse, die dem Klerus keinen Raum an den Schulen lassen. Aber in diesem Land wird der Laizismus leider keine Chance haben.«

Er hatte genug gehört, und sie kamen beide überein, ihre kleine Unterhaltung abzuschließen. Weil aber die Stunde bald beendet sein würde, entschied sich Opitz, auf die dritte Person zu warten, die Rektor Herzog aufgeschrieben hatte: Martin Offenheim. In der Zwischenzeit sollte ihm so viel Zeit bleiben, um das soeben geführte Gespräch als

Gedächtnisprotokoll in sein Notizheft zu übertragen. Dazu bot sie ihm einen Platz im Lehrerzimmer an, den er gerne akzeptierte.

Als das Pausenzeichen ertönte, hatte Opitz die Eintragung fast abgeschlossen. Bald darauf entwickelte sich das Lehrerzimmer zu einem Taubenschlag. Plötzlich fühlte er sich von hinten an der Schulter berührt, Frau Waldenburg deutete auf einen kräftigen Mann in den frühen Fünfzigern.

»Das ist Kollege Offenheim, den Sie sprechen wollen.«

Sein Händedruck ist hart wie der Biss einer Schraubzwinge, dachte Opitz, als sie sich begrüßten. Der Mann war schon informiert, dass die Kripo auf ein Gespräch wartete, und empfahl dafür ebenfalls das Elternsprechzimmer.

»Haben Sie denn heute noch zu unterrichten?«

»Nein, heute nicht.«

»Der Rektor dieser Schule hat unter anderen Sie für ein Gespräch empfohlen, damit wir ein wenig mehr über das Mordopfer Kühn-Scharter und damit vielleicht auch über dieses Kapitalverbrechen erfahren. Wir haben leider eine sehr mangelhafte Spurenlage, sodass wir für jeden Hinweis dankbar sind.«

Sie hatten sich an die Fensterfront gestellt und konnten den leeren Pausenhof überblicken, der von festgetretenem Schnee bedeckt war. Ein paar Kohlmeisen, Grünfinken und Amseln hatten sich über die Reste von Pausenbroten hergemacht und pickten eifrig um die Wette.

»Können Sie bitte schildern, wie Sie diese Frau erlebt haben, gegenüber den Eltern, Schülern und Kollegen?«

Offenheim atmete tief durch, bevor er sich zu einer Antwort entschloss.

»Ich kannte sie seit ein paar Jahren näher, weil ich ihr bei den Vorbereitungen für ein Krippenspiel geholfen habe, indem ich den Bau der Holzkrippe übernahm. Vor Weihnachten war die Aufführung für die Eltern, außerdem noch ein weiteres Mal in der Kirche. Das war sehr erfolgreich, wurde in der Presse lobend erwähnt und sie war mir außerordentlich dankbar dafür.«

»Gab es jemals Konflikte mit den anderen in irgendeiner Form?«

»Konflikte?«, Offenheim schien diese Frage zu überraschen. »Nein, das kann ich mir nicht vorstellen, denn sie war durch ihre Berufswahl sozial engagiert.«

»Hm. Vielleicht wissen wir nicht alles über sie, manche Menschen verstehen es sehr gut, lange mit ihren Absichten hinter dem Berg zu halten. Erst wenn das Kartenhaus zusammenbricht, ist das Staunen groß. Wenn wir uns den Gewaltexzess vor Augen führen, in dem sie umgebracht wurde, müssen wir natürlich fragen: Woher kommt, worauf beruht diese Orgie an Bestialität?«

»The evil is always and everywhere. Und es ist unberechenbar.«

»Gut. Und was ist mit Alkohol? Hat sie gerne einen gehoben?«

»Nein, ganz bestimmt nicht, sie hatte sogar eine Allergie gegen Alkohol, wenn ich mich richtig erinnere. Daraus resultierte eine massive Aversion gegen alkoholische Getränke. Das konnte ich bei verschiedenen Feiern beobachten. Sie trank nur Cola oder Wasser.«

»Niemand hat gesehen, wie sie Alkohol trank, keiner weiß etwas über potenzielle Feinde – und doch war sie sturzbetrunken, als sie von einem Unbekannten stranguliert und schließlich erstochen wurde. Wie soll diese Geschichte weitergehen, die alle Hilfskonstrukte für einen begründeten Verdacht verweigert?«

»Mein Gefühl sagt mir, es war ein durchgedrehter Psychopath, der Rache genommen hat für ein zurückliegendes Ereignis. Er hat lange gewartet, vielleicht sogar mehrere Jahre, bevor er sich zu dieser Art von Vergeltung entschloss. Es könnte sogar so weit in der Vergangenheit liegen, dass niemand an dieser Schule etwas damit zu tun hat. Hoffen wir es nicht!«

Der Kommissar wiegte den Kopf hin und her, zugleich straffte er den Mund zu einem Strich.

»Kann mir nicht vorstellen, dass jemand mit einem massiven psychischen Defekt so lange abwartet, vielleicht über mehrere Jahre, bis er eines Tages zuschlägt. Und wenn er aus Rache gehandelt hat, dann frage ich mich: Rache wofür? Die maximal mögliche Rache an einem Menschen zu nehmen, ist, ihn zu töten. Was kann vorgefallen sein, dass es so weit kommen konnte?«

Offenheim stützte sich mit dem Hinterteil an der grauen Fensterbank ab, unter der sich ein Heizkörper befand. Die Finger beider Hände schob er zwischen die Lamellen des altmodischen Heizkörpers. Es war offensichtlich, dass die beiden Männer nicht weiter kamen.

»Sie haben noch nichts zu Frau Kühn-Scharter und ihrem Verhältnis zum Kollegium gesagt. Gibt es darüber irgendetwas Bemerkenswertes zu berichten?«

»Etwas Besonderes? Nun, sie wurde, vielleicht aufgrund ihrer Dienststellung bei der Kirche nie so ganz im Kollegium aufgenommen, obwohl sie sich darum bemühte. Ich glaube, sie galt ein wenig als die Tratschtante, weil sie gerne etwas über diese oder jene Kollegin plauderte, was sie nicht sollte. Trotzdem schien sie sich mit Frauen besser zu verstehen als mit den Männern.«

Opitz grinste.

»Waren Sie eine Ausnahme?«

»Ich glaube schon. Ich war der klerikale Zimmermann, eine klassische Rolle.«

»Vielleicht hatte sie bereits damals negative Erfahrungen mit den Männern gemacht. Ihr Mann scheint selten in das gemeinsame Haus gekommen zu sein, wenn er ein freies

Wochenende hatte. In diesem Haus war er einfach nicht präsent.«

Er machte eine Pause und stützte die Finger beider Hände gegeneinander. Dann taxierte er den Lehrer unverblümt.

»Haben Sie schon mal überlegt, wer die Frau umgebracht haben könnte?«

Offenheim schien sich wie ertappt zu fühlen, dann besann er sich und versuchte eine Antwort: »Das suggeriert den Ehemann. Aber der arme Trottel lebte doch viel zu lange mit ihr, um eine solche Tat auszuführen.«

»Gut. Den Ehemann schließen wir aus. Und welches Motiv sollte er auch schon gehabt haben? Wie wäre es mit jemand aus dem Bereich Kirche im weitesten Sinne? Sie hat gewiss eine große Zahl an Menschen durch ihre Tätigkeit für die Kirche kennengelernt. Eine Frau als Täterin würde ich a priori ausschließen, weil Frauen nicht das Potenzial für solche Gewalttaten haben.«

Das schien Offenheim nicht richtig zu finden, denn er reckte plötzlich den Kopf um einige Zentimeter: »Ohne jeden Versuch einer Genderisierung. Auch Frauen können Gewalt, vielleicht gehen sie dabei nicht so brachial vor wie die Männer.«

Rechts hinter der Frontscheibe des grauen Audi-SUV war eine gut sichtbare Plakette mit der Bezeichnung *FORSTVERWALTUNG* in Großbuchstaben angebracht. Der Wagen kam von Norden, bog in Böhmenkirch nach links ab und folgte der Schwäbischen Albstraße nach Heidenheim, bis er die Abzweigung nach Gussenstadt erreichte. Der Fahrer ließ sich Zeit, denn er schien die Landschaft zu beiden Seiten der Straße genau zu beobachten, verringerte die Geschwindigkeit fast bis zum Stillstand, wenn kleine Ortsbezeichnungen auf verdreckten Straßenschildern kaum zu lesen waren. Die Räder des Fahrzeugs zeugten davon, dass es nicht nur auf befestigten Straßen eingesetzt wurde. Die moderat angestiegenen Februar-Temperaturen hatten der harten Schneekruste zugesetzt und einige Feldwege zu abenteuerlichen Schlammpfaden deformiert.

Je weiter er nach Süden, in Richtung jenes Ortes kam, der sich Gussenstadt nennt, umso aufmerksamer beobachtete der Fahrer die linke Straßenseite, denn er wusste, dass hier irgendwo auf der langen Geraden eine unscheinbare Abzweigung sein musste, die ihn zu seinem Ziel führen sollte. Auf der halben Strecke erkannte er eine Unterbrechung, eine Linie im aufgelockerten Schnee. Je näher er heranrollte, desto sicherer wurde er, hier den Feldweg gefunden zu haben, den er mit Google Earth vergeblich gesucht hatte. Also stimmte es doch, dass es neben dem südöstlichen auch einen nordwestlichen Zugang in dieses Parallelogramm von etwa 25 Quadratkilometer hügeligem, urtümlichem Gelände gab. Neben sich auf dem Beifahrersitz hatte er seinen braunen Jägerhut abgelegt, dessen Federn er entfernt hatte, um im Falle einer Begegnung nicht zu pittoresk zu wirken. Daneben lag ein dreißig Zentimeter langes finnisches Elchhorn-Jagdmesser in einer folkloristisch ausgeführten Lederscheide. Ein doppelläufiges Jagdgewehr hing auf dem Beifahrersitz, und außerdem hatte er ein Fernglas auf die Konsole hinter der Frontscheibe gelegt.

Der Weiler Weidenhof befand sich zentral inmitten dieses Ackerlandes. Vermutlich schon im sechzehnten Jahrhundert hatten die Bauern ihre Bedürfnisse dem Land angepasst, indem sie dort ein paar Häuser errichteten, wo sie arbeiteten. Den zentralen Kern des verschneiten Ackerlandes bildete eine ebene Fläche, die kilometerweit einsichtig war. Der Weg führte geradezu in die Mitte dieses Feldes. Der Fahrer hielt nach allen Seiten Ausschau, bevor er sich dazu entschloss, dem Weg weiter zu folgen. Die Häuser mussten sich im Zentrum befinden, so viel wusste er, denn er kannte den Weiler durch die Zufahrtsstraße der anderen Seite. Und er war sich ziemlich sicher, jetzt eine strategisch bessere Wahl getroffen zu haben. Er konnte beobachten, wie in der Ferne zuerst Schornsteine, dann Dächer aus der Senke auftauchten, in die man die Häuser gesetzt hatte. Er ließ den Wagen hinter dichten Büschen ausrollen, welche die alten Gebäude weiträumig von der Westseite her umschlossen und offensichtlich als Windschutz dienten. Dann blickte er sich um, beobachtete die nähere Umgebung, und als er nichts Auffälliges entdeckte, stieg er aus.

Der Mann mochte älter als sechzig Jahre sein. Er trug eine dunkelgrüne Forstmannsjacke mit Koppel und hatte den Jägerhut aufgesetzt, dazu das Jagdgewehr geschultert. Von seinem Gesicht war nicht viel zu erkennen, weil es von einem dichten, dunklen Bart gesäumt wurde. Er schien unschlüssig zu sein, welche Richtung er einschlagen sollte. Entweder die Häuser umgehen oder direkt über den gemeinsamen Dorfplatz, der sich im Zentrum des Dreiecks befand.

Inzwischen war die Dämmerung so weit vorangeschritten, dass er kein Risiko darin sah, von der Rückseite an das Haus zu gelangen. In einer weiten, spiralförmigen Bewegung näherte er sich dem Gebäude und stieß zunächst auf den unbewohnten Hundezwinger. Das Haus war von der Rückseite unbeleuchtet, eine durchaus günstige Voraussetzung, um die Vorderseite zu beobachten. Dort parkte vor dem Eingang ein mattschwarzer Fiat Cinquecento. Also musste er im Haus sein. Im obersten Stockwerk war ein Zimmer beleuchtet: sein Zimmer.

Der Mann in der Försterkleidung nahm das Jagdgewehr von der Schulter und kontrollierte den Ladezustand. In beiden Läufen befand sich jeweils eine Patrone, so wie er es immer hielt, wenn er auf die Jagd ging. Er bemerkte, dass er unruhig wurde und sein Puls sich beschleunigte. Jetzt kam es darauf an, rasch einen sicheren Platz zu finden, von dem sich gut zielen ließ und der möglichst von außen nicht einsichtig war. Um das festzustellen, bewegte er sich langsam in Richtung Vorderseite der Häuser, immer auf der Hut, nicht überrascht zu werden. Er wusste, dass in der Nähe der Einfahrt einige mannshohe Kirschlorbeerpflanzen standen, die ihm für die Schussposition geeignet schienen. Als er die Vorderseite erreichte, hämmerte der Blutdruck in seinem Schädel, und zugleich empfand er elementare Genugtuung, dass er es soweit geschafft hatte. In diesem Moment hörte er ein Geräusch an der Tür.

Jemand verließ das Haus, er konnte die Person gegen das Licht der Strahler nicht erkennen, die sofort aufgeflammt waren, sodass ihm nur noch Zeit blieb, sich auf den Boden zu werfen und möglichst im Schnee zu versinken. Er presste sein Gesicht in den Boden, dann hörte er, wie der Motor ansprang und der Cinquecento gewendet wurde, bevor er die Einfahrt verließ und röhrend zwischen den Feldern verschwand. Verdammte Scheiße!, dachte er und rappelte sich langsam hoch.

Die Strahler an der Tür waren verloschen, nur noch eine matte Flurbeleuchtung drang durch ein kleines Fenster der Haustür. Er klopfte sich den feuchten Schnee von der Bekleidung und wischte das Gesicht mit einem Papiertaschentuch ab. Man konnte nicht sicher sein, ob sich noch jemand im Haus befand, deshalb zog er es vor, unerkannt auf leisen Sohlen den Rückzug anzutreten. Diesmal wählte er den kurzen Weg in Richtung Weiler, dann die Abzweigung, die der junge Mann im Cinquecento genommen hatte. Dieses schmale Sträßchen wird Elias wieder nehmen, sagte er sich, wenn er von seinem Rendezvous zurückkehrt, oder vom Einkauf.

Er stellte sich den weiteren Verlauf der Straße vor: Vielleicht noch zwei, maximal zweieinhalb Kilometer bis zur Verbindungsstraße zwischen Gerstetten und der Schwäbischen Albstraße. Dort würde die Zivilisation wieder beginnen, wenn man hier überhaupt von Zivilisation sprechen konnte.

Den zweiten Tag nach seinem Besuch im Army-Shop in Göppingen hatte Opitz eingeplant, um die Vereinshütte der *Kameradschaft Südwest* aufzusuchen, die sich in der Nähe von Gerstetten befinden sollte. Dabei hoffte er, ein paar Mitglieder der Gruppe anzutreffen. Ein Anruf auf dem Vogelhof brachte ihm Gewissheit. Die Inhaberin Janne Hovenkatt freute sich, ihn am Telefon zu hören und beschrieb ausführlich den Weg zur Hütte, die sich fast einen Kilometer südlich von Gerstetten, in einer Waldlichtung befinden sollte.

Er hatte mit Berner vereinbart, gemeinsam am frühen Nachmittag hinauszufahren. Es war wieder kälter geworden, das Thermometer des Wagens zeigte ein paar Grad unter null. Neuschnee schien nicht in Aussicht. Das Städtchen lag in winterlicher Apathie während sie es querten; Menschen waren nicht zu sehen, es gab kaum Verkehr, niemand fuhr hinein oder heraus. An der zentralen Kreuzung folgten sie der Ulmer Straße, die sich nach einem Kilometer in einen Wald schlängelte. Rechter Hand waren Sportanlagen zu sehen, und als sie eine schroffe Kurve passiert hatten, näherten sie sich der von Janne Hovenkatt beschriebenen Lichtung. Sie verließen die Straße und bogen nach rechts in eine Schneise, die auch als Parkplatz für die Besucher der Hütte diente. Vor der barackenähnlichen Holzkonstruktion parkten zwei Fahrzeuge, ein älterer metallicblauer Peugeot und ein schwarzer VW-Golf. Sie rollten mit dem Dienst-Mercedes neben diese beiden Fahrzeuge und stiegen aus.

Auf der Giebelseite des Gebäudes befand sich in der Mitte ein etwas überdimensioniertes Tor, das weit geöffnet war und den Besucher geradezu einlud, einen Blick ins Innere zu werfen. Darüber stand in kupferfarbenen Fraktur-Großbuchstaben: *SCHMERZ KOMMT VOR DEM SIEG*, links und rechts eingebettet zwischen zwei Flaggentafeln schwarz-rot-gold. Berner verbeugte sich vor dem Eintreten und gab mit einer gravitätischen Handbewegung seinem Kollegen den Vortritt. Innen war es dämmerig, sodass sie für einen Moment Mühe hatten, Konturen zu erkennen. Sobald sich ihre Augen an die Lichtverhältnisse gewöhnt hatten, fanden sie sich in einem Hörsaal. An den Wänden hingen große Plakate, auf denen die verschiedensten Feuerwaffen, in zerlegtem Zustand, zu Lehrzwecken dargestellt waren.

Bald hatten die beiden Männer, die sich an einer Schrifttafel zu schaffen machten, die zwei Besucher bemerkt, und wandten sich ihnen zu.

»Die Herren interessieren sich für unseren Verein?«, fragte ein etwas übergewichtiger Mittvierziger und reichte den Fremden seine Hand. Der andere war etwa ebenso alt, jedoch etwas dünner und auch größer. Beide waren mit einem Tarnanzug bekleidet, unten schwarz glänzende Lederstiefel, in der Mitte ein schwarzes Lederkoppel und um den Hals ein schwarzes Tuch, das kunstvoll geknotet aus der Kampfjacke quoll.

»Ja, wir haben schon von Ihrem Verein gehört«, sagte Opitz mit freundlich gespieltem Interesse, »man sagt, Sie haben guten Zulauf von jungen Männern.«

»Unsere Jungs sind zwischen sechzehn und zweiundzwanzig. Ein paar Mädchen sind auch schon bei der Kameradschaft, das hebt die Motivation.«

Er warf seinem Partner einen Seitenblick zu. Der nahm

demonstrativ Haltung an, wobei seine Stiefelabsätze sich lautstark berührten.

»Welche Kenntnisse vermitteln Sie denn den jungen Leuten in diesem Unterrichtsraum?«

Berner musterte den Längeren, der wieder in eine bürgerliche Haltung eingenommen hatte.

»Unsere Mitglieder sind in erster Linie am Gemeinschaftsleben interessiert, an den Übungen in der Natur, an den Waldcamps, die wir regelmäßig veranstalten.«

»Und natürlich an den Nachtmärschen«, ergänzte der Kleinere, »nur der Formaldienst ist nicht so beliebt.«

»Das Exerzieren meinen Sie?«

»So nennt man es beim Militär, damit der Sauhaufen sich an Ordnung und Disziplin gewöhnt.«

»Ist das nicht etwas überholt?«, warf Opitz ein. »Ich glaube, es stammt noch aus der Zeit der Vorderlader.«

»Das glauben Sie! Ohne Disziplin und Ordnung geht beim Militär gar nichts!«

Spontan schoss ihm Röte ins Gesicht und schien sein Atmen zu behindern, denn er begann plötzlich mit dem Oberkörper zu pumpen. Man konnte sich vorstellen, wie er sich als Unteroffizier auf dem Kasernenhof echauffierte und seine Stirnadern zu dicken Strängen anschwollen.

»Wir sind hier, weil wir Informationen über einen jungen Mann namens Elias Kühn suchen. Er muss Mitglied bei *KS* gewesen sein, etwa bis vor einem Jahr, erinnern Sie sich vielleicht?«

Damit hielt er seine Dienstplakette in Augenhöhe der beiden Paramilitärs. Als sie es gelesen und auch verstanden hatten, wurden sie zugänglicher.

»Elias Kühn, dessen Mutter Opfer eines brutalen Mordes geworden ist? Ja, er war Mitglied bei uns, hat es aber nicht sehr lange ausgehalten; es kann sein, dass es Streit mit anderen Kameraden gegeben hat.«

»Er hat alles immer besser gewusst«, schaltete sich der Lange ein, »bald bekamen die anderen mit, dass seine Mutter Lehrerin war, und ab da haben sie ihn gepiesackt, wann immer es möglich war.«

»Also haben sie ihn hinausgeekelt«, warf Berner ein, »oder haben Sie eine andere Erklärung?«

»Habe ich. Es wurde erzählt, er habe islamische Kontakte, zwei türkische Burschen in seinem Alter, die ihn als IS-Kämpfer angeworben hätten, und mit denen er nach Syrien abreisen wollte.«

»Das stimmt«, ergänzte der andere, »die Abfahrt wurde nur durch den Mord an seiner Mutter verhindert. Aber wer weiß, ob er nicht doch bald abreist, die Tat ist jetzt schon mehr als zwei Wochen her.«

»Hm. Kennen Sie den Vogelhof?«

»Ja, natürlich. Das ist ein Dorfladen ganz in der Nähe.«

»Kaufen Sie dort manchmal ein, oder Ihre Schüler?«

»Sie können ruhig Kameraden sagen. Es kommt vor, dass wir dort mal einkaufen. Sie machen ein hervorragendes Landbrot, außerdem ist das selbst gebraute Bier zu empfehlen. Das Schafsfleisch ist Geschmackssache, ich jedenfalls kann es nicht essen.«

»Also haben Sie oder Ihre Kameraden dort auch schon Fleisch gekauft?«, Opitz war etwas näher an den Chef herangetreten.

»Ja, natürlich. Wenn wir die Waldcamps veranstalten, wollen die jungen Leute etwas zwischen die Zähne bekommen. Die können das Schafsfleisch doch nicht vom Schweinefleisch unterscheiden. Hauptsache, es ist gegrilltes Fleisch.«

Jetzt schien Opitz der Zeitpunkt gekommen, um den beiden Männern reinen Wein einzuschenken: »Zuvor haben Sie berichtet, dass Elias Kühn von seinen Mitkameraden gepeinigt wurde, aus welchen Gründen auch immer. Halten Sie es für möglich, dass man ihm zwei Schafsköpfe dekorativ vor die Haustür gelegt hat, als Symbol für seine Intelligenz, oder, weil er beabsichtigte, sich dem IS anzuschließen? Oder weil in moslemischen Ländern häufig Schafsfleisch gegessen wird?«

Der Chef grinste und wandte sich an den Langen, dessen Gesicht sich ebenfalls aufheiterte: »Kursierte vor einiger Zeit nicht eine solche Geschichte unter den Männern?«

»Jep, irgendwie sind Informationen darüber durchgesickert, die nicht für unsere Ohren bestimmt waren. Man habe Elias einen super Streich gespielt, direkt vor seiner Haustür in Weidenhof. Wir haben uns nicht weiter darum gekümmert, denn es war Sache der jungen Leute. Sie haben es in ihrer Freizeit veranstaltet, das unterlag nicht unserer Befehlsgewalt.«

»Moment mal«, warf Berner ein, »sagten Sie Befehlsgewalt? Wie geht das denn? Die jungen Männer kommen doch freiwillig. Wie also kann es da eine Befehlsgewalt über sie geben?«

»Sie unterschreiben.«

»Bitte?«

»Wenn sie hier mitmachen wollen, müssen sie unterschreiben, dass sie einen Teil ihrer Autonomie am Eingangstor abzulegen haben. Sie unterwerfen sich unserer Autorität und Befehlsgewalt, solange sie als Mitglieder der Kameradschaft Südwest hier mitmachen wollen. Wer sich daran nicht hält, der fliegt.«

Opitz, der noch nie eine Stunde Wehrdienst geleistet hatte, empfand diese Vereinbarung als herabwürdigend. Berner hingegen, der in seiner Jugend achtzehn Monate Wehrdienst absolviert hatte, betrachtete das Thema eher pragmatisch und sah darin keinen Verlust für die Bildung einer stabilen Persönlichkeit.

»Die Sache hat unter Umständen eine sehr ernste Seite«, bemerkte Opitz angesichts der immer noch schmunzelnden

Privatkämpfer, die ihn etwas an Fremdenlegionäre erinnerten.

»Zwei Tage später wurde die Mutter von Elias, Frau Kühn-Scharter, in der Garage ihres Hauses grausam ermordet. Sie wissen das natürlich alles, aber ich will noch einmal die zeitliche Nähe dieser Ereignisse unterstreichen.«

»Ich habe einen Vorschlag«, sagte der Große, »um siebzehn Uhr kommen die Kameraden zu einer Versammlung. Dann können Sie sich ein eigenes Bild von den Leuten machen.«

Opitz warf einen Blick auf seine Uhr und nickte. Noch eine viertel Stunde.

Die ersten Teilnehmer erschienen zehn Minuten früher, die meisten anderen fünf Minuten bis auf den Punkt. Niemand später. Alle waren mit einem ähnlichen Kampfanzug bekleidet wie ihre Chefs. Wer denen am Eingang begegnete, riss respektvoll die gestreckte rechte Hand an die Schläfe. Skurril, dachte Opitz, wer kann schon Vergnügen daran finden, sich freiwillig und in diesen Klamotten herumkommandieren zu lassen. Während er zählte, entdeckte er auch drei Mädchen unter den Burschen; zusammen waren sie neunundzwanzig. Beim ersten flüchtigen Abscannen der Reihen sah er viele schmale Gesichter, mit wenigen Ausnahmen. Punkt fünf Uhr betraten die beiden Chefs den Raum. Einer der Teilnehmer sprang von seinem Stuhl auf und meldete mit schnarrender Stimme: »Neunundzwanzig Kameraden zur Infoveranstaltung bereit!«

»Danke, Hofele! Und wo sind die weiblichen Teilnehmer?«

»Die sind auch dabei, hab' sie einfach mitgezählt.«

»Das ist aber nicht ganz korrekt! Wie muss es richtig heißen?«

»Sechsundzwanzig Teilnehmer und drei Teilnehmerinnen zur Info-Veranstaltung bereit!«

Das schien dem Oberchef zu genügen, denn er begab sich an das kleine Pult und legte dort ein paar Notizen ab. Dann deutete er mit der Hand auf die beiden Kriminalbeamten, die sich neben ihn gesellt hatten. Dann räusperte er sich ausführlich, bevor er die Situation erklärte.

»Die beiden Herren sind von der Kriminalpolizei in Heidenheim. Sie interessieren sich für die Geschichte mit den beiden Schafsköpfen, die jemand vor Elias Kühn' Haustür gelegt haben soll. Ich weiß, dass darüber eine Geschichte unter euch kursierte, obwohl sie nicht für meine Ohren bestimmt war. Es ist wohl am besten, wenn ich Sie selber zu Wort kommen lasse«, beendete er seine Erklärung und trat zwei Meter hinter das Pult zurück. Opitz schubste Berner mit einer Bewegung des Ellenbogens nach vorne, worauf diesem keine andere Wahl blieb, als die Rolle anzunehmen. Unter den jungen Leuten war – ganz undiszipliniert – ein lebhaftes Raunen entstanden. Berner räusperte sich und nahm sich vor, jede Art von Schuldzuweisung zu unterlassen.

»Und weil wir in den Ermittlungen zum Mordfall Weidenhof stecken, glauben wir, dass die beiden Schafsköpfe vor der Tür der Familie Kühn von diesem Dorfladen stammen.«

Opitz musste systematisch jeden Einzelnen in den Sitzreihen nach der minimalen Erkenntnis beobachten, die er beim letzten Besuch im Vogelhof gewonnen hatte: Die dicken Brillengläser eines vermutlich Kurzsichtigen. Ein rascher Überblick zeigte ihm, dass vier Brillenträger anwesend waren, drei männliche und ein weiblicher.

»Jedenfalls haben die Inhaber bestätigt«, fuhr er mit gesenkter Stimme fort, »dass zwei junge Männer Schlachtabfälle abgeholt haben. Wir wissen natürlich nicht, was sie damit vorhatten, nachweislich waren zwei Schafsköpfe dabei. Ist vielleicht jemand unter Ihnen, der vor zwei Wochen wegen Schlachtabfällen auf dem Vogelhof gewesen ist?«

Für einen Augenblick trat vollständige Ruhe ein, selbst das unterdrückte Gemurmel verstummte. Alles schien auf eine Wortmeldung aus den Reihen der jungen Leute zu warten. Da ertönte das Klingelzeichen eines Handys. Köpfe wurden herumgeworfen, der Fokus richtete sich auf das Pult, noch einmal dieser aufdringliche Doppelton mit Pause. Dann tastete Opitz nach seinem Smartphone.

»Was gibt's?«, fragte er mit gedämpfter Stimme, als er an der angezeigten Nummer seine Dienststelle erkannte.

»Wir haben wieder einen Toten«, sagte Kriminalrat Reuter mit gedämpfter Stimme, »du solltest schnellstmöglich hier erscheinen!«

»Nein! Mord? Wer?«

»Elias Kühn.«

Ein Angestellter der lokalen Forstverwaltung hatte bei einem Kontrollgang durch die Winterfütterungsstellen für Waldtiere einen mattschwarzen Fiat mit weit geöffneter Fahrertüre in einem Waldpfad entdeckt. Der offenen Türe war es zu verdanken, dass Eduard Gschwendner aufmerksam wurde und näher an das Fahrzeug herantrat, um zu sehen, ob dem Fahrer irgendwie zu helfen sei. Er entdeckte einen jungen Mann, zurückgelehnt in den Sitz, den er zunächst für schlafend hielt, bis er Blut an seinem Pullover entdeckte. Da wurde ihm bewusst, er war auf einen Toten gestoßen, und ganz zu seiner Überraschung stieß ihn das nicht ab, sondern er betrachtete den Toten genauer, um eine entsprechende Meldung abgeben zu können. Halb verdeckt durch den Pullover, sah er einen Einstich im oberen Brustbereich, der zweifelsfrei dem Herzen gegolten hatte, und der allein ausgereicht hatte, den Tod herbeizuführen, so viel konnte er behaupten. Das Gesicht des Toten strahlte kühle Gleichgültigkeit aus, es war blass und ohne auffällige Mimik.

Gschwendner war trotz seines Interesses so aufgeregt, dass er meinte, etwas in seiner Brust werde platzen müssen; erstmals in seinem fünfundvierzigjährigen Leben war er einem Toten so nahe gekommen. Niemals hätte er geglaubt, solche Nähe mit einem Mordopfer teilen zu können. Unterhalb des Stiches hatte sich der hellgraue Pullover dunkelrot bis schwarz eingefärbt. Dort wo ein Stück nackter Unterleib sichtbar war, zog eine dünne Spur geronnenen Blutes den Bauch hinab.

Ein rascher Blick weiter abwärts zeigte ihm, dass hier etwas Unerhörtes geschehen war, aber nichts hätte ihn dazu bewegt, mit dem üblichen Interesse Details zu erkunden. Er wusste sofort, dass diesem jungen Mann auf das Schändlichste, vermutlich erst nach dessen Tod, das Geschlechtsteil abgetrennt worden waren. Er hatte, wie aus galaktischer Perspektive, die Fakten sofort erkannt, verwahrte sich aber energisch gegen alle Einzelheiten. Plötzlich begannen seine Beine zu zittern, er fühlte den unsicheren Tritt, mit dem er sich nur noch langsam fortbewegen konnte – dann trugen die Beine den Körper nicht mehr und er sackte zusammen.

Als er sich nach einer Weile mühsam hochgerappelt hatte, wählte er die Notrufnummer seines Handys. Damit war es für die Polizei ein Leichtes, seinen Standort zu bestimmen und anzurücken.

Das Wäldchen lag an einer schmalen Zufahrtstraße zu einer Art landwirtschaftlichem Reservat, bestehend aus ein paar historischen Bauernhäusern. Der Tatort war professionell gesichert, alle notwendigen Kräfte der Polizei waren bereits eingetroffen und gingen ernsthaft ihren Aufgaben nach. Martin Berner, der im eigenen Pkw vorausgefahren war, hatte auf Opitz gewartet und ging ihm entgegen, nachdem dieser ausgestiegen war.

»Wir sind vollständig. Bis auf Dr. Mühlbach. Die SpuSi hat den Tatort gesichert und abgesteckt, die Fotos sind soweit gemacht worden. Jetzt geht es darum, Spuren nicht zu beschädigen und Beweise zu sichern.«

Opitz hatte die Veränderung bei Berner bemerkt, er musterte den Kollegen eingehend und fasste mit der Hand seinen linken Oberarm.

»Es hat dich getroffen, Martin. Immerhin haben wir den Jungen noch vor wenigen Tagen verhört.«

»Scheiße, wer oder was steckt dahinter? Erst ist die Mutter brutal erstochen worden, zwei Wochen später muss der Sohn der Familie daran glauben.«

»Das kann kein Zufall sein«, entgegnete Opitz nachdenklich, »aber wir haben keinerlei Hinweise. Und schon gar keine Beweise.«

»Wenn ein Mörder seinem Opfer den Penis abschneidet, dann ist das doch ein Hinweis!«

Berner war empört und hatte seine Meinung dem Kollegen ins Gesicht geschleudert.

»Bestimmt ist es ein Indiz, es fragt sich nur, wofür. Mit etwas Fantasie kann man sich allerhand vorstellen, zum Beispiel einen gefährlichen Psychopathen als Täter.«

Berner gab sich nicht zufrieden: »Denkst du denn nicht auch, dass ein Mensch schwer krank sein muss, der sich so viel Zeit nimmt, um sein Opfer komplett besoffen zu machen, bevor er es umbringt? Beide Morde gehen doch auf ein und dieselbe Person zurück, nur ist die Wahl der Mittel jeweils eine andere.«

Opitz hatte keine Lust, sich weiter in derartige Hypothesen zu verbeißen, zumal er soeben erst am Tatort eingetroffen war und sich um die Organisation kümmern musste. Alle, die in den abgesteckten Bereich des Tatortes gelangen wollten, hatten einen weißen Einweg-Schutzanzug mit Kapuze zu tragen, um nicht nachträgliche Spuren zu setzen.

Die beiden Kommissare quetschten sich durch den schmalen Spalt zwischen den Banderolen, die den Waldpfad kreuzten und ausholend zu beiden Seiten im Nadelwald verschwanden. Kaum waren sie in den inneren Kreis der Hölle eingetreten, als Anne-Marie Friedrichs, die Leiterin der Spurensicherung erschien. Durch die einsetzende Dunkelheit und die dichten Nadelbäume des Waldes erschien ihr Gesicht blass und ohne jede Kontur.

»Ich bin soeben angekommen. Gibt es schon Informationen über den Zeitpunkt der Entdeckung der Tat?«

»Ein Forstangestellter hat den Wagen im Wald gefunden. Das war gegen sechzehn Uhr, er hat sich dann sofort bei der Polizei gemeldet.« Ihre Stimme hatte sich wieder von der schweren Erkältung erholt.

Der Cinquecento war in der Dunkelheit fast nicht auszumachen, die Strahler beleuchteten mehr die Schneise als das schwarze Auto. Die Dreiergruppe näherte sich dem Fahrzeug, dessen Fahrertür immer noch offen stand. Als sie näher herantraten, konnten sie auch das Mordopfer im Wagen erkennen, das mit leichter Schräglage in den Sitz gelehnt saß.

»Man hat ihn nicht angerührt, nicht wahr?«, vergewisserte sich Opitz.

»Natürlich nicht, wir warten doch auf den Gerichtsmediziner.«

»Eine solche Perversion ist hier noch nicht vorgekommen«, bemerkte Anne-Marie Friedrichs, und man konnte geradezu sehen, wie ihr ein kalter Schauer den Rücken hinablief. Opitz schaltete seine besonders helle LED-Taschenlampe ein und richtete sie auf die hinter dem Lenkrad zusammengesunkene Person. Auf Anhieb ließ sich erkennen, dass hier viel Blut geflossen war; die Sitzpolster, der Boden, die Tür und natürlich das Lenkrad waren mit teils verwischten Lachen oder auch nur Spuren von Blut markiert. Niemand unter den drei

Landesbeamten hatte ein Interesse daran, die Stichverletzungen näher in Augenschein zu nehmen, geschweige denn, die Trennstelle zu sehen, die einst den Penis des jungen Mannes mit seinem Körper verband. Diese Stelle genau zu beschreiben, als Ergänzung zu den Bildern, die von den Fotoleuten der SpuSi gemacht wurden, und um eine Beurteilung von Tatabsicht und Resultat zu ermöglichen, oblag der Rechtsmedizin. Sie hatte den Toten noch am Tatort zu untersuchen, damit auch der Eintritt des Todes messbar wurde und dadurch wenigstens näherungsweise ein Bild der Todesumstände entstehen konnte.

»Ich frage mich nur«, grübelte Opitz hörbar, »wie der junge Mann dazu kam, mit seinem kleinen Fiat in diese Waldschneise einzubiegen. Es fehlt nicht viel, dann steht das Heck noch auf der Landstraße.«

Er trat etwas zurück, um den Kurvenradius abschätzen zu können, mit dem der Wagen in den Weg gerollt war.

Berner, der mit dem Schuh gegen den linken hinteren Reifen trat, zeigte auf einmal auch Interesse an den anderen Reifen des Autos. Er ging um das Fahrzeug herum, wobei er jedem Reifen einen Tritt versetzte. Dann schüttelte er den Kopf: »Man kann es nicht richtig erkennen, aber ich frage mich, ob dieser Reifen hier nicht einen Platten hat.«

Um seine Vermutung zu verifizieren, setzte er einen Fuß auf den linken hinteren Reifen und belastete ihn mit seinem Körpergewicht. Tatsächlich ließ sich der Mantel zusammenpressen. Opitz leuchtete mit der Taschenlampe die Spur ab, die der Wagen verursacht hatte.

»Hier sind keine Reifenspuren mehr erkennbar. Zu viele Fußspuren haben alles vernichtet, verdammt noch mal!«

Er war ernstlich verärgert und hoffte nur, dass der Fotograf noch ein paar unbeschädigte Spuren aufnehmen konnte.

»Was ist denn das?«, Berner deutete mit der Hand auf die Radkappe des platten Reifens.

»Ein Loch in der Kappe«, erwiderte Opitz, der einen Finger hineinsteckte, »das könnte ein Schussloch sein, sowas sehen wir ja nicht zum ersten Mal.«

»Ein Schussloch?« Berner pfiff leise durch die Zähne und beugte sich ebenfalls hinab, um das Loch näher zu betrachten. »Und was wäre, wenn jemand während der Fahrt auf…«

»… ihn geschossen hätte?« unterbrach ihn Friedrichs.

»Den Reifen platt geschossen?«, dehnte Opitz die kurze Frage. Sie starrten sich gegenseitig an, weil sie keinen Link zu dem brutalen Mord finden konnten.

»Dann müssten wir auch ein Schussloch im Reifen entdecken. Aber in Gummi ist das nicht so einfach zu erkennen.«

»Es sieht so aus«, mischte sich Friedrichs wieder ein, »dass der Täter diesen Elias angeschossen hat wie der Jäger das Wild, um es danach mit dem Messer zu killen. Aber weshalb, in aller Welt, erschießt er sein Opfer nicht einfach, wenn er es sowieso töten will?«

»Dies müssen wir den Mörder selber fragen. Ich weiß es nicht.«

Opitz beschäftigte sich derweil mit dem platten Reifen, indem er mit der Taschenlampe verdächtige Stellen im Mantel aufzufinden hoffte.

»Ein Autoreifen ist leider keine Radkappe«, ätzte Berner und riskierte Verärgerung bei Opitz. Der allerdings kümmerte sich nicht um solche Provokationen, hatte aber bereits einen klaren Entschluss gefasst: »Der Pneu kommt herunter, will doch mal sehen, ob was in der Hohlkammer stecken geblieben ist.«

Plötzlich näherte sich eine große Gestalt vom Durchgang her und erstarrte zur Salzsäule, als sie die Kommissare zusammen mit der Chefin der Spurensicherung in Höhe der hinteren Radachse gestikulieren sah. Die Beamten bemerkten den Besucher erst, als er vom Leuchtstrahl des nächsten SpuSi-Scheinwerfers getroffen wurde.

»Alfred! Dr. Mühlbach ist da!«, rief Opitz spontan, sobald er die lange Silhouette erkannte. Mühlbach trat näher an den Kreis der drei Gesprächsteilnehmer, erkannte aber nicht mehr als das Rad des kleinen Autos. Dann wandte er sich der geöffneten Fahrertüre zu und leuchtete den Toten mit einer Taschenlampe von oben bis unten ab. Schließlich erhob er sich und schnaufte:

»Da kann man nur hoffen, dass man ihm die Spaßspritze erst nach dem Exitus abgetrennt hat.«

Die beiden Kommissare blickten sich verständnislos an. Die SpuSi-Leiterin erhob sich und trat auf einen der Fachbeamten ihres Ressorts zu, um ihm einen Auftrag zu erteilen, worauf dieser sofort parierte. Es dauerte nicht lange, dann kehrte er mit einer Blechbahre zurück. Der Arzt untersuchte den Leichnam zunächst in der vorgefundenen Haltung und Position, dann öffnete er eine große Ledertasche und entnahm ihr verschiedene Fläschchen und Geräte, die er für die weiteren Untersuchungen bereitstellte.

»Sie können den Toten jetzt auf die Bahre legen«, rief er laut in die Nacht hinein, ohne jemand Bestimmten damit zu adressieren. Zwei weitere Spurensicherer traten an das Fahrzeug, mit vereinten Kräften hoben sie den Leichnam aus dem Auto und legten ihn auf die blecherne Liege. Opitz beobachtete noch, wie Mühlbach den Toten teilweise entkleiden ließ, darüber verlor er jedoch das weitere Interesse und wandte sich an seinen Kollegen:

»Es ist heute Abend fast sinnlos, aber sollten wir uns nicht trotzdem die Fahrtstrecke ansehen, um vielleicht einen Hinweis auf den Schützen zu bekommen?«

»Die Strecke zwischen dem Tatort und seinem Wohnort in Weidenhof beträgt vielleicht zwei Kilometer. Der Täter hat ihn also kurz vor dem Ziel erwischt.

»Nächste Frage: Wenn dir jemand während der Fahrt den Reifen platt schießt, wie lange dauert es, bis du den Platten bemerkst? Einen Kilometer? Zwei? Eine Tante von mir ist mit einem platten Reifen zwanzig Kilometer gefahren, bis der Reifen qualmte. Dann haben andere Fahrer sie aufmerksam gemacht.«

»Tja«, sagte Berner emotionslos, »das ist eine Frage, wie weit man mit seinem Fahrzeug vertraut ist. Im Übrigen leihen wir uns einen Fahrzeugstrahler von der SpuSi. Du richtest ihn auf den linken Fahrbahnrand, während ich schön langsam zurückfahre.«

Damit war die Diskussion beendet, denn Berner wandte sich ab, um den Gerätewagen der Spusi aufzusuchen. Opitz legte noch einen Abstecher zum Gerichtsmediziner ein, der sich über den Toten gebeugt, und mit kleinen medizinischen Instrumenten beschäftigt war, die er dem Leichnam auf die Haut gesetzt hatte. In gehörigem Abstand um ihn herum hatten sich einige Männer der SpuSi versammelt, die das Handwerk des Arztes beobachteten, wohl auch wegen der spektakulären Einmaligkeit des Falles. Andere hatten sich jetzt über das Innere des kleinen Autos hergemacht, beklebten mit Spezialfolie die Sitze, den Boden und sämtliche Bedieneinrichtungen. Es galt, auch kleinste Partikel zu sichern, die sich womöglich später im Labor als aufschlussreich erweisen konnten.

Anders als bei früheren Mordfällen, mit denen Opitz bisher zu tun hatte, bekam er das irritierende Gefühl, irgendwie tiefer von der grausamen Tat an dem jungen Mann betroffen zu sein. Wie kommt ein Mörder dazu, einen Toten in dieser perversen Weise zu schänden? Die Leute waren schweigsamer, sie schienen über die Nachricht vom abgetrennten Penis in eine Art Schockstarre gefallen zu sein.

Opitz verließ den inneren Kreis der Sicherung und Aufklärung, um einen Dienstwagen auszuwählen, der ihm wegen seiner Bauhöhe am geeignetsten für die nächste Aufgabe erschien. Martin Berner hatte einen 12-V-Lichtstrahler besorgt, den er mit der Steckdose des Wagens verband und mit einer Klemmvorrichtung an der heruntergelassenen Scheibe des Beifahrers anbrachte.

»Wenn wir etwas finden sollten«, behauptete Berner mit Überzeugung, »dann wird es innerhalb der ersten drei Kilometer sein.«

Opitz, der die Hoffnung in die von ihm angestoßene Aktion bereits aufgegeben hatte, zeigte sich dem Kollegen gegenüber indifferent: »Lass' uns die Sache als Routine betrachten, etwas, das wir als professionelle Ermittler einfach tun müssen. Es geht vielleicht morgen früh auch noch, doch wer weiß, ob nicht jemand unterwegs ist, der eventuelle Spuren heute Nacht noch zerstört.«

Opitz wendete den SUV-ähnlichen Wagen, der neben einem Dutzend anderer wie zum Gänsemarsch am rechten Straßenrand aufgereiht war. Die Nacht versprach kalt zu werden. Schon jetzt war die Temperatur unter den Gefrierpunkt gefallen. Was der Wetterbericht vorausgesagt hatte, ergab keine Hoffnung auf Besserung. Der an einem verstellbaren Rohr aufgehängte Leuchtstrahler musste notgedrungen durch einen Spalt des Fensters geschoben werden, was die beiden Insassen dazu nötigte, sich dick zu vermummen.

Der Schnee war nicht mehr neu, sodass vereinzelt Spuren von Tieren zu erkennen waren; auch eine einsame Langlaufspur kreuzte die Straße und verlor sich rechter Hand in der Dunkelheit. Der Focus des Strahlers besaß eine erstaunliche Reichweite, dafür war die Ausleuchtung in der Nähe eher mangelhaft, sodass Berner genötigt war, auffällige Spuren im Schnee durch Zickzackbewegungen genauer zu beleuchten. Nach dem ersten Kilometer deutete Opitz auf die Kilometeranzeige des Tachos, worauf Berner mit der freien Hand eine beschwichtigende Bewegung machte. Bevor sie den dritten Kilometer zurückgelegt hatten, kamen sie an die Abzweigung zu einem Feldweg links, die Berner besonders interessierte, denn er verlangte dort anzuhalten. Opitz bog ab und leuchtete im Stand in den Weg, der zwei Äcker voneinander trennte. Auf den ersten Blick konnten sie lediglich die Spur eines Fahrzeuges erkennen, das vor ihnen eingebogen war und anscheinend mühsam versucht hatte, dem Weg weiter zu folgen, jedoch nach zwanzig Metern stecken geblieben war. Darauf deuteten auch deutliche Rutschspuren hin.

»Hast du eine Idee, was der Kerl hier wollte?«, sagte Berner und warf seinem Kollegen einen skeptischen Blick zu.

»Wenn das die Spuren des Schützen sind, wird er vielleicht eine Stellung für seinen Anschlag gesucht haben.«

Er deutete mit der Hand in die Richtung, die er für möglich hielt, worauf Berner den Scheinwerfer folgen ließ. Tatsächlich konnten sie ein paar halbhohe Nadelbäume in geringer Entfernung zur Straße erkennen.

»Mit dem Wagen können wir dort nicht hin«, bemerkte Berner, »wenn wir nicht stecken bleiben wollen.«

»Folgen wir einfach mal den Reifenspuren, vielleicht gibt es etwas zu sehen.«

Die Männer nahmen ihre Taschenlampen zur Hand und liefen jeweils links und rechts in den Spuren bis zu ihrem Ende. Sie konnten sofort erkennen, dass jemand aus dem Auto gestiegen war und einmal um das Fahrzeug gegangen sein musste, um die Befahrbarkeit zu prüfen.

»Hier wird der Boden weich, er hätte einen Schlepper gebraucht«, bemerkte Opitz, der den Strahl seiner Taschenlampe über die Felder ringsum streichen ließ. Plötzlich fixierte der Lichtstrahl ein paar Punkte auf dem Feld, die in Richtung der kleinen Baumgruppe liefen.

»Sieh mal, da sind leicht verwehte Spuren, die anscheinend dort zu den Bäumchen führen.«

»Na, dann war es vielleicht nicht ganz falsch, dass wir hier eingebogen sind.«

»Geniale Entscheidung, Monsieur Poirot! Aber warten wir erst mal ab. Auf keinen Fall sollten wir jetzt über den Acker laufen und den Spuren folgen, das machen wir besser morgen bei Tageslicht. Weiterer Schnee ist heute Nacht nicht zu erwarten, sodass die Spuren erhalten bleiben.«

Damit machten sie sich auf den kurzen Rückweg und stiegen ins Fahrzeug. Bevor Opitz den Zündschlüssel umdrehen konnte, kam Berner mit einem Einwand: »Woher konnte der Schütze eigentlich wissen, dass sein Opfer dieses Sträßchen zu einer bestimmten Stunde, oder überhaupt, benutzen wird, wenn er sich auf die Lauer legen will?«

»Gute Frage – ich nehme an, er weiß mehr über seine Opfer, als wir uns vorstellen. Vielleicht beobachtet er sie regelmäßig und kennt sich mit ihren Gewohnheiten aus. Es könnte sein, dass Elias Kühn öfter um sechzehn Uhr nach Böhmenkirch zum Einkaufen gefahren ist.«

Opitz wendete den Wagen, dann fuhren sie zurück Richtung Tatort.

»Sieh mal nach rechts auf das Feld. Ich kann die Baumgruppe fast ohne Scheinwerfer erkennen.«

Berner bemühte sich, konnte jedoch ohne Leuchtstrahl nichts sehen. Erst als er die Beleuchtung nach rechts geschwenkt hatte, erkannte er drei mit Schnee bedeckte Fichten.

Am Tatort waren inzwischen noch mehr Fahrzeuge eingetroffen, die alle in einer langen Reihe am Straßenrand parkten. Sie ließen die Fahrzeugkette hinter sich, indem sie den Wagen auf der Vorderseite der Kette abstellten. Gerichtsmediziner Dr. Mühlbach hatte seine Arbeit abgeschlossen und war dabei, seine Gerätschaften einzupacken und den Schutzanzug abzulegen, als er die beiden Kommissare entdeckte.

»Seit fünfundzwanzig Jahren mache ich diesen Job«, sagte er erleichtert, und wischte sich mit dem Handrücken die

Stirn, »doch sowas habe ich noch nicht erlebt. Menschen können wundervoll und großartig sein, aber sie sind auch Bestien und Monster. Und manchmal liegen diese beiden Antagonismen gar nicht weit auseinander.«

Keiner der beiden Polizisten hatte Lust, etwas darauf zu erwidern, alle hier Beschäftigten fühlten zu sehr den Schmerz, den das Messer des Täters angerichtet hatte. Nachdem Mühlbach den Tatort verlassen hatte, wurde der Tote auf der Bahre in den Kleinbus der Klinik verfrachtet und abgefahren. Opitz sah sich nach Anne-Marie Friedrichs um, die er bald an einem schwach beleuchteten Zelt entdeckte, wie sie dort auf einem Klappstuhl sitzend, etwas in ihr I-Pad eintippte.

»Habt ihr euch mal das Schussloch in der Radabdeckung angesehen?«

Er trat in das Zelt und rieb sich die kalten Hände.

»Sieht nach einem achter Kaliber aus«, unterbrach sie ihre Beschäftigung, »wir müssen aber erst den Reifen abnehmen, um mehr zu erfahren. Es ist sicher ein Durchschuss, vorn rein, hinten raus. Sonst hätte er den Wagen auch nicht zum Halten gebracht.«

Für einen Moment dachte Opitz daran, die Vermutung mit den drei Bäumen weiterzugeben, doch dann ließ er den Gedanken fallen, weil er es für besser hielt, sich bei Tageslicht erst selber ein Bild von der Position des Schützen zu machen.

Kaum hatte Opitz am nächsten Morgen sein Dienstzimmer betreten und den PC eingeschaltet, wurde nach kurzem Klopfen die Tür geöffnet und der Chef trat ein.

»Guten Morgen, Frank. Wie groß ist die aktuelle Moko im Fall Kühn-Scharter? Zehn Beamte?«

Kriminalrat Reuter wirkte angespannt, seine Gesichtsmuskeln schienen zu arbeiten.

»Wir haben keine feste Zahl, mal mehr, mal weniger, jetzt gerade eher weniger.«

»Ja natürlich, aber einen Durchschnitt wirst du doch nennen können?«

Opitz zog eine Liste aus dem Schreibtisch und fuhr mit dem Finger an den alphabetisch aufgelisteten Namen entlang.

»Ursprünglich waren wir zwölf Leute, jetzt sieht es eher nach acht Beamten aus. Das hat natürlich etwas mit der aktuell anfallenden Arbeit zu tun.«

Reuter ließ sich in den Besucherstuhl sinken.

»Wir werden die Moko Kühn-Scharter nicht eins zu eins auf den Fall Elias Scharter übertragen können, dafür ist der Mord an dem jungen Elias viel zu kompliziert. Eine eigene Mordkommission können wir aber aus Personalgründen nicht aufstellen, also müssen wir fünfzig Prozent auflasten.«

»Willst du die Erweiterung und die neue Arbeitsaufteilung heute bei der Konferenz vorstellen?«

»Das ist meine Absicht«, entgegnete Reuter, der sein wippendes Bein mit der rechten Hand zu beruhigen versuchte. »Ich brauche so schnell wie möglich deinen ersten Tatortbericht von gestern Abend. Du kannst dir vorstellen, wie die Öffentlichkeit auf den zweiten Mord nach zwei Wochen sozusagen im selben Haus reagiert. Und die Presse erst recht! Wir müssen unbedingt liefern. Um zehn habe ich einen Termin beim Staatsanwalt.«

Reuter erhob sich und verließ das Zimmer grußlos und ohne sich umzudrehen. Als die Tür ins Schloss gefallen war, hatte der Kommissar die feste Absicht, die Berichte der Moko Kühn-Scharter jetzt gleich zu sichten und unmittelbar darauf neu anzulegen. Es gibt keinen besseren Weg, ein Projekt voranzubringen, als damit anzufangen. Doch dann klopfte es schon wieder an der Tür. Ohne eine Reaktion abzuwarten, trat Martin Berner ein.

»Bist du bereit? Ich war in der Garage und habe den Wagen für den ganzen Tag belegt. Wer weiß, wie lange unsere Spurensuche dauern wird.«

»Nee, mein Lieber, der Chef will einen aktuellen Bericht, eine Stunde werde ich dafür brauchen.«

»Ruf mich, wenn du fertig bist«, meinte Berner.

Als sie den Tatort erreichten, war es kurz vor elf. Weil die vermutete Einfahrt des Schützen zu seinem Unterstand etwa zwei Kilometer vor der Stelle des havarierten Cinquecento lag, rollten sie geduldig langsam in westliche Richtung und versuchten sich neu zu orientieren. Dichter Nebel hatte sich über die Felder der hohen Alb gelegt, ein Zeichen dafür, dass die Temperaturen gestiegen waren und über dem Gefrierpunkt lagen.

Schneller als erwartet, entdeckten sie den schmalen Feldweg auf der rechten Fahrbahnseite. Die Einfahrt war etwas schwammig, der Wagen schaukelte etwas merklicher als zuvor, was offensichtlich mit dem weicher gewordenen Untergrund zu tun hatte. Sie rollten bis zu der Stelle, die sie gestern erreicht hatten, und stiegen aus. Ein Blick zu den drei Nadelbäumchen zeigte ihnen, dass sie etwa einen halben Kilometer zu Fuß über das etwas sumpfige Gelände zurücklegen mussten. Mit unbeholfenen Schritten tasteten sie sich im Acker voran, merkten aber bald, dass übertriebene Vorsicht unnötig war. Immer noch erkennbar, wenn auch angeschmolzen, zeigten sich die schon gestern vorhandenen Fußspuren, die in fast direkter Linie zu den Bäumchen führten.

»Ich schätze achtzig bis hundert Meter zur Straße«, meinte Berner, der einen Daumen senkrecht gestellt hatte und so die Entfernung erwog.

»Schlecht für einen Pistolenschützen, wenn er nicht wirklich ein Profi ist.«

Bald hatten sie die kleine Baumgruppe erreicht und achteten zunächst auf die Spuren, welche sie vorfanden. Allerdings ließ sich daraus überhaupt nichts ableiten, nicht einmal die Schuhgröße, weil keine scharfen Konturen mehr vorhanden waren.

»Jemand ist hier ziemlich herumgetrampelt«, resümierte Berner, »pass' auf, dass wir keine Patronenhülsen übersehen.«

»Oder in der Pampe festtrampeln, dann ist die ganze Sache umsonst.«

»Nicht ganz, ich habe vorsichtshalber einen Metalldetektor mitgebracht.«

Berner zeigte ein breites Grinsen, dann griff er in seine Manteltasche und zog einen schwarzen Stab von der Größe und Form einer kleinen Flasche hervor. Opitz hob voller Respekt die Augenbrauen. Er schien eine feste Vorstellung davon zu haben, was ein Schütze in dieser Dreieinigkeit von Nadelbäumchen schätzen würde. Mit der Hand fuhr er durch die herabhängenden Zweige und hob sie etwas an, bis er gefunden hatte, was er suchte.

»Sieh mal an«, rief er, ohne wirklich überrascht zu sein, »das ist ja ein richtiger Unterstand für Schüsse aus dem Hinterhalt!«

Zwischen den Zweigen befand sich in Nähe zum Stamm eine primitive Auflage aus abgebrochenen Ästen, die mit Kreppstreifen so befestigt waren, dass eine Waffe mit Zielrichtung Straße aufgelegt werden konnte.

»Langwaffe oder Pistole, das ist hier die Frage«, brummte Berner, indem er das Gebilde näher untersuchte.

»Beides wäre möglich, ich tippe auf Gewehr, Jagdgewehr.«

Die beiden Männer waren jetzt neugierig. Ihre Augen waren auf den angetauten Schneeboden gerichtet, den sie systematisch abkämmten, soweit das rein optisch möglich war. Berner zögerte nicht länger, qualifizierte Technik einzusetzen und schaltete den Metalldetektor an, der darauf einen anhaltenden Quietschton mit wechselnden Frequenzen erzeugte, je nach Richtung, in die man sich bewegte. Er hielt das Gerät knapp über dem Boden, wobei er auf ein kleines digitales Signal achtete, das die Vorzugsrichtung anzeigte.

Nach einer Weile schien er ein Zugangssignal erwischt zu haben, denn er bewegte sich auffällig zielstrebig und reagierte in kurzen Korrekturbewegungen. Plötzlich stoppte er den Suchvorgang, senkte das Peilgerät ab und griff mit der anderen Hand in den durchgetretenen Schnee. Dann hatte er, wonach sie beide suchten: Den Beweis, dass von dieser Stelle aus geschossen wurde.

»Also doch, Jagdgewehr Kaliber 8.«

Er drehte die Messinghülse um ihre eigene Achse und beschnupperte das Loch, in dem zuvor das Projektil gesessen hatte. Schnell zog er die Hülse wieder zurück, denn der Abbrand roch nicht besonders verlockend. Während Opitz die Baumgruppe und den Schießstand fotografierte, probierte Berner eine weitere Messung. Doch es stellte sich bald heraus, dass im Umkreis der Bäumchen keine weiteren metallischen Gegenstände im Schnee verborgen waren. Dann traten sie den Rückmarsch über das Feld an.

»Der Fiat ist von zwei Schüssen getroffen worden«, bemerkte Opitz nachdenklich, »wo ist dann die zweite Patronenhülse geblieben?«

»Vielleicht hat er sie eingesammelt, nachdem er durchgeladen hatte.«

»Nur eine Hülse hat er eingesammelt?«

»Entweder wir haben die Hülse im Schnee nicht mehr

gefunden, oder der Schütze hat das Gewehr nach dem zweiten Schuss nicht repetiert.«

»Dann bleibt die leere Hülse im Verschluss. Aber ein automatisches Gewehr hätte sie auch automatisch ausgeworfen.«

»Klar«, grinste Berner, »wenn noch mehr Patronen im Magazin waren.«

»Mit dem Gewehr hätte der Täter den Fahrer leicht erschießen können, wenn er ihn umbringen wollte«, meinte Opitz und deutete dabei mit der Hand noch einmal zurück.

»Er hat es doch probiert, denke an die Löcher in Reifen und Radkappe.«

»Das glaubst du doch nicht ernsthaft. Dann wären es verdammt dilettantische Schüsse.«

»Er wollte den Jungen gar nicht erschießen, meinst du das?«

Berner war stehen geblieben und schaute verblüfft.

»Wer ein Jagdgewehr benutzt, verfügt natürlich auch über ein angebautes Zielfernrohr. Ein halbwegs geübter Schütze kann damit auf diese Distanz sehr gute Treffer erzielen.«

Sie stapften weiter durch den weichen Schnee.

»Dann glaubst du, der Mörder hat nur deshalb auf den Cinquecento geschossen, um Elias auszubremsen, um ihn am Weiterfahren zu hindern?«

»Genau«, erwiderte Opitz trocken, »das war seine Absicht.«

Das letzte Stück bis zum Wagen legten sie schweigend zurück. Opitz startete den Motor und legte den Rückwärtsgang ein. Nach hinten konnte er durch die Heckscheibe nicht viel erkennen, doch die Außenspiegel waren hilfreich, um den Wagen in der Spur zu halten.

»Eine verdammt umsichtige Planung«, sagte Berner und zupfte versonnen an seinem Schnurrbart, während der Wagen auf der Straße in Richtung des Tatorts anrollte.

»Jetzt haben wir noch einen Toten und nicht den Funken

einer Idee, weshalb dieser junge Mann umgebracht worden ist. Er ist der Sohn einer Frau, die ebenfalls ermordet wurde, das wissen wir.«

Opitz legte den dritten Gang ein und rollte langsam querab an der Bäumchengruppe vorüber. Beide beobachteten den unerkannten Schießstand und stellten sich vor, von dort mit einer Salve eingedeckt zu werden. Volle Breitseite. Kein gutes Gefühl.

»Es gibt in beiden Fällen mindestens zwei Gemeinsamkeiten: Mutter und Sohn sind mit einem Messer erstochen worden.«

Berner legte eine Viertelminutenpause ein, bevor er fortfuhr: »Und in beiden Fällen sehen wir absonderliche Tatumstände, nein, das ist zu mild ausgedrückt. Es sind sehr gut geplante, sadistische, satanische Handlungen, die der Mörder für seine Opfer vorgesehen hat. Die Mutter wurde betrunken gemacht, fast stranguliert und schließlich erstochen. Und der Sohn? Angeschossen, erstochen und schließlich seines Geschlechtsteils beraubt. Wozu, frage ich mich.«

»Möglich, dass er es auf diese Familie abgesehen hat. Die Art, wie sich der Mörder an seinen Opfern vergangen hat, deutet auf einen Psychopathen hin.«

Der Wagen rollte langsamer, denn sie hatten den Tatort erreicht. So, wie sie jetzt fuhren, musste der kleine Fiat waidwund herangerollt sein, weil ein Reifen zerschossen war und Elias nach einer Haltemöglichkeit suchte, um zu sehen, weshalb sich das Auto so schwer steuern ließ. Bestimmt hatte er auch den Schuss gehört, ihn womöglich für einen geplatzten Reifen gehalten.

Im Präsidium angekommen, gab es gerade noch so viel Zeit, um einen Espresso am Automat zu zapfen, bevor die Dienstbesprechung der Moko begann. Sie hatten sich wie immer im geräumigen Besprechungszimmer versammelt, das mit seinen zwanzig Sitzplätzen ein lockeres Rechteck bildete und selten voll besetzt war. Reuter hatte sich an den Platz mit den elektronischen Medien gesetzt und wartete bereits auf das Eintreffen der letzten Beamten.

Er begann mit einer kurzen Beschreibung, wie und durch wen der Tote entdeckt worden, und durch welche Verletzung das Opfer vermutlich zu Tode gekommen war. Anschließend beschrieb er, distanziert und völlig rational, dass eine weitere Verletzung vorhanden sei, die zunächst übersehen wurde. Es handle sich um eine willkürliche Abtrennung des männlichen Gliedes, in der Medizin Penektomie genannt, wenn sie bei außerordentlich seltenen Erkrankungen des männlichen Gliedes angewendet werden müsse.

Anschließend kam die Leiterin der Spurensuche, Anne-Marie Friedrichs an die Reihe. Sie zog keinen besonders umfangreichen Horizont der aktuell gewonnenen Erkenntnisse, zumal auch noch nicht alle Spuren ausgewertet waren. Fingerabdrücke konnten nicht festgestellt werden, mit einer einzigen Ausnahme, die soeben frisch hereingekommen sei: Opitz und Berner hatten eine leere Patronenhülse abgeliefert, die sofort auf Abdrücke untersucht worden sei, und zwar mit Erfolg. Man habe allerdings noch keine Vergleiche mit früheren Abdrücken herstellen können. Markus Weber, ihr Stellvertreter, sei sofort an die Arbeit gegangen.

Darauf schilderte Berner ihre Entdeckung vom Vorabend, wie sie auf einer Kontrollfahrt entlang der Zufahrtstraße auf eine kleine Baumgruppe aufmerksam geworden seien, die sich heute tatsächlich als eine Art Schießstand erwiesen habe. Dort seien sie auch auf die soeben abgelieferte Patronenhülse gestoßen.

Als Nächstes ging es um die Einteilung der verschiedenen Ermittlungsansätze. Jetzt solle mit Nachdruck das private Umfeld von Elias und dessen Mutter beleuchtet werden, denn irgendwo zwischen Notizen, Akten, Fotoalben, Zeugnissen, Briefen und Büchern werde es einen Hinweis geben, weshalb zwei Personen dieser Familie Opfer dieses diabolischen Täters geworden waren.

Die Frage, ob sich weitere Verdachtsmomente im Zusammenhang mit den Schafsköpfen ergeben hätten, konnte Opitz nur eingeschränkt beantworten. Dann schilderte er die Situation der KS; die paramilitärisch gedrillten jungen Leute und die Rolle der beiden Vorgesetzten. Und dass just in dem Moment, als sie den möglichen Verdächtigen etwas enger auf den Pelz gerückt waren, der verhängnisvolle Anruf aus dem Präsidium gekommen sei.

»Ein weiterer Mord war geschehen, darauf haben wir alles stehen und liegen lassen und sind unmittelbar zum Tatort gefahren, der ja nicht allzu weit entfernt lag.«

»Was hat euch auf die Idee gebracht«, warf Kriminalrat Reuter ein, »nach einem verdeckten Stand zu suchen?«

»Nachdem wir ein Loch in der Radkappe gefunden hatten, das nach einem Schuss aussah, lag es nahe, dass der Reifen auch einen Durchschuss hatte. Man sieht die Einschussstelle in einem Reifen sehr schlecht, schließlich fanden wir sie aber. Dann überlegten wir, von wo könnte auf den Wagen geschossen worden sein, und so fuhren wir in Gegenrichtung zur Fahrtrichtung des Autos. Mithilfe eines Strahlers konnten wir bald eine kleine Baumgruppe ausfindig machen, die für einen verdeckten Schützen geeignet schien. Dort haben wir provisorisch zusammengebundene Zweige und Äste gefunden, die als Ablage für ein Gewehr dienen konnten. Außerdem haben wir genau an dieser Stelle auch die Patronenhülse im Schnee entdeckt.«

In diesem Moment trat Weber ein und schwenkte eine

DVD in der Hand: »Ich habe die beiden Fingerabdrücke verglichen.«

Dann schaltete er den Projektor ein und warf die übergroß dargestellten Linien mehrerer Finger an die Wand.

»Man kann hier oben Abdrücke vom ersten Tatort sehen«, damit setzte er einen Laserpunkt auf den Ausschnitt. »Unterhalb sieht man die Abdrücke auf der Patronenhülse, sie sind nicht besonders gut, aber doch klar zu erkennen. Wenn man diese Linien vergleicht«, und damit fuhr der Punkt hin und her, »sieht man eindeutig identische Strukturen.«

Der Chef kniff die Augen zusammen: »Damit können wir mit großer Wahrscheinlichkeit sagen, es handelt sich in beiden Fällen um denselben Täter.«

Sofort setzte ein Gemurmel wie von hundert Stimmen ein. Damit konnte ein Teil der Spannungen abgebaut werden. Kriminalrat Reuter gab das Zeichen für das Ende der Dienstbesprechung.

Sie fuhren um halb neun los. Das Flugzeug aus Cagliari sollte um 10.15 Uhr in Stuttgart-Echterdingen landen. Damit hatten sie wenigstens noch eine halbe Stunde Zeit bis zur Landung, wenn sie am Flughafen eintreffen würden. Opitz hatte den Samstag ausnahmsweise freinehmen können, obwohl die Moko mit Hochdruck an den beiden Mordfällen auf der Schwäbischen Alb arbeitete. Sie wählten die Bundesstraße 19 bis Aalen, um dann der Bundesstraße 29 über das Remstal bis nach Stuttgart zu folgen.

»Hoffentlich wird es keinen Smog-Alarm geben«, sagte Giulia, die regelmäßig die Wetterlage in der Landeshauptstadt per Internet verfolgte.

»Waren die beiden schon einmal in Deutschland?«, fragte

Opitz interessiert, denn er hatte Giulias Cousine Carla und deren Ehemann Aldo bei einem Urlaub in Sardinien kennengelernt.

»Wo denkst du hin. Sarden sind nicht besonders reiselustig. Nicht einmal auf dem Kontinent sind alle gewesen, viele Hochbetagte sind kaum über Sardinien hinausgekommen.«

»Und weshalb nicht?«

»Verbundenheit mit der Insel, die Kosten einer Reise, Unsicherheit in fremder Umgebung?«

»Und was hat Carla dazu gebracht, uns zu besuchen? Sag' bloß das Winterwetter?«

Bei Fellbach zweigte die B 14 nach Norden ab.

»Pass' auf, hier ist nur 100 erlaubt!«, rief Giulia laut, als sie den Tacho bei knapp über 120 stehen sah. Opitz hatte die Beschränkung bereits bemerkt und konnte rechtzeitig herunterbremsen, bevor die modernen Radaranlagen mit den schwarzen Streifen vorüberzogen.

Die Maschine landete pünktlich, doch es dauerte weitere fünfzehn Minuten, bis Carla und Aldo Deiana die Abfertigung verlassen konnten. Sie schoben einen Transportroller durch die Absperrung, der weithin sichtbar üppig gefüllt war. Es folgte eine herzliche Begrüßung mit zweimalig gekreuzten Küssen pro Wange, was für manch deutsche Beobachter ungewohnt, wenn nicht befremdlich war. Opitz kannte diese Art sich zu begrüßen vom Urlaub in Sardinien und hatte sich darauf eingestellt.

»Come era il volo?«, fragte Giulia nach dem Flug und schubste das Gepäck in Richtung Ausgang.

»Ooooh«, rief Aldo mit Begeisterung in der Stimme und einer weitläufigen Handbewegung, »un volo meraviglioso – abbiamo visto tutti gli Alpi!«

Aldo strahlte vor Vergnügen über den genossenen Alpenflug, während Carla seine Lobrede nicht teilen wollte und sich sogleich über die Schneelage informierte. Giulia machte ihrer Cousine keine große Hoffnung auf Bilderbuchschneewetter, doch sie erklärte, dass man vielleicht irgendwo auf der Schwäbischen Alb eine Piste finden würde, wo Rodeln möglich wäre. Die beiden Sarden waren nicht enttäuscht, denn selbst den Gebrauch eines Schlittens hatten sie noch nicht in natura gesehen und schienen sich darauf zu freuen.

Beide trugen bunte Winterkleidung, deren Stil ein wenig an verflossene Zeiten erinnerte; jedenfalls mussten sie in diesen Klamotten bei den aktuellen Temperaturen nicht frieren. Bei zehn Grad weniger würde die Situation etwas anders aussehen. Die beiden großen Koffer und eine Vielzahl an Paketen füllten den Kofferraum des Golfs knapp bis an seine Kapazitätsgrenze. Ein besonders großer Karton enthielt eine Unzahl an Artischocken, was Opitz durch indiskretes Peilen durch einen Spalt des doppelten Deckels erkennen konnte. Er hatte den Verdacht, dass sich unter den vielen Schachteln und Kartons ein ordentliches Stück Fleisch befände, vielleicht ein halbes Lamm oder Schweinchen. Ein Telefonat der beiden Frauen vor ein paar Tagen ließ diesen Gedanken aufkommen. Er verstand Italienisch nicht gut genug, um einzelne Passagen zu verstehen, bestenfalls konnte er einfache Sätze decodieren, weiter war er mit dem Sprachkursus an der Volkshochschule nicht gekommen. Wenn die Sarden untereinander in ihrem Dialekt kommunizierten, was immer wieder geschah, dann fiel allerdings die Klappe.

Es war offensichtlich, dass die beiden Besucher die ungewohnte Landschaft mit Interesse beobachteten, während sie durch das Remstal heimwärts nach Heidenheim rollten. Insbesondere die Weinberge hatten es ihnen angetan, und sie fragten interessiert nach den Rebsorten, die hier angebaut wurden. Viel mehr als Trollinger und Riesling konnte Opitz darüber nicht beisteuern, versprach ihnen aber einen guten Tropfen aus heimischer Produktion. Nach einer Stunde hatten sie Schwäbisch Gmünd erreicht und passierten den neuen Einhorntunnel. Der Rest der Strecke führte wie zuvor über Aalen und schließlich nach Süden in Richtung Heidenheim.

Der Besuch war für die Dauer einer Woche geplant und konnte daher gut im geräumigen Gästezimmer untergebracht werden. Schließlich wurden die Gastgeschenke präsentiert. Der schon erwähnte große Karton enthielt fünfunddreißig Carciofi Spinosi, jene kleinen sardischen Artischocken mit den vielen teuflisch scharfen Stacheln, deren Fleisch durch das einzigartige Aroma und seine unerwartete Festigkeit zu den besten Artischockensorten überhaupt zählt. Die Freude war groß, besonders auf Opitz' Seite, denn er schätzte an diesen Früchten ihre einmalige Eigenschaft, den Geschmackssinn des Konsumenten zu sensibilisieren. Alle Geschmacksnerven bekamen nach dem Genuss einer solchen Artischocke eine neue Ausrichtung.

Ein weiterer großer Karton enthielt, mehrfach in die L'Unione Sarda gewickelt, ein halbes Porceddu, ein dunkles, halbwildes Schweinchen. Aldo deutete mit dem Zeigefinger der linken Hand auf den Backofen, während der andere Zeigefinger sich in die rechte Wange zu bohren versuchte. Giulia sah in dieser Geste die Hoffnung auf höchste Geschmackserfüllung.

Die weiteren Gastgeschenke, allesamt Naturalien, befanden sich in diversen Schachteln und Tüten. So zum Beispiel ein halber Peccorino Sardo, mittelalt und zweifellos intensiv nach Schaf duftend. Ein Kilogramm Oliven einer grünen Sorte mit Kern, ein weiteres Kilogramm Mandeln, dazu Bündel von Mirto und Salbei, um Nudeln und Soßen Geschmack zu geben. Und nicht zuletzt Pistoccu, jenes eher derbe Fladenbrot von beachtlicher Stärke der Menschen aus der südlichen Ogliastra.

Während sich die beiden Frauen über das Wie und Wann der Zubereitung des halben Spanferkels austauschten, öffnete

Opitz den ebenfalls mitgebrachten Grappa und füllte zwei Schnapsgläschen bis zum Rande. Sie leerten die Gläser zügig, um sich nicht allzu oft schütteln zu müssen. Der Stoff hatte etwas Beißendes, wenn sie ihn über die Zunge zogen. Opitz hatte gesehen, dass die vielen kleinen Weinbauern ihre Maische häufig zu Grappa destillierten. So ließ sich aus Wein noch weit mehr herstellen als Wein.

Geschmelzte Maultaschen schmorten sanft in der Pfanne, mit Interesse von Carla beobachtet, bis sie herausgehoben wurden und auf den Tellern landeten. Dazu gab es grünen Salat mit Feldsalat. Nachdem sie eine Weile gegessen hatten, kam Giulia auf die Idee, jene Anekdote zu erzählen, die sich um die Maultasche und ihre Entstehung rankt: Diese Teigtasche sei eine Erfindung der Mönche, die in der Fastenzeit nicht auf Fleisch verzichten wollten und deshalb das Fleisch in einer Teigtasche versteckten. Und im Schwäbischen wären diese, nun ganzjährig beliebten und verzehrten Taschen, daher als »Herrgottsbscheißerle« bekannt.

Da klingelte Opitz' Handy. Er ahnte, dass sein Arbeitgeber ungeduldig werden könnte und drückte auf Abnehmen. Doch es gab keinen Grund zur Aufregung, es war Berner.

»Das Projektil hat den Reifen glatt durchschlagen und ist beim Austritt in der Felge hängen geblieben, wo es ziemlich deformiert worden ist. Man erkennt es kaum mehr.«

»Und das andere?«

»Es gibt kein anderes. Der zweite Schuss muss danebengegangen sein.«

»Ein Dilettant, der Mann. Mit einem Gewehr, vermutlich mit Zielfernrohr, kann man eigentlich ein so großes Ziel nicht verfehlen. Es sei denn, man will gar nicht treffen.«

Es entstand eine kurze Pause, jeder konnte den anderen atmen hören.

»Weil man sich den Tod des Opfers anders vorgestellt hat.«

»Er hat damit gerechnet«, gab Berner zu bedenken, »dass der Wagen liegen bleibt und er dann die Gelegenheit bekommt, den Mann auf seine Weise zu töten.«

»Nun, manch einer fährt mit einem platten Reifen so lange, bis er Feuer fängt. Andere merken es eher und stoppen, wenn der Wagen die Spur nicht mehr halten kann.«

»Und wenn es nicht geklappt hätte?«

»Er hatte sich bestimmt einen Plan B zurechtgelegt.«

»Wenn das alles richtig ist, was wir uns überlegen, dann muss der Kerl von einer sadistischen Obsession getrieben sein. Er tötet die Opfer mit einem Messer, denn sonst hätte er den Jungen auch erschießen können. Es bereitet ihm große Befriedigung, das Opfer zu erstechen; zu sehen, wie das Blut in Stößen aus der Wunde quillt, bis es zusammenbricht.«

Opitz legte die Stirn in Falten und schien nach der richtigen Formulierung zu suchen: »Ich weiß nicht, wie man so etwas nennt, dazu sollte man die Psychologen befragen. Welche Art von Zeitgenosse ist das wohl, der den Mann nicht nur ersticht, sondern ihm auch noch den Penis abtrennt?«

»Man liest zuweilen von rachsüchtigen Frauen, die sich zu solchen unwiderruflichen Messerattacken hinreißen lassen«, wühlte Berner in seiner Erinnerung, das stieß aber auf Ablehnung seines Kollegen, der mit einem Blick zum Esstisch bemerkt hatte, dass Giulia Espresso servierte. Maultaschen und Espresso – welch geniale Komposition!

Opitz konnte und wollte sich nicht für ein ganzes Wochenende dem Dienstbetrieb entziehen, wo doch alles Spitz auf Knopf stand, und der Druck durch die Öffentlichkeit nach dem zweiten Mord enorm gestiegen war. Deshalb entschloss er sich, sein Büro im Präsidium aufzusuchen, um ein paar ausgewählte Aktionen vorzubereiten.

Als er die Tür des Haupteingangs hinter sich wieder verschlossen hatte und auf die Treppe zusteuerte, glaubte er, eine Stimme vernommen zu haben. Also war mindestens noch ein Kollege im Haus. Er hielt inne und lauschte. Die Stimme kam von oben, ein Mann am Telefon, der ein paar kurze Sätze loswerden konnte, um für die nächste halbe Minute zuhören zu müssen. Je höher er stieg, umso besser konnte er die Stimme verstehen. Dann erkannte er die Stimme, es war der Chef, der immer wieder in lauten Stakkati einen Gesprächspartner anging. So sehr er sich auch bemühte, etwas über den Inhalt des Gesprächs herauszufinden, es ging nicht.

Dann betrat er sein Büro und suchte in dem schwarzen Notizbuch nach der Telefonnummer der Familie Kühn, die er schon vor einiger Zeit notiert hatte. Dann fiel ihm ein, dass sie in seinem Handy gespeichert sein musste, eine dreistellige Nummer, das wusste er noch. Es dauerte nicht lange, dann konnte er sie antippen und das Klingelzeichen hören. Nach dem zehnten Klingelton gab er den Versuch auf. Es war niemand zu Hause. Wer überhaupt konnte denn noch im Hause sein, fragte er sich. Adam Kühn, der Firmenvertreter in Sachen Sondermaschinen und dessen Tochter Maja, die in Tübingen studierte, kam die Antwort mit geringer Verzögerung. Adam Kühn, der die Wochenenden häufiger in einem Hotelzimmer verbrachte als zu Hause in einem Kuhnest namens Weidenhof. Und Maja? Er wusste es nicht. Er hatte beide seit der Vernehmung, die er zusammen mit Martin geführt hatte, nicht mehr gesehen.

Er hatte sich vorgenommen, noch einmal die beiden Tathergänge zu rekonstruieren, soweit die Aktenlage dies zuließ. Der größte Teil der Ermittlungsarbeit befand sich bereits in digitalisierter Form abrufbar auf dem dienstlichen Server. Seitenlange Berichte in jener merkwürdigen amtlichen Sprache, voller gestelzter Substantivierungen, ließen den Leser schnell ermüden, wenn da nicht immer wieder ausführliche fotografische Belege vorhanden gewesen wären. Nach einer halben Stunde kam er zu der Überzeugung, dass eine Analogie lediglich in der Ermordung der Opfer bestand. Da hörte er Schritte, die sich draußen auf dem Flur näherten. Schließlich stand Kriminalrat Reuter in der Tür, die offengeblieben war.

»Hattest du nicht um einen freien Samstag nachgefragt?«

Opitz grinste, aber es fiel ihm nichts Besseres ein: »Wir haben Besuch bekommen, Verwandtschaft meiner Frau.«

Reuter nickte.

»Ich habe grade mit dem Staatsanwalt gesprochen, genauer gesagt, wir haben laut diskutiert und ich hätte ihn fast beschimpft. Er bildet sich ein, uns die Art der Ermittlungsmethoden diktieren zu können.«

»Ist der Staatsanwalt denn nicht der Herr der Ermittlungen?«, entgegnete Opitz kühl.

»Nominell schon, faktisch macht es die Polizei, denn er hat ja überhaupt nicht die Mittel dazu.«

»Es geht ihm zu langsam voran?«

»Na klar, nicht nur er fühlt den Druck der Öffentlichkeit. Ich würde mir bald ein oder zwei Indizien wünschen, damit wir wenigstens eine verwertbare Spur verfolgen können. Die Presse hat schon mehrmals wegen einer Konferenz angefragt, doch bisher konnte ich sie abwimmeln. Wenn sie aber nach dem Wochenende erfahren, dass der Junge auf diese Weise geschändet wurde, dann müssen wir mit einem wesentlich größeren Ansturm rechnen.«

Opitz lehnte sich in seinem Stuhl zurück.

»Wir wissen leider immer noch ganz wenig über den Mörder, zum Beispiel haben wir seine Fingerabdrücke, seine Schuhgröße und wir kennen seine Art, einen Fuß vor den anderen zu setzen. Auch ist das genetische Material nicht eindeutig, weil die gefundenen Proben von verschiedenen

Personen stammen. Wir haben die Familienmitglieder befragt, als Elias noch lebte. Wir sind an der Schule von Frau Kühn-Scharter gewesen und haben ein paar ausgewählte Lehrer vernommen, aber auch deren Auskünfte haben uns nicht weitergeführt. Ich muss Einblick in die persönlichen Papiere von Frau Kühn-Scharter bekommen. Irgendeinen Hinweis werden sie enthalten, sonst stagnieren unsere Ergebnisse noch viel länger.«

Reuter hob die schwarze Aktentasche auf Schreibtischhöhe und erklärte, er sei heute eigentlich nur gekommen, um einen Stapel Akten zwecks Heimarbeit abzuholen, weil in letzter Zeit zu viel liegen geblieben sei.

Für einen Moment saß Opitz wie paralysiert an seinem Schreibtisch und starrte in Richtung der Fenster. Dann fasste er einen Entschluss: Er würde dem Haus der Familie Kühn einen Besuch abstatten. Und zwar heute noch. Zunächst jedoch probierte er noch einmal ihre Telefonnummer. Nach einer Ewigkeit an Klingeltönen gab er den Versuch auf.

Es begann bereits zu dämmern, als Opitz die Zufahrtstraße zu dem kleinen Weiler erreichte, wo neben einigen historischen Bauernhäusern auch das Haus der Familie Kühn stand. Der Schießstand tat unbeteiligt, als er ihn passierte, denn die provisorische Auflage für das Gewehr war von der Straße aus nicht zu erkennen. Dann erreichte er das Wäldchen und damit auch den schmalen Pfad, in dem der schwarze Cinquecento und der Tote gefunden wurden. Er nahm den Fuß vom Gas und kuppelte aus, sodass der Wagen langsam an der Schneise vorbeirollte. Immer noch ließ sich eine große Anzahl von Fahr- und Fußspuren erkennen, denn es hatte seit der Tat vor zwei Tagen nicht mehr geschneit.

Als er das Wäldchen verließ, erkannte er sofort den Tellereffekt der Landschaft vor ihm. Was hier auch immer als begleitender Miniasteroid in die Erdoberfläche eingetaucht sein mochte, das war keineswegs mit dem gewaltigen Meteoriten zu vergleichen, der das wenige Kilometer entfernte Steinheimer Becken geformt hatte. Die Zeit hatte die kleine Wunde geglättet und vernarbt, und damit den Boden fruchtbar gemacht. Über der Ebene schien Dunst aufzusteigen, der gegen das hellere Licht im Westen sichtbar wurde und gestiegene Temperaturen markierte.

Die historischen Bauernhäuser bildeten für sich eine harmonische Einheit, sie standen nah zusammen, als ob es gelte, einen Eindringling abzuwehren. Das moderne Haus der Familie Kühn passte nicht zu diesem ländlichen Idyll, doch weil es ein paar Hundert Meter weiter abseits stand, fiel diese Tatsache nicht so sehr ins Gewicht. Opitz bog von der Hauptstraße ab und nahm das schmale Sträßchen, das zu dem modernen Haus führte. Mit einem Blick erfasste er, dass nirgendwo hinter den Fenstern ein Licht brannte. Er ließ den Wagen bis vor die niederen Kirschlorbeerbüsche rollen und stieg aus. Für einen Augenblick stand er reglos auf der Stelle und lauschte nach Geräuschen; doch außer einem leichten Luftzug konnte er nichts vernehmen. Dann setzte er sich in Bewegung, um einen Inspektionsgang um das Haus herum anzutreten. Die Schneeschicht war nicht mehr unberührt, Tierspuren verschiedener Arten führten kreuz und quer um den näheren Bereich des Hauses. Einzig der Hundezwinger schien völlig unberührt, in den leeren Näpfen hatten sich ein paar Vogelfedern gesammelt. Die Rückseite des Hauses war unauffällig, die Fenster verschlossen und die Rollläden heruntergelassen, soweit Opitz erkennen konnte. Er überlegte: Einsteigen oder nicht einsteigen?

Wollte er seinem Naturell folgen, so hätte er alle Zweifel über Bord geworfen – doch er war ein staatlich besoldeter

Beamter, der sich an Regeln, Richtlinien und Gesetze zu halten hatte.

Jetzt ist nicht mehr die Zeit, sich selber Knüppel in den Weg zu werfen! Rasch schritt er die rückwärtigen Fenster ab und rüttelte an ihnen, doch keines gab nach oder ließ sich durch Druck bewegen. Auf der weiteren Suche nach einem Einstieg kam er wieder zur Vorderseite des Hauses. Er versuchte es zunächst ohne Erfolg an der Haustür, anschließend ging er zu den Fenstern über. Sie saßen genauso fest wie die anderen. Neben dem breiten Doppeltor der Garage gab es eine Blechtür, die sich bei Berührung bewegte und leicht klapperte. Das war der Hinweis, dass sie nicht abgeschlossen war. Er nahm eine Bank Card und schob sie zwischen Einschnappmechanismus und Türrahmen, da sprang sie auf. Mit der Taschenlampe warf er einen Leuchtstrahl ins Innere, und sogleich kamen die entsetzlichen Erfahrungen wieder hoch, die er vor drei Wochen in dieser Garage gemacht hatte. Sie war jetzt leer.

Er atmete tief durch und stellte fest, dass sich sein Herzschlag beschleunigt hatte. Und wenn jetzt jemand käme? Er schaute sich um und lauschte in die Dämmerung. Rasch schlüpfte er hinein und leuchtete sich den Weg nach oben, indem er vermied, die Stelle ins Auge zu fassen, an der sich der VW-Passat befunden hatte. Er erinnerte sich an den Weg nach oben, an die Treppe und an die gläserne Tür zum Inneren des Hauses. Für einen Augenblick stockte er, wonach, und vor allem wo sollte er suchen?

Er lauschte ins Haus, das einen penetranten Geruch von Wachs und Putzmitteln absonderte. Er durfte es nicht wagen, das elektrische Licht anzuschalten, denn auch wenn hier draußen nicht gerade die Königstraße vorbeiführte, so war doch Vorsicht angebracht.

In der ersten Etage befanden sich Wohnräume, das wusste er. Es war anzunehmen, dass es hier einen Schlafraum gab, vielleicht auch mehr als einen. Er öffnete die gläserne Tür zu den Wohnräumen und tastete sich behutsam voran. Da war der Geruch wieder, den er von hier kannte und der von Zigarren stammte. Irgendwo hier, an der langen Wand, befand sich eine Reihe von Bücherregalen, daran erinnerte er sich ebenfalls. Nun blieb ihm nichts anderes übrig, als seine Taschenlampe zu benutzen, wenn er etwas sehen wollte. Der Lichtkegel erfasste eine wohlgeordnete Sammlung von Lektüre eines Buchclubs, schwenkte auf eine Reihe von Kochbüchern hinüber und verharrte schließlich bei ein paar kirchlichen Werken. Rasch zog er den Leuchtstrahl weiter über die anderen Buchreihen, doch hier konnte er nicht fündig werden. Wo die Bücherregale rechts an der Wand endeten, fanden sich nur noch schwarze und weiße Leitzordner.

In der Wand gab es eine Tür, die er vorsichtig öffnete. Auch hier der muffige Duft eines nicht mehr bewohnten Raums. Die Taschenlampe beleuchtete ein altmodisches Ehebett, ausgeführt in hellem Birkenholz, vollgepackt mit prallen Federbetten und aufgeworfenen Kissen, so unberührt wie am ersten Tag. Er trat ein. Der Boden war mit einem flauschigen Teppich belegt. Wo, so fragte er sich, würde ich etwas aufbewahren, das ich der Öffentlichkeit auf keinen Fall zugänglich machen möchte? Hier im Schlafzimmer etwa? Mit einem Ruck öffnete er die Schublade des Nachttischchens, doch außer ein paar Pillen in einer Blechdose fand er nichts.

Diese Frau besaß ein Geheimnis, davon war er zutiefst überzeugt, das sie irgendwo dokumentiert oder mit in den Tod genommen hatte. Vor den Büroordnern hielt er inne und versuchte zu verstehen, wozu sie dienten. Keiner von ihnen gab äußerlich einen Hinweis, was im Inneren zu erwarten war. Daher blieb ihm keine andere Wahl, als diese gesammelten Werke unter die Lupe zu nehmen.

Plötzlich fuhr er zusammen, hatte er von unten ein Geräusch gehört? Er verharrte stocksteif auf der Stelle und lauschte. Nach zwei Minuten schien ihm das Geräusch eher ein Fantasieprodukt gewesen zu sein. Dann erwischte er einen interessanten Ordner: Das Mädchen beginnt einen Ausbildungsberuf im sozialen Umfeld der evangelischen Kirche, gibt nach einem Jahr wieder auf, weil sie sich mit einer Ausbilderin nicht verträgt. Schließlich belegt sie einen Studienplatz an einer evangelischen Akademie für Religion in Gießen und schließt das Studium nach sechs Semestern mit der Lehrberechtigung für evangelische Religion ab. Es folgen Bewerbungen bei verschiedenen kirchlichen Stellen und Schulen, bis sie schließlich nach ein paar Jahren in Baden-Württemberg landet. Bei der weiteren Durchsicht ihrer Papiere bemerkte Opitz eine Vorliebe für das Schreiben von Konzepten, die sie sorgsam aufbewahrte.

Plötzlich entdeckte er eine Unregelmäßigkeit in der Sammlung ihrer Briefkonzepte, denn jemand hatte einen handschriftlichen Text hinterlassen, erkennbar mit dem Füller geschrieben:

»Liebe Frau Kollegin, als Beratungslehrer der Mörike-Realschule bin ich von der Schulleitung informiert worden, dass Ihre Tochter Maja an der Hauptschule in den letzten Wochen mehrmals unsittlich von dem Fachlehrer Dieter Grosse berührt worden sei. Wir sollten deshalb zunächst kurzfristig ein Gespräch unter vier Augen anberaumen. Da ich wegen meiner Tätigkeit am Seminar nur wenige Stunden an der Schule anwesend bin, können wir einen Termin über das Sekretariat vereinbaren.

MfG, Johann Müller-Hattich«

Opitz verstand nicht wirklich, was das bedeutete, doch sicherheitshalber machte er mit dem Handy ein Foto des Textes. Wie viele Kinder hatte Kühn-Scharter eigentlich? Elias und Maja. Die junge Frau, die sie befragten, hatte den Schritt über die Hauptschule hinaus geschafft und studierte nun in Tübingen. Die Verleumdung und Beschuldigung von Grosse lag bereits eine Reihe von Jahren zurück und war daher im kollektiven Gedächtnis des Kollegiums nicht mehr so ganz parat.

Opitz inspizierte der Vollständigkeit halber die noch nicht durchgeblätterten Ordner und Mappen, stieß jedoch nur noch auf belanglose Kopien, die zudem mit den Jahren immer dürftiger wurden. Schließlich entschied er sich für Rückzug, verstaute alle Papiere möglichst so, dass man nicht auf den Gedanken kommen konnte, jemand habe nach etwas gesucht.

Nach den Daten der Rechtsmediziner war Gertrud Kühn-Scharter am 15. Januar 2016 im Zeitraum von 15 bis 18 Uhr zu Tode gekommen. Ihr Sohn Elias Kühn wurde zwei Wochen später ermordet, also am 26. Januar 2016 im Zeitraum von 13.30 bis 15 Uhr.

Während Opitz die Daten rasch auf einem Handzettel notierte, um nicht jedes Mal wieder in der Datei nachsehen zu müssen, fiel ihm ein, dass in diesem Zeitraum die parteiinternen Vorwahlen von Donald Trump zum US-Präsidenten gelaufen waren. Ein Blick auf den Kalender belehrte ihn, dass bereits der 6. Februar erreicht war, sie hatten aber immer noch keine richtige Spur des Täters. Dieser Mangel erschien Opitz nicht sonderlich kritisch oder gar prekär, doch wenn man bedachte, dass beide Opfer in besonders sadistischer Weise hingerichtet wurden, so war es kein Wunder, dass die Presse mittlerweile vor der Türe stand und drängelte.

Just in dem Moment, als er sich erheben wollte, blinkte

und schrillte das Telefon. Also ein interner Ruf; er befürchtete, es könnte der Chef nach dem Stand der Dinge fragen wollen, doch es war Linda:

»Hallo Frank, bist du heute Nachmittag im Haus?«

»Linda, schön dich zu hören. Jedenfalls habe ich noch eine Weile im Büro zu tun. Nach fünf könnten wir Torte essen gehen, deine Lieblingstorte.«

Sie kicherte unterdrückt: »Wir haben hier eine junge Dame an der Rezeption, sie möchte einen Ermittler in der Mordsache Kühn sprechen. Am besten, du holst sie hier ab, dann verläuft sie sich nicht.«

Opitz ließ sich nicht lange bitten und machte sich auf den Weg einen Stock tiefer. Er schätzte sie auf zwanzig, sie besaß einen sympathischen, jedoch eigenwilligen Gesichtsausdruck.

»Opitz, Kriminalkommissar«, damit reichte er ihr die Hand.

»Ich bin Viola, Viola Stadler. Elias Kühn war ein Freund. Ich möchte Ihnen etwas mitteilen.«

Er nickte und bat sie, ihm zu folgen. Oben hielt er vor dem Kaffeeautomaten.

»Mögen Sie auch einen Kaffee oder Espresso?«

Sie schüttelte den Kopf.

»Nö, lassen Sie, ich trinke nur Tee.«

Damit konnte er nicht punkten, drückte den Knopf und wartete auf das Ergebnis. Dann schnappte er den Espresso und ging voraus. Als sie Platz genommen hatten, sah er, dass sie völlig ungeschminkt war.

»Ich möchte Ihnen etwas berichten, das mir Elias Kühn erzählt hat. Das ist allerdings schon eine Weile her, und ich habe es bisher auch nicht für wichtig gehalten, aber seit Elias nicht mehr lebt, denke ich an Ihre Ermittlungen, und dass Sie den Täter noch nicht gefasst haben. Ich wünsche mir so sehr, dass der Mörder gefasst wird.«

»Gut, erzählen Sie einfach, was Ihnen zu dem Thema einfällt. Später können wir dann Ihre Personalien aufnehmen.«

»Ich habe Elias das letzte Mal gesehen, als er mich in Steinheim, im Café Ritter besuchte. Dort helfe ich aus, als Bedienung. Das war kurz nach dem Mord an seiner Mutter, er hinterließ mir eine Kopie der Todesanzeige.«

Sie legte eine Pause ein, um die Reihenfolge zu bedenken.

»Wir hatten eine Beziehung, vielleicht ein Jahr lang oder etwas länger, doch zuletzt hatten wir uns entfremdet, weil Elias sich mehr und mehr für seinen Einsatz im Dschihad in Syrien interessierte. Und weil ich mich für ein Leben als Paläotikerin interessierte.«

»Aha. Wie kam er dazu, als Kämpfer für einen Gottesstaat einzutreten? Schon der Ausreiseversuch ist seit 2015 strafbar.«

»Nun, es gab da diese beiden türkischen Freunde, Hamid und Osman, die hatten ihn bei einem Seminar oder so von dieser Aufgabe überzeugt. Er hatte ja schon eine Weile zuvor seinen anderen Weg ins Paradies aufgegeben, und deshalb war er sicher anfällig für eine neue, große Aufgabe. Der Mord an seiner Mutter bewirkte dann, dass er dieses Vorhaben abbrach, obwohl ihn die beiden Türken weiterhin bedrängten. Aber das alles ist Ihnen vermutlich bekannt.«

Opitz hatte den Espresso geleert und drehte das Tässchen zwischen beiden Händen hin und her.

»Und was können Sie berichten, das uns vielleicht nicht bekannt ist?«

Sie fuhr sich mit gespreizten Fingern durchs Haar und hob den Kopf ganz leicht gegen das Licht.

»Elias hat mir ein paar Dinge über seine Zeit im Schullandheim verraten, Friedberg war der Klassenlehrer und Frau Ziegler die Begleiterin. Dort habe er auch einen guten Kumpel gehabt, mit dem er immer wieder die tollsten Streiche ausgeheckt habe, zumeist auf Kosten der Lehrer. Sie verfassten zum Beispiel ein Gedicht, in dem Friedberg und die Ziegler vorkamen – wie soll ich sagen – als mechanische Puppen, die Dauersex betrieben. Den Text haben sie vervielfältigt und ein paar Exemplare im Speisesaal ausgelegt. Die Aufregung war natürlich groß, aber die Lehrer haben nicht herausfinden können, wer diesen Schrieb verfasst hatte.«

Der Kommissar schüttelte langsam den Kopf von einer zur anderen Seite.

»Oder dies hier: Im Schullandheim trank der Klassenlehrer abends zusammen mit der Kollegin ein Bier, was die Schüler natürlich irgendwie bemerkten. In der Folgezeit machten diese beiden Schüler immer wieder gehässige Bemerkungen über die Biersauferei des Klassenlehrers.

Bei der Abschlussprüfung in der 10. Klasse war Elias in allen Prüfungsfächern so schlecht, dass ein Durchfallen drohte, wenn er nicht mindestens eine 3 in der Deutschprüfung erreichte. Die mündliche Prüfung beim Klassenlehrer ging schief, und somit war er durchgefallen. Elias musste die Klasse wiederholen.

Friedberg war auch zugleich Deutschlehrer in einer 9. Klasse und eingeplant, als Begleitperson auf eine Klassenfahrt nach London mitzugehen, zumal er diese Klasse im folgenden Schuljahr übernehmen sollte.«

Sie setzte eine Minute aus und beobachtete, wie Opitz auf ihre Schilderung reagierte. Der hatte sein Notizheft aufgeschlagen und schrieb Stichwörter hinein. Viola knöpfte ihre leichte Strickjacke ein wenig auf, denn sie hatte etwas gerötete Wangen bekommen.

»Eine Woche oder so«, fuhr sie fort, »bevor die Londonreise stattfand, muss Frau Kühn-Scharter zum Schulleiter gegangen sein, um zu verhindern, dass ein ›Alkoholiker‹ die drei Klassen begleitete. Soweit ich weiß, ist er dann aber doch mitgefahren. Aber es muss wohl eine besondere Kontrolle durch die anderen Lehrer stattgefunden haben.«

Sie lehnte sich im Stuhl zurück und bat um ein Glas Wasser. Opitz zauberte eine Flasche Mineralwasser und ein Trinkglas auf den Tisch. Als er eingegossen hatte, bat er um ihren Ausweis. Er warf einen kurzen Blick auf den Text und nickte: »Viola Vollmer, wohnhaft in Steinheim.«

Er zögerte mit der Frage, doch dann stellte er sie: »Was hat Sie dazu motiviert, Ihre Kenntnisse über bestimmte Hintergründe im Fall Kühn der Kriminalpolizei anzubieten? Nicht dass Sie mich missverstehen: Ich bin sehr froh, dass Sie damit zu uns gekommen sind, wir werden uns bestimmt in einige Details einklinken können und dadurch mit den Ermittlungen vorankommen.«

»Ganz einfach – ich bin dafür, die Wahrheit aufzudecken.«

Am meisten wunderte sich Opitz, dass bisher keine der befragten Lehrer/innen etwas zu Paul Friedberg beigetragen hatten. Immerhin war doch etwa 2005 ein massiver interner Konflikt an der Mörike-Realschule abgelaufen, von dem zwar nur zwei Personen wirklich betroffen waren, aber er schloss aus, dass das Umfeld davon nichts mitbekommen hatte.

Er musste zuerst mit Martin Berner darüber sprechen, doch Martin nahm nicht ab. Sicher wusste Linda Bescheid, ob er das Haus verlassen hatte. Er drückte die Taste fürs Sekretariat, da war sie schon am Telefon und erkannte ihn sofort:

»Frank, ich kann um halb fünf das Büro verlassen – wie sieht's bei dir aus?«, flötete sie mit einem Silberstimmchen. Oh Gott, dachte er, seit einer halben Stunde ist nichts mehr wie zuvor.

»Linda, es ist zum Verrücktwerden, aber ich kann nicht. Wo ist Berner, ich muss ihn dringend sprechen.«

»Du meine Güte, ich werde die Schwarzwälder Torte morgen ins Büro mitbringen. Und weißt du was? Ich esse sie ganz alleine auf!«

Damit knallte sie das Telefon in die Halterung, dass es schepperte. Fein, dachte er, jetzt weiß ich immer noch nicht, wo Berner steckt. Während er darüber nachdachte, kam er sich in seiner Aufregung ziemlich lächerlich vor. Nach fünf Minuten ging die Türe auf und Berner erschien.

»Du hast mich gesucht?«

Opitz umriss grob, was Viola Vollmer berichtet hatte.

»Das hat Substanz«, staunte Berner mit aufgerissenen Augen, »dann sollten wir eben noch mal den Schulleiter sprechen. Wie heißt er noch gleich, Herzog?«

»Wir müssen vor allem die Hauptperson dieses Psychodramas kontaktieren, die vermutlich schon lange nicht mehr an der Schule unterrichtet. Herzog wird uns Auskunft erteilen können, andernfalls setzen wir unseren Suchdienst ein.«

Martin Berner schien mit dieser Perspektive nicht ganz einverstanden zu sein.

»Ich würde den Kontakt zu weiteren Zeitzeugen schätzen, Kollegen von Friedberg, die damals ebenfalls an dieser Schule unterrichteten, die authentische Auskunft über den Konflikt geben können.«

»Ich auch, aber sowohl Frau Weidner als auch Frau Waldenburg kommen nicht infrage. Und ob Offenheim schon so lange an der Schule ist, würde ich bezweifeln. Es gibt zwei Menschen, die meist sehr lange an einer Schule beschäftigt sind: der Schulleiter und der Hausmeister.«

Diesmal bekam Berner den Vortritt, sie hatten sich entschlossen, diesen etwas reservierten Schulleiter anzurufen, anstatt auf gut Glück nach Geislingen zu fahren. Immerhin bekamen sie auf Anhieb einen Termin unmittelbar nach der großen Pause.

»Kommen Sie nur«, wies er sie mit ausgestrecktem Arm in sein Dienstzimmer. Sie bekamen die beiden Stühle vor seinem Schreibtisch und er nahm selber auf der anderen Seite Platz, wo ein bequemer Drehstuhl stand.

Bevor Herzog das Wort ergreifen konnte, begann Opitz mit einer knappen Schilderung der Fahndung nach dem Mörder.

»Wie Sie sehen, ist die Spurenlage äußerst dürftig und deshalb sind wir auf jeden Hinweis angewiesen, der uns etwas weiterbringen könnte.«

Herzog zeigte keinerlei Mimik, außer einem starren Blick und den zu einem Strich geformten Mund.

»Es gab einen Lehrer an der hiesigen Hauptschule«, begann Opitz, »der in seiner aktiven Zeit beschuldigt wurde, sich an einem Mädchen vergriffen zu haben. Von Frau Kühn-Scharter, der Mutter. Das stellte sich jedoch als Verleumdung heraus. Sie musste alles zurücknehmen. Das wird Ihnen aber bestimmt bekannt sein.«

Es rührte sich etwas auf dem Gesicht.

»Ja, das dürfte vor etwa acht Jahren gewesen sein.«

»Richtig, er ist dann krank geworden und bekam einen Herzinfarkt, kurzum, er litt unter einem gesellschaftlich verursachten Stigma, auch lange noch, nachdem die Beschuldigungen widerrufen waren.«

»Ja, das war ein tragischer Fall.«

Opitz gab Berner einen kleinen Schubs mit dem Fuß, das schon vor langer Zeit vereinbarte Zeichen zur Übernahme der jeweiligen Aktion. Er war darauf vorbereitet:

»Es lenkte unsere Aufmerksamkeit auf ein anderes Geschehen«, begann Berner etwas heiser, »das ebenfalls mit Frau Kühn-Scharter zu tun hatte. Es ging dabei wieder um Verleumdung. Diesmal war es der Vorwurf des Alkoholismus gegen einen Lehrer Ihrer Schule.«

Herzog schien intensiv darüber nachzudenken, kam aber

zu keinem Schluss: »Ja, das war Herr Friedberg, Deutsch und Geschichte, wenn ich mich richtig erinnere.« Anders als zuvor, begann er jetzt, unruhig den Blick von einem zum anderen zu werfen.

»Diesen Herrn Friedberg würden wir gerne sprechen, Sie wissen sicher, wo er zu erreichen ist?«

»Aber ja, wir haben natürlich Unterlagen über die pensionierten Kollegen aufgehoben, schon deshalb, weil man sie doch zu den Feiern einladen will.«

Er sprang, offensichtlich erleichtert, von seinem Stuhl auf und rief nach der Sekretärin. Noch an der Zwischentür setzte er ihr sein Begehr auseinander und entließ sie mit dem Suchauftrag. Herzog hatte einen völlig neuen Modus eingelegt, plötzlich schien er zugänglich, wenn nicht gar ein wenig servil und wartete, hin- und hergehend, auf das Suchergebnis. Es dauerte nur wenige Minuten, dann erschien Frau Seibold, mit einem Kärtchen wedelnd, auf dem sie die wichtigsten Daten wie Adresse und Telefone notiert hatte.

»Ich kann aber nicht garantieren, dass er dort wirklich noch wohnt, die letzte Einladungskarte zur Weihnachtsfeier kam mit der Post zurück.«

Opitz nahm die Daten entgegen: »Paul Friedberg, Am Kahlhang 12, zwei Telefonnummern, mobil und stabil. Er wohnt in Eybach. Wo ist das, Frau Seibold?«

»Etwa fünf Kilometer nordöstlich, Richtung Böhmenkirch, Sie dürften von dort gekommen sein.«

Die beiden Kommissare dankten und wendeten sich dem Ausgang zu. Opitz hatte schon den Türgriff gedrückt, da stockte er und fuhr sich mit der anderen Hand über das Haar.

»Etwas haben wir noch vergessen: Friedberg hatte doch bestimmt einen Fachkollegen, der vielleicht jetzt noch an der Schule ist?«

»Warten Sie einen Moment«, erwiderte die Sekretärin,

bevor sie eine Datei im PC suchte. »Hier ist es, Herr Friedberg ging 2010 in Ruhestand, also vor sechs Jahren. Jetzt muss ich nur noch danach suchen, wer zu dieser Zeit ebenfalls Deutsch oder Geschichte unterrichtete.«

Sie fand die entsprechenden Namen ohne Mühe und druckte sie aus. »Aber bitte – Sie wissen natürlich, dass solche Daten diskret zu behandeln sind.«

Die beiden Männer machten sich auf den Rückweg und sahen jetzt auch im Navi, dass Eybach direkt an ihrer Route lag. Nach fünf Minuten hatten sie die lang gestreckte Ortschaft in der Schneise zweier Berge erreicht. Auch eine Zugverbindung schlängelte sich hindurch. Die Reise ging in der Mitte des Ortes rechts ab und führte über die Gleise zu einer Steigung, die mit Wohnhäusern aus den 70er-Jahren bebaut war. *Am Kahlhang* war eine zutreffende Bezeichnung für die Straße, denn dort oben ließ der Bewuchs zu wünschen übrig.

Sie stellten den Wagen weit unten ab und machten sich zu Fuß auf die Suche nach der Hausnummer 12. Das Haus unterschied sich nicht wesentlich von den anderen, außer dass die Farbgebung heller und frischer, und die Rollläden der oberen Etage heruntergelassen waren. An der Eingangspforte befanden sich die Klingelknöpfe für die beiden Wohnungen, der obere Knopf mit der Beschriftung *P. Friedberg* war verstaubt und der Name nur schwer leserlich.

»Das brauchen wir gar nicht erst versuchen«, Berner deutete mit dem Finger auf das Klingelschild und drückte den Knopf des anderen, das mit *K. Becherle* beschriftet war. Es dauerte lange, sodass sie schon die Hoffnung aufgaben, hier jemand im nahen Umfeld von Friedberg zu finden, doch dann vernahmen sie ein Geräusch aus dem Inneren der

Wohnung. Jemand stand hinter dem Spion und beobachtete die Besucher. Opitz hielt seine Dienstmarke in Höhe der Optik und rief mit angehobener Stimme: »Bitte öffnen Sie, Kriminalpolizei!«

Das wirkte sofort, denn ein alter Mann schob sein Gesicht vorsichtig durch den Türspalt und starrte die beiden Beamten entgeistert an. »Was wollen Sie? Es ist niemand da.«

»Wir wollen Sie gar nicht belästigen, aber bitte öffnen Sie die Tür etwas weiter.«

Der Alte machte einen verstörten Eindruck.

»Die Familie Becherle ist nicht anwesend, sie sind auf Arbeit.«

Er öffnete die Tür zur Hälfte und ließ damit einen Blick auf seine provisorische Bekleidung zu, die aus einem violettfarbenen Morgenmantel bestand. Er musste sich soeben aus dem Bett gequält haben, denn unten waren die Beine des Pyjamas zu erkennen.

»Wo ist Paul Friedberg? Er wohnt doch dort oben?«

»Friedberg?«

Er dehnte den Namen, als ob er sich nicht erinnerte, während seine Augen suchend hin und her rollten. Berner schubste Opitz von der Seite an: »Es ist sinnlos, der Mann ist dement. Sie haben offenbar keine Tagespflege für ihn und er ist sich selbst überlassen.«

»Lass' uns die Nachbarn aufsuchen, Nachbarn wissen immer alles voneinander.«

Sie verabschiedeten sich freundlich von dem Alten und achteten darauf, dass er die Haustür von innen sauber ins Schloss schnappen ließ. Während sie das Haus verließen, bemerkten sie eine Frau am Nachbarhaus, die durch Winken auf sich aufmerksam machte. Sie kam näher und schließlich trafen sie sich an der Gartenpforte.

»Die Leute sind bei der Arbeit, es gibt zwar einen alten Opa, der ist aber verwirrt. Soll ich etwas ausrichten?«

Sie musterte die beiden Männer ohne Scheu von oben bis unten. Ihre grüne Gartenschürze schien auch für Küchenarbeit geeignet zu sein, denn sie wischte die mehligen Hände daran ab.

»Das wird vielleicht nicht nötig sein«, erwiderte Berner mit einem Blick auf das Haus, »aber vielleicht können Sie über einen Paul Friedberg Auskunft geben? Wir sind von der Kriminalpolizei Heidenheim.«

Damit zog er seine Dienstmarke aus der Tasche und hielt sie ihr hin. Das schien sie zu überzeugen und offenbar auch zu beruhigen, denn sie hatte anscheinend den Auftrag, einen kritischen Blick auf mögliche Besucher zu werfen.

»Paul Friedberg? Die Wohnung dort oben gehört ihm zwar, aber niemand weiß, wo er sich aufhält.«

Sie warf einen verlorenen Blick auf die obere Etage des Hauses.

»Wie lange ist er schon verschwunden?«

»Jahre, vier oder fünf vielleicht, ich weiß es nicht genau.«

»Hat man nicht nach ihm gesucht? So schnell entgeht doch keiner unserer Bürokratie.«

Sie kicherte: »Das glauben Sie doch selbst nicht. Friedberg ist das beste Beispiel für einen Mann, der wie von der Welt verschluckt ist. Niemand hat ihn jemals wieder gesehen, seit man ihn beschuldigte, Alkoholiker zu sein. Das muss ihn irrsinnig getroffen haben, bald darauf wurde er auch pensioniert, und dann war er eines Tages plötzlich nicht mehr da.«

»Hat er mit Ihnen jemals gesprochen?«

»Oh ja, er hat sogar von diesen Verleumdungen gegen ihn erzählt. Er war sehr offen, ich glaube, er war froh, wenn er jemand fand, bei dem er alles abladen konnte.«

»Hatten Sie denn Kontakte zu Friedberg, oder wie kam es, dass er Sie in seine Probleme einweihte?«

»Nun, wir haben damals manchmal Nachbarschaftsfeste gefeiert, das waren dann drei oder vier Häuser, deren

Bewohner gemeinsam feierten, meist Grillabende. So kam man sich näher. Damals kam für Paul noch belastend hinzu, dass seine Frau von heute auf morgen verstarb, Herzstillstand mit fünfundfünfzig. In der Nacht, morgens lag sie tot und kalt im Bett.«

Sie wischte sich mit dem Handrücken die herabgefallenen Haare aus dem Gesicht.

»Hat er denn keine Kinder oder andere Verwandtschaft?«

»Die Ehe war kinderlos, es gab aber einen älteren Bruder in Nürnberg, der schon sehr früh die DDR verlassen hatte. Selbstständiger Installateur.«

Die beiden Beamten hatten einen kurzen Blickwechsel untereinander, dann entschieden sie sich.

»Haben Sie uns vielleicht sonst noch etwas über Herrn Friedberg mitzuteilen, bevor wir uns jetzt verabschieden?«

Sie wischte nochmals ihre Hände in die Schürze, dann fiel ihr etwas ein: »Friedberg hatte einen Kollegen an der Schule, der ebenfalls hier in Eybach wohnt oder wohnte. Er kam selten zu Besuch, seinen Namen weiß ich aber nicht mehr genau, Krauter oder so ähnlich. Vielleicht sollten Sie sich an ihn wenden.«

Bevor sie sich verabschiedeten, baten sie noch um Namen und Telefonnummer der Dame.

»Michulik, Theresa Michulik. Warten Sie, ich gebe Ihnen ein Kärtchen.«

Sie verschwand im Haus und brachte das Versprochene. Als sie wieder im Wagen saßen, meinte Opitz: »Zwei Fälle von Verunglimpfung – Grosse und Friedberg. Zwei Pensionierungen aus gesundheitlichen Gründen. Und zwei daran verstorbene Ehefrauen. Wie sich die Fakten doch ähneln. Übrigens: wie hieß der Kollege von Friedberg gleich noch?«

»Krantiger«, murmelte Berner, dann zog er die Notiz der Sekretärin aus der Jackentasche und überflog die Namen.

»Hier, das muss er sein: Krantinger Joachim, Fasanenweg 2, Eybach.«

Opitz zückte sein Handy und wählte die angegebene Nummer. »Damit wir nicht wieder in die Vorbereitung des Mittagessens hineinplatzen.« Er wartete, dann wurde er ungeduldig, und schließlich schaltete er ab.

»Es ist niemand zu Hause. Die Stimme des Anrufbeantworters vertröstet auf das Wochenende.«

Der Freitagabend als Ende der Arbeitswoche bot sich dafür an, für die beiden sardischen Gäste ein kleines kulinarisches Fest zu veranstalten, bevor diese wieder abreisten. Opitz hatte dazu Martin Berner und dessen interessante Freundin Theodora eingeladen, die sich mit der Theorie des Kriminalromans befasste und darüber einen Essay vorbereitete.

Giulia ihrerseits lud ihre langjährigen Freunde Angelika und Rainer Bassertal ein, die beide in der Redaktion der Heidenheimer Zeitung mit ihr zusammenarbeiteten. Noch nicht sehr oft hatten sie eine Feier mit sechs Personen oder mehr veranstaltet, und erstmals sollte dies wegen der kalten Jahreszeit in der Wohnung geschehen.

Ein in Sardinien als *Porceddu* bezeichnetes Spanferkel wird dort meist am sich drehenden Spieß vor offenem Feuer geröstet, ein Vorgang, der je nach Größe des Tieres zwei bis drei Stunden dauert. So erfreut Giulia und auch Opitz selber über das mitgebrachte halbe *Porceddu* waren, so stellte sich doch die Frage, wie man es zubereiten sollte. Opitz schlug vor, es in Teile zu zerlegen und im Backofen zu garen, was dem sardischen Empfinden widersprach, weil man es möglichst als Ganzes garte und erst vor dem Servieren zerlegte. Dies wiederum ließ sich nicht realisieren, weil das halbe

Schweinchen nicht in den Backofen passte. Also musste ein Kompromiss her – man teilte es in zwei Hälften.

Das funktionierte erstaunlich gut, denn gegen siebzehn Uhr schmorte das unbehandelte Tier auf dem Rost des Backofens und verbreitete den eigenwilligen Geruch halbwilden Fleisches in der Wohnung. Nun schöpfte auch Aldo Hoffnung, dass es nicht umsonst war, das *Porceddu* mitgebracht zu haben. Weil alles, was mit der Zubereitung von Fleisch in Sardinien Männersache ist, konnten sich diese nun beruhigt in eine Ecke setzen und ein Gläschen Bier trinken.

Carla und Giulia hatten indes die Tomaten und Gurken aufgeschnitten, das Weißbrot bereitgestellt, den Pecorino Sardo aus der Verpackung genommen, eine Zitronen-Olivenöl-Salz-Tunke für die Artischocken bereitet, diese von den gröbsten äußeren Blättern befreit, ein Drittel der Artischockenkörper radial mit einem sehr scharfen, sehr großen Messer abgetrennt, und sie auf diese Weise dazu gebracht, aufrecht stehend in einem großen Topf mit wenig Wasser für fünfzehn bis zwanzig Minuten zu kochen.

Gegen neunzehn Uhr trafen Angelika und Rainer Bassertal ein, die eine große Schale exotischer Früchte auf einem Sahnebett zum Nachtisch brachten. Sie hatte langes, dunkles Haar und trug eine modisch enge Hose, die ihre gute Figur betonte. Rainer hatte eine ausgeprägte Nase, hob den Kopf ein wenig und nahm die Witterung des Fleisches auf.

»Hmm, das duftet aber interessant«, war seine erste Bemerkung, »kann man den Braten einmal ansehen?«

Opitz führte ihn an den Backofen, wo durch die Glasscheibe erkennbar zwei Viertel des Schweinchens vor sich hin schmorten.

»Isst man den Kopf etwa mit? Ein Ohr hängt ja auch noch dran!«

Dann wandte er sich ab und gesellte sich zu den Frauen. Giulia hatte eine Flasche Prosecco geöffnet und ein paar

Gläser gefüllt, da standen auch schon Martin Berner und Theodora an der Tür. Auch diese Gäste bemerkten sogleich den Duft des Fleisches und schnupperten sich bis zum Backofen durch.

»Ist das Schweinchen direkt aus Sardinien – also mit eingeflogen? Ist das überhaupt erlaubt, ich meine aus hygienischen Gründen? Man könnte sich etwas einfangen!«, erkundigte sich Theodora, die einen dunkelblauen Rollkragenpulli trug und lockiges Blondhaar hatte. In diesem Moment gab Aldo zu verstehen, dass noch etwas fehlte: »Tagliamo il prosciutto?«

Er entnahm einer stabilen Papiertüte einen ganzen geräucherten Schinken, legte ihn unter freudig-spontanen Äußerungen der anderen Gäste auf ein großes Brett, wo er Scheiben großzügig bemessener Stärke zu schneiden begann. Der Esstisch erwies sich als zu klein für acht Personen, sodass sie sich auf weitere Plätze verteilen mussten. Aldo übernahm mit größter Selbstverständlichkeit die Verteilung der Antipasti: *Prosciutto sardo, carciofi,* Oliven – und wie ein Mediator verteilte er auch den Wein auf die Gläser der Gäste.

Giulia beobachtete, wie die Gäste mit den Artischocken zurechtkamen; sie selber hatte sich die Zitronen-Öl-Mischung mit einem Teelöffel über die gekappte Seite geträufelt, bis sie abgesunken war. Dann begann sie, die verbliebenen Blätter eines nach dem anderen abzuzupfen und zwischen den Schneidezähnen durchzuziehen. Dabei bemerkte sie, dass Martin Berner versuchte, die Artischocke von der Gegenseite anzugehen. Als er den Stummelstiel verzehrt hatte, verzog er wegen der Bitterstoffe das Gesicht. Spätestens ab diesem Moment warf er Blicke über seinen Tellerrand hinaus und fing Giulias Fingerzeig auf, mit den Blättern zu beginnen.

Die Portionierung des *Porceddu* betrachtete Aldo als seine Aufgabe, die er meisterlich löste. Zuerst bat er um eine Gartenhebelschere, handlich und stabil, die dazu dienen sollte, wenn das Messer nicht ausreichte, Wirbel und Gelenke zu knacken. Binnen zehn Minuten schaffte er es, den gesamten Braten in mundgängige Stücke zu zerlegen, die er sogleich den Gästen zuteilte.

Der erste Teil des Abends war aus verständlichen Gründen hauptsächlich auf seine kulinarische Seite gerichtet. Weil niemand sonst an dem halben Kopf des *Porceddu* interessiert war, nahm Aldo ihn auf seinen Teller und schabte das heraus, was noch als Hirn vorhanden war. Dann knabberte er hier und dort, um schließlich die Augen aus ihren Höhlen zu angeln und zu verzehren. Das bewirkte einen Aufschrei unter den Frauen: »Hast du das gesehen«, schrie Angelika, »wie er die Augen gegessen hat?«

Selbst Rainer war zusammengezuckt.

»Eklig! Wie kann man nur die Augen essen?«

Abschließend widmete er sich dem knusprigen Ohr und den inneren Organen. Und nichts deutete darauf hin, dass eine dieser ungewöhnlichen Spezialitäten ungenießbar gewesen wäre.

Noch bevor das Dessert serviert wurde, kam man auf den Doppelmord in der Familie Kühn zu sprechen. Plötzlich wurden die beiden Beamten von allen Seiten mit Fragen bedrängt, was dazu führte, dass sie sich zunehmend unwohl fühlten. Aus dienstlichen Gründen war es ihnen unmöglich, alle zu beantworten. Bis Theodora die Frage stellte, auf die es *noch* keine Antwort gab: »Who's done it?«

»Das wüssten wir auch gerne«, murmelte Opitz mit leicht geöffneten Lippen, der sich über diese unnötige Frage ärgerte. Aber er wusste natürlich, was jetzt kommen würde, denn er hatte von den literarischen Aktivitäten Theodoras gehört, die Artikel für verschiedene Zeitschriften verfasste. Wenn er Giulia richtig verstanden hatte, arbeitete sie aktuell an einem Artikel oder Essay über die Wirkung von Kriminalromanen.

»In der Presse liest man«, begann sie, die Gelegenheit nutzend, »dass die Polizei immer noch keine zielführende Spur vorweisen kann. Gilt das immer noch?«

»Nun, wir haben eine Reihe von Indizien, die wir bei den Tatorten sichergestellt haben, aber es stimmt: eine zentrale Spur haben wir leider immer noch nicht.«

»Aber einen Verdacht, eine Vermutung?«

»Du wirst verstehen, dass wir uns dazu nicht äußern.«

»Schade, dabei wird es verdammt spannend, wenn man einen Anknüpfungspunkt gewonnen hat. Dann kann die Fährtensuche erst richtig losgehen.«

Es war offensichtlich, dass sie die Arbeit der Kriminalisten als spannend einstufte und gerne einen schönen Bericht zu einem hässlichen Mordfall schreiben würde. Opitz hatte Verständnis dafür, doch er würde sich nicht erweichen lassen.

Wir müssen unsere Gäste heute Nachmittag wieder zum Flugplatz bringen«, sagte Giulia und trank den letzten Tropfen aus ihrer Tasse.

»Donnerwetter – ist die Woche schon vorüber?«

Kaum war das Frühstück beendet, griff Opitz zum Telefon und rief Joachim Krantinger in Eybach an. Er stellte sich ganz regulär als Kommissar der Kripo Heidenheim vor, obwohl er zuvor überlegt hatte, den Kontakt zunächst privat zu versuchen. Am Telefon war Joachim Krantinger selbst, der sich etwas irritiert zeigte, so früh am Samstagvormittag von der Kripo angerufen zu werden.

Opitz bat um Verzeihung und erklärte, man sei auf der Suche nach seinem früheren Kollegen Paul Friedberg, der als Zeuge in einem Kapitalverbrechen verhört werden solle. Er bat zunächst um einen möglichst kurzfristigen Termin zu einer vorbereitenden Besprechung, gerne auch noch heute. Dem wollte Krantinger nichts entgegensetzen, er zeigte sich freundlich und hilfsbereit. Sie vereinbarten, dass Opitz nach Eybach kommen sollte. Und zwar jetzt sofort.

»Solche Entscheidungen liebe ich«, erklärte er lautstark, damit Giulia es auch hörte, die sich ins Bad verzogen hatte. »Kannst du unsere Sarden notfalls allein nach Stuttgart bringen?«

»Eine rechtzeitige Info wäre nicht schlecht…«, hörte er noch ihre Stimme, als er sich zwischen Zähneputzen und Rasierwasser ankleidete, dann fiel die Wohnungstür ins Schloss.

Joachim Krantinger war ein großer, schlanker Mann mit kurzem Stoppelhaar, das nur minimal angegraut war. Er trug eine verwaschene Jeans und einen tabakfarbenen Alpakapullover. Er musste um die siebzig Jahre alt sein.

»Kommen Sie herein«, sagte er freundlich und geleitete den Besucher in einen lichtdurchfluteten Raum, in dessen Mitte ein alter Schreibtisch und zwei Korbstühle standen. Opitz hob den Kopf: Eine großzügige Schrägverglasung war der Grund für die besonders generösen Lichtverhältnisse.

»Ja, es stimmt, wir hatten im Lehrerzimmer Plätze nebeneinander«, sagte er auf eine entsprechende Frage von Opitz.

»Das war vor sechs Jahren, doch heute weiß ich wirklich nicht, wo er sich aufhält. Er muss bald nach seiner Pensionierung verschwunden sein. Seine Wohnung hier in Eybach gibt es immer noch, selbst das Namensschild ist noch an der Klingel.«

»Hat er sich nicht irgendwann bei Ihnen gemeldet, Sie waren doch Freunde?«

»Nein, es gibt überhaupt keinen Kontakt mehr!«

In der Mitte des Schreibtisches stand eine große Flasche Mineralwasser. Krantinger goss davon in zwei Gläser.

»Es wird erzählt, dass es einen Konflikt zwischen Friedberg und Frau Kühn-Scharter gegeben habe, Verleumdung, üble Nachrede, Diskreditierung von Friedberg durch Kühn-Scharter. Was ist dran an dieser Behauptung?«

Der große Mann streckte seine Beine zu einer geraden Linie mit seinem Körper unter den Schreibtisch. »Aus einem Schülerstreich haben sie einen schweren Vorwurf gestrickt: Schüler hatten beobachtet, wie die Lehrer im Schullandheim nach Feierabend ein Bier tranken. Das erzählten sie natürlich überall herum. Dann kam die Abschlussprüfung an der Realschule. Der Sohn von Kühn-Scharter musste, um zu bestehen, in Deutsch mindestens eine Drei erzielen. Aber er schaffte sie nicht. Also fiel er in der zehnten Klasse durch. Ab diesem Zeitpunkt zirkulierte eine Alkoholismus-Verleumdung gegenüber dem Klassenlehrer, bei dem er durchgefallen war.«

»Und zwar transportiert durch die Mutter von Elias, die aber versuchte, sich selber aus der Schusslinie zu ziehen, indem sie als Urheberin eine andere Mutter aus der Klasse nannte, deren Namen sie jedoch nicht preisgab.«

»Ich sehe, Sie haben schon eine Menge Informationen.«

Er nahm einen Schluck aus dem Glas.

»Und darauf gab es eine sehr demütigende Behandlung durch den Schulleiter. Er ließ Friedberg, und das kündigte er ihm an, auf einer Klassenfahrt nach London von den anderen Lehrern auf seinen Alkoholkonsum hin beobachten.«

Opitz nickte und fuhr fort: »Nach der Rückkehr befragte dieser eifrige Mann tatsächlich die begleitenden Lehrer, die natürlich nichts berichten konnten oder wollten.«

»Ein Aufruf zur Denunziation, ein Mann mit Blockwartmentalität. Wenn ich an diese Zeit zurückdenke, dann geht mir jetzt noch das Messer in der Tasche auf. Paul wehrte sich natürlich auf seine Weise, denn er verfasste einen Text, in dem er auf das offensichtlich devote Verhalten des Herrn Herzog gegenüber kirchlichen Einrichtungen und Personen hinwies. Und dass Kühn-Scharter mit ihrer Aufforderung, einen solchen Alkoholiker dürfe man nicht als Begleitlehrer nach London reisen lassen, Rufmord und Verleumdung begehe. Er verteilte sein Flugblatt an alle Kollegen, was den Unmut des Schulleiters hervorrief, worauf dieser ihm verbot, solche Texte jemals wieder öffentlich zu machen.«

Er hatte sich warmgeredet, und man konnte sehen, dass es unter der Oberfläche kochte, während er unruhig hin und her wanderte. Opitz verfolgte mit Spannung die Informationen von Krantinger.

»Ich habe zum Beispiel von ihm erfahren, dass es eine offizielle Besprechung gab, um die Vorwürfe zu klären. Neben den Kombattanten nahmen beide Rektoren, ein Schulrat und der evangelische Schuldekan an der Besprechung teil. Es kam zu lauten Vorwürfen des Beschuldigten gegen Kühn-Scharter, die mit hochrotem Kopf erschienen war. Auch dabei weigerte sie sich, den Namen ihrer Quelle zu nennen.«

Opitz schrieb wie immer die wichtigsten Fakten in sein Notizbüchlein. Es entstand eine Pause, die beiden Männer tranken Mineralwasser und dachten über den Verlauf der Auseinandersetzung nach.

»Würden Sie sagen«, fuhr der Kommissar fort, »dass dieser Konflikt dazu beigetragen hat, dass Friedberg verschwunden ist? Hat er Ihnen gegenüber jemals ein solches Vorhaben erwähnt?«

»Nun, er lebte ja allein, konnte sich also frei bewegen, nachdem er in den Ruhestand gegangen war. Ja, er sprach davon auszuwandern, wenn seine Zeit gekommen sei. Aber wer auswandert, hinterlässt doch eine Adresse oder Telefonnummer, um kontaktbereit zu bleiben, und verschwindet nicht einfach so von heute auf morgen von der Bildfläche.«

»Haben Sie ihn in seiner Wohnung besucht, als Sie beide noch im Dienst waren, oder auch danach?«

Er überlegte ein paar Sekunden.

»Selten, vielleicht ein- oder zweimal. Wir hatten eher in der Schule miteinander zu tun. Ich brachte ihm einmal zwei Bücher zurück, die ich ausgeliehen hatte. Aber er interessierte sich gar nicht dafür, sondern reinigte seine Flinte.«

»Seine Flinte?«

»Ja, ein altes Jagdgewehr, ziemlich verrostet. Ich glaube, er hatte einen Jagdschein, war aber seit Jahren nicht mehr auf der Jagd.«

»Fragten Sie ihn nicht, was er mit der Waffe vorhatte?«

»Nein, aber er schien aufzuräumen, es standen ein paar große Kartons herum, die teilweise mit Akten und Ordnern gefüllt waren. Bald darauf verschwand er dann ohne jede Ankündigung.«

Opitz merkte auf: »Wann war das denn? Nach Ihrer Pensionierung?«

»Paul und ich wurden im selben Jahr in den Ruhestand versetzt, das war im Jahre 2010. Er im April, ich im September. Danach brachte ich ihm die Bücher zurück. Also war es vielleicht im Oktober oder November 2010.«

Er erhob sich etwas umständlich und ging zu einer Vitrine, die neben der Türe stand. Dort entnahm er eine Flasche Cognac und brachte sie an den Tisch. »Ich muss mich etwas beruhigen, die Vergangenheit hat mich eingeholt. Wollen Sie auch?«

Damit bewegte er die Flasche in Richtung des Besuchers. Opitz schüttelte den Kopf. Als Krantinger sich bedient hatte, änderte Opitz seine Meinung und schob sein Glas ebenfalls in Richtung der Flasche, deutete jedoch mit dem Zeigefinger die maximale Füllhöhe an. Krantinger trank das zur Hälfte gefüllte Glas zügig leer. Opitz nippte langsam in kleinen Schlückchen.

»Eine Frage habe ich noch«, sagte er, und trank den letzten Tropfen aus, »haben sich diese Verleumdungen und Demütigungen irgendwie in der Psyche von Friedberg bemerkbar gemacht? Wurde er vielleicht depressiv oder aggressiv?«

Krantinger stand wieder auf, um die Flasche wegzuräumen, nicht ohne sich zuvor noch ein wenig Cognac nachzugießen.

»Er wurde irgendwie, sagen wir, weniger lebendig. Er schwieg und wurde nachdenklich, vielleicht auch depressiv. Bis er dann einen Anwalt einschaltete. Der Mann verklagte Kühn-Scharter schließlich, worauf sie vor Gericht aussagen musste und der Verleumdung und üblen Nachrede für schuldig befunden wurde. Sie kam mit einer Geldstrafe von fünfhundert Euro davon. Danach schien Friedberg wieder weitgehend der Alte zu sein, obwohl er massive Aversionen gegen die Beteiligten hatte.«

»Verständlich. Eine allerletzte Frage habe ich noch. Hatte Friedberg ein bevorzugtes Feriengebiet? Von dem er erzählte, wenn er verreist war?«

»Oh je, er hatte drei verschiedene. Die Vogesen – er sagte immer *Vosgenwald* – die alte deutsche Bezeichnung. Dann das deutsche Pendant, den Schwarzwald, zum Wandern und Skifahren, wenn der Winter genug Schnee hergab. Und schließlich: den Schwäbischen Wald. Einmal erzählte er von einer Unterkunft auf dem Lande, sehr günstig, ich glaube, das war in der Nähe von Spraitbach, es liegt etwa zehn Kilometer nördlich von Schwäbisch Gmünd. Jedenfalls zog es ihn immer in die Natur, wo es weniger Menschen gab.«

Der graue Audi-SUV kam an diesem kalten Morgen, es war noch nicht einmal neun Uhr, von Nordwesten über die Bundesstraße 10 aus Donzdorf. Sehr langsam rollte er nach Geislingen hinein, stets darauf bedacht, keine Fahrfehler zu begehen, die unnötige Zeitverschwendung und womöglich ein evidentes Risiko für die Diskretion bedeutet hätten.

In der Stadtmitte fuhr er von der Bundesstraße ab, als das Hinweisschild *Mörike-Realschule* zu lesen war. Der Audi rollte jetzt noch etwas langsamer, ohne Rücksicht auf die anderen Fahrzeuge zu nehmen. Nach ein paar Hundert Metern tauchte die Schule rechts hinter einem schmiedeeisernen Zaun und unter großen, alten Ahornbäumen auf. Zuweilen konnte man aus der Straßenperspektive eine Schülerhand nach oben fahren sehen, viel mehr war aber von den Schulklassen nicht auszumachen.

Im Schneckentempo rollte das Auto an der Frontseite der Schule entlang, während der Fahrer rasche Blickwechsel zwischen Schule und Straße ausführte, bis er sich ein Gesamtbild zusammengescannt hatte. Links neben der Schule befanden sich die überdachten Fahrradständer und unmittelbar daran stieß ein Parkplatz für die Beschäftigten der Schule. Wenn er den Wagen hier abstellte, hatte er einen guten Überblick; die Fahrzeuge auf dem Parkplatz waren alle klar zu übersehen, und die eigene Position etwas abgelegen. Er stellte den Motor ab und stieg aus. Es war kalt, die Temperatur lag jedoch nicht mehr unter dem Gefrierpunkt. Er schlug den Fellkragen der dicken Winterjacke hoch, schob die Mütze tiefer ins Gesicht und machte sich auf den Weg, die Telefonzelle zu suchen. In der Nähe von Schulen befanden sich immer auch Telefonzellen, das war eine Selbstverständlichkeit.

Tatsächlich musste er auch nicht lange suchen, denn schon an der nächsten Kreuzung befand sich ein gelbes Telefonhäuschen. Sicherheitshalber betrat er die Telefonbox, nahm den Hörer ab und hörte das Freizeichen. Zufrieden hängte er den Hörer wieder ein und prüfte, ob er etwas Kleingeld hatte. Auch das war der Fall, jetzt musste er noch die reservierten Parkplätze kontrollieren, bevor die Aktion beginnen konnte.

Der Mann sah auf die Uhr, um die Laufzeit für die kurze Strecke zwischen Telefonzelle und Schulparkplatz zu testen. Am Ziel angekommen, war er überrascht, dass er nur eine Minute benötigt hatte. Trotz seines fortgeschrittenen Alters traute er sich zu, die Zeit zu halbieren, wenn er einen flotten Joggingschritt auflegte.

Er sah sich um und betrat den Parkplatz, der keine Schrankensicherung gegen illegale Parker besaß. Die fünf reservierten Parkplätze waren für die beiden Schulleiter und drei Besucher vorgesehen, und auch so beschriftet. Der dunkelblaue Mercedes-Benz ganz außen gehörte Rektor Herzog, das wusste der Mann. Er lief einmal um das Fahrzeug, ein etwas älteres Modell, und machte sich dann auf den Rückweg zu seinem SUV. Als er näherkam, betätigte er die Schließanlage und stieg ein. Dann öffnete er das Schiebedach, setzte einen mitgebrachten Hocker auf den Fahrersitz – nun konnte er über das Dach auf den Parkplatz blicken.

Danach stieg er aus und lief wieder zur Telefonzelle, musste aber warten, da eine ältere Frau ein Gespräch führte. Er trat auf der Stelle, um durch Bewegung die Körpertemperatur nicht weiter absinken zu lassen. Als die Frau das Gespräch beendete, zeigte die Uhr Viertel nach neun. Er trat ein, warf einen Euro in den Geldschlitz und wählte die Nummer, die er sich gemerkt hatte. Jetzt konnte die Aktion nur noch missraten, wenn Herzog anderweitig beschäftigt war, zum Beispiel unterrichtete. Aber er beruhigte sich, indem er daran dachte, dass Schulleiter nur ein minimales Unterrichtsdeputat haben. Das Gespräch wurde angenommen, Herzog meldete sich mit Funktion und Namen.

»Guten Morgen, hier ist Jäger, Heinrich Jäger.«

Die Stimme hatte er um einige Tonhöhen angehoben, sie klang fast schon weiblich.

»Herr Herzog? Ja, ich habe leider Ihren Mercedes angefahren, eine Tür ist ziemlich beschädigt. Wollen Sie sich den Schaden ansehen?«

Der Schulleiter fragte nicht nach dem Wie oder Warum, und teilte ruckzuck mit, er werde sofort auf dem Parkplatz erscheinen. Dann legten sie auf. Der SUV-Fahrer riss die Kabine auf und jagte im Laufschritt zu seinem Wagen zurück, hievte sich auf den Hocker und griff mit der rechten Hand hinter die Sitze. Von dort holte er ein Gewehr hervor, das er mit dem Lauf durch das Schiebedach ins Freie schob. Obenauf war ein Zielfernrohr montiert, und die Mündung des Laufes zierte ein Schalldämpfer. Rasch prüfte er seine Haltung und die Lage der Waffe zum Ziel, justierte das Zielfernrohr und versuchte, seine Atmung zu beruhigen. Dann wanderte Herzog von rechts ins Blickfeld des Okulars, näherte sich seinem Mercedes, durchquerte das Fadenkreuz, verschwand im nächsten Augenblick nach unten, um die Tür des Fahrzeugs auf Beschädigungen zu untersuchen, richtete sich wieder auf, kam langsam und stabil in die Mitte des Fadenkreuzes.

»Pflopp!« und noch einmal: »Pflopp!«.

Herzog sackte langsam in sich zusammen und landete seitlich auf den Betonplatten des Parkplatzes. Die ausgeworfenen Patronenhülsen purzelten scheppernd über das Dach des Autos auf die Straße. Das Gewehr wurde wieder ins Innere des Fahrzeugs gezogen und hinter den Sitzen verstaut, das Schiebedach geschlossen. Dann startete der Motor, und der SUV rollte ohne Eile davon.

Während der großen Pause bemerkte man an der Mörike-Realschule, dass der Schulleiter fehlte. Niemand hatte beobachtet, wohin er gegangen war, nur das Sekretariat hatte eine Idee, wo man nach ihm suchen sollte, nämlich an seinem Auto.

Gegen Ende der Pause wurde es ungewöhnlich laut und betriebsam vor der Aula, denn zwei Schüler der Klasse 7 hatten den Schulleiter entdeckt, als sie aus irgendeinem Grund zu ihren Fahrrädern wollten. Sie hatten ihn neben seinem Mercedes reglos auf dem Boden liegend angetroffen, denn er hatte ein Loch in der rechten Schläfe. Für eine Schreckstarre blieb ihnen zu wenig Zeit, denn die große Pause näherte sich ihrem Ende, und so beschlossen sie, möglichst lautstark im Schulgebäude selbst von ihrer Entdeckung Kunde zu geben. Zunächst sammelten sich nur ein paar Fünftklässler mit weit geöffneten, staunenden Augen um die Überbringer dieser erschreckenden Nachricht. Rasch erweiterte sich die Gruppe, um schließlich einen beachtlichen Pulk zu bilden, den die Aufsicht führenden Lehrer nicht mehr übersehen konnten. Nur mit Mühe gelang es ihnen, alle Schüler in ihre Klassenzimmer zu komplimentieren, bevor der Rettungswagen eintraf.

Aber für die Sanitäter gab es nichts mehr zu tun, denn der reglose Mann musste unmittelbar nach Eintritt des Projektils in den Kopf gestorben sein, soweit konnten sie den Fall beurteilen, auch ohne akademisch-medizinische Ausbildung. Während sie diese Frage erörterten, stellten sie fest, dass es noch eine zweite Schussverletzung gab, die ebenfalls letale Wirkung gehabt haben musste. Sie saß unterhalb des rechten Schlüsselbeins und war weniger auffällig.

In einem Pkw mit dem Roten Kreuz zu beiden Seiten kam schließlich auch eine Ärztin. Sie untersuchte Herzog ebenfalls und stellte nun offiziell den Tod des Schulleiters fest. Fast ebenso rasch trafen auch zwei Polizeifahrzeuge mit

Blaulicht ein. Die Beamten begannen sofort mit der Absicherung des Tatortes, indem sie eine auffällige Banderole weiträumig um den Tatort zogen.

An Weiterführung des Unterrichts war an diesem Tag nicht mehr zu denken. Der Konrektor überlegte, ob er die Schüler allesamt nach Hause entlassen sollte, befürchtete aber, dass sie den Tatort belagern und die Ermittlungsarbeit stören würden. Er hielt es deshalb für besser, zumindest die große Pause abzuwarten, und die Fahrbetriebe der Schulbusse um Fahrdienst außer der Reihe zu bitten.

Binnen zehn Minuten hatte sich der Mord am Schulleiter der Mörike-Realschule in Geislingen herumgesprochen. Immer mehr Fahrzeuge belagerten die Zufahrtstraße, sodass es für die Einsatzkräfte schwierig wurde, Personal und Gerät zum Tatort zu bringen. Schließlich befahl der Polizeichef, die Straße zu sperren. In den Außenbereichen der Schule und in den Parallelstraßen warteten Mütter in Autos auf ihre Kinder, weil sie von der schrecklichen Tat gehört hatten und befürchteten, der Täter könnte auch den Kindern etwas antun. Viele versuchten die Kinder per Handy zu erreichen, um Näheres zu erfahren, was einigen auch gelang, weil es kein explizites Handyverbot an der Schule gab. Doch die Antwort war überall dieselbe: *Wir wissen es nicht.*

Als Opitz vom Mordanschlag auf den Rektor der Mörike-Realschule hörte, war es neun Uhr fünfundvierzig und er im Begriff, einen Bericht über das Gesamtvolumen der kriminalistischen Untersuchungen im Falle Kühn zu erstellen. Es war Martin Berner, der in sein Arbeitszimmer stürmte und sich in den Besucherstuhl fallen ließ: »Halte dich fest: Jemand hat den Rektor der Mörike-Realschule erschossen!«

»Bitte? Was?«

»Herzog ist heute vor der großen Pause bei seinem Auto erschossen worden.«

»Bei seinem Auto?«

»Ja, man hat ihn offensichtlich an seinen Wagen gelockt und dann – peng!«

»Ich sei, gewährt mir die Bitte, in eurem Bunde der Dritte.«

»Sei nicht zynisch, bei Schiller ist eine positive Wendung damit verbunden.«

»Er hat sich das dritte Opfer geholt«, sagte Opitz nachdenklich, »ist nun seine Rachsucht gestillt?«

»Genug der Hypothesen«, mahnte Berner, »lass' uns fahren. Der Chef schickt uns voraus, er scheucht grade die anderen Abteilungen auf.«

Als sie gegen zehn Uhr dreißig in Geislingen eintrafen, wurden sie bereits an der Peripherie von blaulichtblinkenden Fahrzeugen der Bereitschaftspolizei empfangen. Die Polizisten zeigten sich ungnädig, als sie um freie Fahrt baten, jedoch half der Dienstausweis, der den Vermerk EINSATZLEITUNG trug.

Erst beim Weiterfahren sahen sie die vielen Fahrzeuge, die sich am Straßenrand angesammelt hatten und die jeden geregelten Zugang zur Schule verhinderten. So viel Tamtam hatten sie wegen eines Mordfalles noch nie erlebt. Schüler strömten aus der Schule und versuchten ein Bild des erschossenen Schulleiters zu erhaschen, dafür war es aber zu spät, denn der Tote war bereits abgedeckt.

Die Kollegen von der lokalen Polizei waren froh, dass sie Unterstützung bekamen und die Verantwortung aus der Hand geben konnten. Den einen oder anderen meinte Opitz schon einmal gesehen zu haben, doch er konnte sich nur noch an einen Namen erinnern: Polizeiobermeister Stadler. Der kam ihm mit ausgebreiteten Armen entgegen und schien sich ob der unverhofften Begegnung sehr zu freuen.

»Kommissar Opitz, jetzt ist es aber wirklich Zeit, dass du hier die Verantwortung übernimmst.«

Damit schüttelte er die Hand des Ankömmlings derart, dass dieser um ihre weitere Funktion fürchten musste. Anschließend begann er mit einer Einweisung in den Tatort und erklärte seinen Standpunkt zu diesem Verbrechen: »Ein Vater wird's gewesen sein. Was glaubst du, wie sich die Väter heutzutage aufspielen? Ich möchte nicht in der Rolle eines Schulleiters stecken!«

Berner trat an den abgedeckten Toten und schlug die Plane zurück. Man sah sofort, dass er von einem Kopfschuss getroffen worden war.

»Das sieht nach einem Treffer von hinten aus«, murmelte er und inspizierte beide Löcher.

»Diagonal«, ergänzte Opitz, »direkt hinter dem linken Ohr. Oberhalb des rechten Auges ist der Austritt.«

»Hier ist ein zweiter Einschuss«, Berner zog den blutigen Hemdkragen etwas beiseite, sodass auch dieses Einschussloch zu sehen war. Er musste sich sehr zusammennehmen, denn augenblicklich wurde er käsebleich und von Übelkeit befallen. Darauf trat er ein paar Schritte zurück, um tief durchzuatmen. Opitz bedeckte den Leichnam wieder mit der Plane, da vernahm er eine bekannte Stimme hinter sich.

»Halt, halt! Ich muss auch noch!«

Dr. Mühlbach schleppte seine große schwarze Tasche in der Rechten und links einen weißen Schutzanzug, der zur Ausrüstung aller Personen der Mordkommission gehörte. Das erinnerte die anderen beiden daran, dass diese unbedingte Vorschrift auch für sie galt. Zumindest innerhalb des abgesteckten Tatortes.

Opitz sah sich um. Das alte Schulgebäude selbst war nur durch die Fahrradständer vom Parkplatz getrennt; diesseits besaß das Gebäude keine großen Fenster, die auf Klassenzimmer hindeuten konnten. Sollte jemand aus der Schule selbst den Schulleiter umgebracht haben? Aber weshalb geschah dies unmittelbar an seinem Fahrzeug? Und überhaupt: Welchen Grund hatte Herzog, das Schulhaus nach der zweiten Unterrichtsstunde zu verlassen? War er herausgelockt worden? Fragen über Fragen.

Nach einer kleinen taktischen Diskussion hielten sie es für angebracht, das Sekretariat aufzusuchen. Während sie die Treppe nach oben stiegen, fiel ihnen der Geruch auf – es roch nach vielen Menschen. Und dann sahen sie auch wieder den Mann im grauen Arbeitskittel. Er hatte einen zusammengefalteten Meterstab in der rechten Hand, den er mit jedem Schritt gegen seinen Oberschenkel klatschen ließ. Diesmal wäre er an ihnen vorbeigelaufen, wenn Opitz ihn nicht gestoppt hätte. Er grüßte, ging auf ihn zu und stellte sich vor.

»Wir versuchen herauszufinden, was der Schulleiter an seinem Wagen wollte, bevor er dort erschossen wurde.«

Der Hausmeister blickte die beiden Kriminalisten verständnislos an und schob seine Brille zurecht, bevor sich seine Züge erhellten.

»Ach, wir kennen uns doch. Sie sind von der Kripo Heidenheim.«

»Richtig, wir mussten Ihnen unseren dienstlichen Auftrag erklären, weil Sie misstrauisch geworden waren.«

»Genau, Sie wollten zu Rektor Herzog, nun ist er tot.«

Er schien das mit echter Anteilnahme zu sagen, denn seine Stimme wurde brüchig. »Nein, ich habe keine Ahnung, was Herzog an seinem Fahrzeug wollte.«

Er nahm die Brille ab und wischte sich die Augen.

»Eigentlich verließ er das Schulhaus im Laufe des Vormittags nicht; denn wenn er etwas brauchte, rief er mich, um es zu besorgen.«

»Haben Sie vielleicht ein auffälliges Fahrzeug gesehen oder sogar Schüsse gehört?«

»Ich war zu diesem Zeitpunkt im Keller, weil die Heizungsanlage entlüftet werden musste. Eigentlich hätte ich dort Schüsse hören müssen, aber ich kann mich daran nicht erinnern. Erst als ich den Radau im Schulhaus hörte, stieg ich nach oben, um nachzusehen.«

Die Beamten dankten und wandten sich dem Sekretariat zu, das sie nach wenigen Schritten erreichten. Frau Seibold war in ein Telefonat vertieft, denn sie bemerkte die beiden Besucher erst, als sie sich an das Pult lehnten und die Arme auflegten. Opitz warf einen Blick in das Zimmer des Konrektors, dessen Türe leicht geöffnet stand, es war niemand anwesend.

Die Sekretärin bemühte sich offensichtlich, das Gespräch zu beenden, was ihr erst nach mehreren Ansätzen gelang. Sie war blass und schien gestresst zu sein. Berner zeigte sich von seiner ruhigsten Seite und bat höflich um Auskunft, ob in den Vorzimmern etwas aufgefallen sei, als der Chef das Haus verließ.

»Ja, er bekam einen Anruf. Gleich darauf schimpfte er etwas wie *Beule in die Tür gefahren* und verschwand dann nach unten, um sich den Schaden anzusehen. Als er nach zehn Minuten immer noch nicht zurückgekehrt war, bat ich den Hausmeister, nach dem Chef zu sehen. Es dauerte keine drei Minuten, dann erfuhren wir, was passiert war. Es gab gar keine Beule in der Tür seines Wagens, stattdessen hatte jemand auf ihn geschossen. Die Sanitäter konnten nur noch seinen Tod feststellen.«

Opitz war klar, dass hier eine richtige Vernehmung fällig war, doch vielleicht bot die Situation auch eine Chance auf Erkenntnisse zwischen den Zeilen.

»Gab es zuvor schon Anzeichen auf einen Konflikt, dem er ausgesetzt war? Anders gesagt: Hatte er Feinde?«

Sie schüttelte spontan den Kopf.

»Davon weiß ich nichts, möglich wäre es schon, denn er war ein eigenwilliger Kopf.«

Plötzlich klingelte ein Handy. Beide Beamte griffen nach ihren Taschen und zogen die Telefone hervor. Doch Berners Gerät war es nicht. Opitz meldete sich mit Namen.

»Wir haben die Einschlagstelle eines Projektils gefunden«, sagte Stadler mit einer gewissen Bedeutsamkeit, »und außerdem zwei Patronenhülsen. Aber halte dich fest: Die Kugel hat den Rahmen eines Fahrrads zertrümmert!«

Das Fahrrad war tatsächlich ruiniert, denn das Projektil hatte das waagerechte Rohr des Herrenrades durchschlagen. Vermutlich war das der Grund dafür, dass dieses Fahrrad immer noch im Fahrradständer steckte. Die Männer machten sich an die Arbeit, um den Weg des Geschosses zurück zu verfolgen. Nach einer Reihe von Messungen mithilfe einer Rolle Verpackungsschnur, ließen sich Herkunft und Richtung der Schüsse in etwa bestimmen.

»Jetzt sollten wir nur noch wissen, in welcher Entfernung der Mörder zu seinem Ziel gestanden hat«, sinnierte Opitz, »aber das ist eine Beschäftigung für die SpuSi.«

»8 mm Gewehrmunition«, sagte Stadler und reichte eine Hülse an die Kollegen, »wir haben beide Hülsen dort auf der Straße gefunden.«

»Wo genau?«

Ehe er sich versah, marschierte Stadler los, erreichte den Gehweg jenseits des kunstvollen Zauns und blieb nach kurzer Suche stehen: »Hier, da lagen beide Hülsen.« Er streckte die Hand nach dem Fundort aus und bückte sich darüber. Eine kurze Kontrolle mit der Verpackungsschnur zeigte die Schlüssigkeit ihrer Überlegungen. Die angenommene Richtung war korrekt, jetzt hatten sie auch die Entfernung: Die Schüsse waren von der Straße abgefeuert worden, vielleicht auch vom Gehweg.

»Gut«, versuchte Berner ein Resümee, »jemand ruft den Schulleiter an und lockt ihn mittels einer Lügengeschichte an sein Auto, wo er dann vergeblich den Schaden an der rechten Wagentür sucht. In der Zwischenzeit hat der Täter sich positioniert; er hat ein Gewehr Kaliber 8 dabei und wartet auf Herzog. Als dieser nach vergeblicher Suche keinen Schaden finden kann, richtet er sich auf und wird in diesem Moment von einem Geschoss getroffen, gleich danach von einem weiteren.«

Opitz schüttelte den Kopf: »Und dann schultert der Mörder in aller Ruhe seine Flinte und wandert heim? Ich glaube, dass aus einem Fahrzeug heraus geschossen wurde. Und zwar mit Schalldämpfer. Sonst hätten wir sicher ein paar Zeugen, die Schüsse gehört hätten.«

»Nix dagegen«, erwiderte Berner, »warten wir's ab, bis sich der Staub gelegt hat.«

Der nächste Morgen begann wieder mit Nebel, als er die Wohnung in Oggenhausen verließ und in seinen Golf stieg. Opitz hatte sich vorgenommen, den Chef um ein Gespräch zu bitten, um Frustration und Enttäuschung wegen der mangelnden Ermittlungserfolge nicht aufkommen zu lassen. Er wusste sehr wohl, wie schnell man gerade an vorderster Front Opfer der Kritik werden konnte, wenn sich keine positiven Resultate einstellten.

Nach einer knappen Viertelstunde hatte er die Dienststelle in der Karlstraße erreicht und den Wagen in der Tiefgarage abgestellt. Er nahm den Aufzug und wählte die erste Etage, um eine Wiedergutmachung auf dem Sekretariat einzufädeln.

Als er die Tür zum Sekretariat öffnete, blickte Linda von ihrer Arbeit auf, verharrte in einer Schrecksekunde, um sich sogleich wieder ihrer Tätigkeit zu widmen. Er trat an den Tresen, der die Besucher auf Distanz hielt und lächelte. Es dauerte eine halbe Minute, bis sie sich Opitz zuwandte.

»Was gibt's denn zu grinsen, Herr Kommissar? Haben Sie sich die Sache mit der Torte doch noch einmal durch den Kopf gehen lassen?«

»Ach komm, Linda, du weißt sehr wohl, dass ich dienstlich voll eingespannt war, und ich bin es jetzt noch, weil wir nicht vorankommen.«

»Willst du mir jetzt mitteilen, dass du einen neuen Termin vorzuschlagen hast?«

»Ja. Oder richtig ist: nein. Lassen wir ein wenig Zeit verstreichen, bis es mal wieder etwas ruhiger geworden ist. Dann gehen wir ein besonders schönes Stück essen, ich freue mich jetzt schon darauf!«

Als er sah, dass sich bei ihr ein mildes Lächeln andeutete, trat er nahe an ihren Arbeitsplatz, nahm die linke Hand hinter dem Rücken hervor und überreichte ihr eine kleine, langstielige, blassrote Rose. Das wirkte. Wenn zuvor schon eine Stimmungsauflockerung stattgefunden hatte, so konnte man jetzt von Aufheiterung der gesamten Gemütslage sprechen.

Es war nicht zu erkennen, ob Kriminalrat Reuter ungeduldig oder gelassen auf Opitz gewartet hatte.

»Ah, da bist du ja. Komm nur herein.«

Er deutete mit der ausgestreckten Hand zum Besucherstuhl, der sich vor seinem Schreibtisch befand. Reuter trug zur Jeans ein hellblaues Hemd ohne Krawatte und ein dunkles Jackett.

»Was sagst du zu den Schüssen auf den Schulleiter?«

Reuter schob eine Gesäßhälfte auf den Schreibtisch und hielt die Balance mit dem anderen Bein.

»Eine gut vorbereitete Falle. Der Anruf wirkte wie die Auslösung eines Sicherungsstiftes in einem durchdachten System.«

»Hatte der Mann das denn verdient? Und gibt es Anhaltspunkte für diese Tat?« Reuter zog die Brauen hoch.

»Ein imperatorischer Mann auf dem Schulleiterposten«, entgegnete Opitz ein wenig provokant. Doch das bewegte Reuter nicht.

»Und ganz offensichtlich introvertiert«, fuhr er fort, »vielleicht auch autokratisch.«

»Hast du ihn selber kennengelernt?«

»Berner und ich haben ihn an der Schule besucht, um etwas über den Hintergrund der Morde an Kühn-Scharter und ihrem Sohn Elias zu erfahren. Er nannte uns ein paar Kollegen, die näher mit ihr zu tun hatten. Dabei konnten wir sehen, dass er nicht besonders zugänglich war. Es schien auch so, als unterdrückte er eine latent autoritäre Haltung.«

Reuter zuckte mit den Schultern. »Das ist nichts Ungewöhnliches für Menschen auf vorderen Posten. Aber es erklärt auch nicht, weshalb er Opfer eines Mordanschlags geworden ist. Es ist uns allen natürlich klar, dass es einen Zusammenhang zu den anderen beiden Morden geben muss. Erstens haben sie alle etwas mit dieser Schule zu tun, und zweitens ist die Art, wie die Opfer umgebracht wurden, doch eher, sagen wir mal, innovativ.«

»Innovativ ist gut«, kicherte Opitz, »das erste Opfer wird im volltrunkenen Zustand umgebracht, dem zweiten trennt der Mörder den Penis ab, was hoffentlich erst nach Eintritt des Todes geschah, und das dritte Opfer erliegt der Kugel eines Trickbetrügers. Vielleicht sollen uns diese besonderen Attribute auch etwas Besonderes mitteilen?«

»Man könnte vermuten, dass hier auf Alkoholkonsum im Umfeld von Kühn-Scharter hingewiesen werden sollte. Nichts ist wirklich konkret. Und es bleibt unverständlich.«

»Was kann man denn vermuten, wenn einem jungen Mann das Fortpflanzungsorgan abgetrennt wird?« Ein Schauer durchlief Opitz so offensichtlich, dass jeder weitere

Gedanke daran erstarrte. Er konnte sich dieses Bild nicht weiter ausmalen, obwohl er das Opfer in allen Details gesehen hatte.

»Potenzmissgunst oder Potenzraub, wie soll man das nennen. Jedenfalls hat sich hier eine hoch aggressive Form von Destruktion ausgetobt, wenn man es psychologisch zu deuten versucht. Das mag es in der Antike gegeben haben, als die Menschen noch stärker auf Symbolik im Leben achteten. Eine Form von Zerstörung, die selbst vor dem Tode nicht zurückschreckt.«

Reuter rutschte mit dem Hintern vom Schreibtisch herab und nahm wieder seinen Platz auf dem Drehstuhl dahinter ein. Er schüttelte den Kopf.

»So etwas hat es bei uns noch nie gegeben.«

»Aber, was hatte der Täter davon. Er betrieb Leichenfledderei, die Überschreitung jeder ethischen und moralischen Grenze.«

»Genau das ist es, was er will. Seine Absicht ist es, zu schockieren. Seht her, das kann euch passieren, wenn ihr ein unfaires Spiel betreibt. Vielleicht war Elias an Geschäften beteiligt, die dem Mörder nicht gefielen und die ihn daher auf die Bühne riefen.«

Opitz schüttelte den Kopf.

»Es scheint mir nicht richtig ins Konzept zu passen, was dahinter steckt. Wenn enge Verwandte einem Mörder zum Opfer fallen, gibt es sehr wahrscheinlich ein Motiv, das mit beiden Opfern zu tun hat. Kommt eine fremde Person hinzu, so macht das die Motivlage völlig undurchschaubar.«

»Das klingt wie aus dem Taschenlexikon für Privatdetektive«, grinste Reuter, »aber zugegeben, was hat der Schulleiter mit Kühn-Scharter und ihrem Sohn zu tun? Er ist ein drittes Glied in der Kette, das nicht hineinpasst.«

»Du hast vielleicht unsere Tätigkeitsberichte gelesen«, der Kommissar setzte die Fingerspitzen auf die Tischkante, »in einem der letzten habe ich angedeutet, dass ich einen Besuch bei Dieter Grosse machte, einem pensionierten Lehrer der Hauptschule.«

Reuter nickte verspätet.

»Ich wollte herausfinden«, setzte er fort, »was an den Geschichten um ihn und Kühn-Scharter dran ist.«

»Welche alten Geschichten?«

»Sie entsprachen alle der Wahrheit. Als Grosse noch im Dienst war, musste er ein tief greifendes Drama über sich ergehen lassen: Kühn-Scharter beschuldigte ihn, an ihrer Tochter übergriffig geworden zu sein. Nichts davon entsprach der Wahrheit. Ich wollte mehr Informationen über die Vorgeschichte, dieser Konflikt liegt schon fast zehn Jahre zurück.«

»Das war nicht ganz einfach.«

»Richtig. Auffällig war für uns die Duplizität der Ereignisse: Zuerst Grosse und dann Friedberg. Die Unterstellungen, die Verunglimpfungen. Ich habe mich manchmal gefragt, woher hatte diese Frau das Bedürfnis, jemand derart zu diskreditieren, dass er die Fassung verliert? Hass? Egozentrik? Mangelnder Intellekt? Ich weiß es nicht.«

Reuter hatte sich ein Blatt Druckerpapier geangelt und kritzelte mit einem stumpfen Bleistift darauf herum.

»Dann kam der Vorwurf des Alkoholmissbrauchs gegenüber Friedberg«, schob Reuter ein, »das hatte natürlich etwas Öffentliches an sich – drei Schulklassen und sechs Begleitlehrer – einer davon ein Alkoholiker. Um seinen Ruf zu wahren, ließ Herzog verlauten, er werde den Beschuldigten während des Aufenthalts in England von den anderen Kollegen beobachten lassen. Ein kritisches Vorhaben, doch die Kollegen waren souverän genug, das über sich ergehen zu lassen.«

Opitz atmete ein paarmal tief durch.

»Man stelle sich vor: fünf erwachsene, reife Menschen

sollen einen Ihresgleichen per dienstlichem Auftrag überwachen, ob er sich besäuft oder nicht.

»Nachdem alle wieder heil zu Hause angekommen waren«, fuhr Opitz fort, »hatten die Kollegen natürlich nichts Negatives über Friedberg zu berichten. Der aber machte seinem Zorn Luft, indem er ein wohlformuliertes Flugblatt verfasste, das den Rufmordcharakter der Verleumdung gegen ihn hervorhob, und das mangelnde Einfühlungsvermögen des Schulleiters gegen ihn in dieser prekären Situation kritisierte. Dieses Blatt verteilte er in die Postfächer aller Kollegen, an die Elternschaft, überhaupt an die Öffentlichkeit. Und es zeigte seine Wirkung, denn Herzog war sehr erbost und verbot weitere schriftliche Mitteilungen in Form eines Flugblattes aus dienstlichen Gründen. Das sollte jedoch nicht die letzte Information bleiben, die Friedberg schrieb.«

»Wie ging es dann weiter?«, ermunterte Reuter den Kommissar.

»Es gab eine Konferenz aller Beteiligten, einschließlich des Schulrates und des evangelischen Schuldekans, die leider nicht optimal dokumentiert ist. Kühn-Scharter erschien nach den Aussagen eines Beteiligten mit hochrotem Kopf und versteckte sich hinter der immer gleichen Aussage, die Info stamme von einer anderen Mutter aus der Klasse ihres Sohnes. Deren Identität könne sie aber nicht preisgeben. Basta.«

Das Telefon hatte bereits zum achten Mal geklingelt, als Reuter endlich den Hörer von der Auflage nahm.

»Chef, ein Gespräch aus Geislingen«, hörte er die Stimme von Linda, der Sekretärin. Er dankte und bat um Verbindung. Erwartungsgemäß meldete sich Polizeiobermeister Stadler mit einer Neuigkeit: »Wir haben eine Zeugin! Sie hat den Wagen gesehen, aus dem geschossen wurde.«

»Sehr gut, ich gebe Ihnen Kommissar Opitz, der ist grade bei mir.«

Damit reichte er den Hörer an seinen Besucher weiter. Der hatte bereits mehr verstanden als gehört, ließ Stadler aber in Ruhe nochmals die Neuigkeit vortragen.

»Wer ist der Zeuge?«

»Eine ältere Dame aus dem Haus auf der Gegenseite der Straße. Sie hat sich heute Morgen bei uns auf dem Revier gemeldet. Sie musste erst einmal darüber schlafen, sagte sie, bevor sie sich bei der Polizei meldet.«

»Besser heute als nie. Wir werden am Nachmittag in Geislingen sein, dann kann sie uns alles noch einmal berichten, am besten direkt am Tatort. Kannst du das vielleicht für uns organisieren?«

Als die beiden Kommissare an der Mörike-Realschule in Geislingen eintrafen, warteten die Ortspolizeibeamten schon in ihren Dienstfahrzeugen auf die Kripo aus Heidenheim. Stadler hatte Frau Derrenbach informiert, die sich auf Abruf bereitzuhalten versprach.

»Die Dame hat vorgeschlagen, die Besprechung bei ihr zu machen«, Stadler deutete mit der Hand auf ein altes Gebäude, das sich versetzt auf der Gegenseite der Schule befand. Opitz hatte instinktiv etwas dagegen, Befragungen oder gar Verhöre privatissimo zu führen, doch Berner signalisierte Zustimmung, und so fügte er sich.

Das Haus war ein gepflegtes Gebäude im Jugendstil, im oberen Bereich waren Türe und Fenster stilvoll gerundet und teilweise farbig verglast. Die Männer stapften eine Eichentreppe mit kunstvoll gewundenem Geländer bis in die zweite Etage empor. Dort wurden sie von einer Mittsiebzigerin vor geöffneter Wohnungstür erwartet. Sie begrüßte die Polizisten freundlich und bat sie in den Wohnbereich ihres weiträumigen Appartements. Die Wände zierten große Gemälde von Naturlandschaften und große Spiegel in alten Holzrahmen. Sie trug ihr dunkles Haar hochgesteckt und bot den Männern Sitzplätze um einen alten Teetisch.

»Ich hoffe, es ist Ihnen nicht unangenehm, dass ich Sie zu mir hinaufgebeten habe. Von hier kann ich am besten erklären, wie ich auf das Fahrzeug aufmerksam geworden bin. Kaffee oder Tee?«

Opitz hielt sich zurück, doch Berner und Stadler signalisierten Interesse an Kaffee. Die Dame huschte leichtfüßig in die Küche, erschien jedoch schon nach ein paar Minuten wieder mit einem Tablett, gebrühtem Kaffee und ein paar Knabbereien.

»Wenn ich von hier hinunter schaue«, sie deutete mit dem Finger auf den Balkon, »dann sehe ich die Realschule recht gut, doch vom Lärm, der dort entsteht, werde ich Gott sei Dank nicht behelligt.«

Nachdem sie einen Schluck Kaffee genommen hatten, gab sie das Observationssignal, worauf sich alle vier erhoben und den angedeuteten Balkon ins Auge fassten. Sie öffnete die Glastüre und trat nach draußen, worauf die anderen folgten.

»Von dort kam er, so langsam, dass ich aufmerksam wurde.«

Sie deutete schräg über die Straße.

»Direkt hier unten, fast an der Haustür, parkte er sein Fahrzeug. Ein Audi, silbergrau, hoch und eckig, SUV sagt man wohl dazu.«

Opitz räusperte sich und zeigte mit einem Finger abwärts: »Haben Sie sich das Fahrzeugkennzeichen gemerkt oder aufgeschrieben, und das Fahrzeugmodell?«

»Nein, leider nicht. Ich habe mich später sehr geärgert.«

»Ist nicht ganz so schlimm«, entgegnete er, »vermutlich war es gefälscht.«

»Na, dann bin ich beruhigt. Ich habe noch eine Weile beobachtet, was er vorhatte. Er stieg aus und ging die Straße hinunter, dann verlor ich ihn aus dem Blickfeld.«

»Und wann konnten Sie ihn wieder beobachten?«

»Oh, es dauerte nicht lange, ein paar Minuten vielleicht. Ich hatte mit einem Stapel Altpapier auf dem Balkon zu tun. Plötzlich war er wieder an seinem Fahrzeug und stieg ein. Das Schiebedach wurde geöffnet und ein langer Gegenstand von innen auf das Dach gelegt. Erst als ich diese unterdrückten Schussgeräusche hörte, wurde mir klar, dass es eine Waffe gewesen sein musste, vermutlich ein Gewehr.«

»Haben Sie den Schulleiter sehen können, dem die Schüsse galten?«

»Natürlich, ich sah, wie er an sein Fahrzeug trat. Den Parkplatz kann man von hier sehr gut beobachten. Er beugte sich zur Beifahrertür hinab und schien etwas zu suchen, doch mehr war nicht zu erkennen. Dann hörte ich die beiden Schüsse; es klang ein wenig wie der Korken einer Sektflasche, der gezogen wird.«

Sie schien den Augenblick der Schüsse genau in Erinnerung zu haben; wie um nachzusehen, beugte sie sich wieder über das Balkongeländer und deutete nach dem imaginären Fahrzeug.

»Dann zog er die Waffe wieder ins Innere des Autos zurück, verschloss das Schiebedach und fuhr gemächlich davon. Ich könnte mich jetzt noch grün ärgern, wenn ich an das nicht beachtete Kennzeichen denke.«

»Und was geschah dann?«

So dämlich die Frage war, sollte sie doch nur den Impuls setzen, beim Thema zu bleiben.

»Der Rektor lag am Boden, ich konnte das gut beobachten, weil sein Fahrzeug ganz außen am Zaun stand. Dann erschien der Hausmeister, und zwei Schüler kamen ebenfalls des Weges, die den Schulleiter am Boden liegen sahen – und so kam alles ins Rollen. Zuerst der Notarzt, dann die Polizei, schließlich strömte alles aus der Schule heraus, denn es war Pause und so weiter, Sie kennen das ja.«

Opitz hatte seinen Notizblock auf das rechte Bein gelegt, als sie wieder Platz genommen hatten.

»Frau Derrenbach«, hakte er ein, »können Sie bitte diesen Mann beschreiben? Versuchen Sie es doch zunächst mit Alter und Gesicht.«

Sie stockte zunächst ein paar Sekunden, doch dann begann sie locker zu werden:

»Zum Alter kann ich nur wenig sagen, und zum Gesicht nicht minder, weil der Mann eine tief ins Gesicht gezogene schwarze Joggingmütze trug, zudem eine Sonnenbrille, die völlig entbehrlich war. Es war jedenfalls ein älterer Mann – hatte er nun einen Schnurrbart oder nicht? Ich weiß es nicht mehr. Er bewegte sich behände, ich sah ihn laufen, als er zu seinem Fahrzeug zurückkehrte.«

»Wie war er bekleidet?«, insistierte Opitz und zog seinen Bleistift aus der Halterung des Notizblocks.

»Mit einer dicken, halblangen Winterjoppe, sie hatte einen Pelzkragen. Er versank geradezu darin. Die Hose, na, das kann ich nicht mehr sagen, schwarz war sie jedenfalls, vielleicht Cord.«

Es entstand eine Kunstpause, die beiden Gelegenheit bot, Fragen und Antworten zu überdenken.

»Ist Ihnen an dem Täter noch etwas aufgefallen, das wir hier notieren sollten?«

Berner, der sich im Hintergrund gehalten hatte, beugte sich jetzt nach vorn. Frau Derrenbach drehte sich erstaunt in seine Richtung und verharrte reglos für ein paar Sekunden.

»Ja. Er hatte eine eigenartige Weise zu laufen. Eine Art Watschelgang, wenn Ihnen das etwas sagt.«

Die beiden Beamten nickten.

»Man kann es auch Entengang nennen, weil die Füße dabei nach außen gestellt werden.«

Polizeiobermeister Stadler hatte seine zweite Tasse Kaffee getrunken und fünf Stück des feinen Gebäcks zu sich genommen. Er war hier zwar nicht an der vordersten Front der Ermittlungen tätig, doch war es immerhin seinem Organisationstalent zu verdanken, dass sie alle zusammen bei Frau Derrenbach in so kultiviertem Ambiente Kaffee und Gebäck genießen konnten.

Opitz bedankte sich bei der Dame für die Gastfreundschaft und Bereitschaft, so ausführlich den Hergang der Tat aus ihrer Perspektive zu schildern. Sie zeigte ihrerseits ebenso Freude über die Hilfe, die sie den Beamten bei den Ermittlungen bieten konnte, und verabschiedete sie in der Hoffnung, dass der Mörder bald gefasst werde.

Am folgenden Tag war Opitz sich gewiss, dass die Routinearbeiten nicht länger Aufschub duldeten. Wie zum Hohn hatte sich das Wetter komplett gewandelt: Die Temperatur war auf sechzehn Grad hochgeschnellt, und eine dünne Kumulusbewölkung hatte den Horizont bezogen, die der Sonne erlaubte, das Frühjahr anzukündigen.

Er hatte sich zunächst vorgenommen, die Landratsämter im weiteren Umkreis zu kontaktieren, oder besser, die Aufgabe von den jüngeren Kollegen erledigen zu lassen. Man konnte ja nicht kategorisch ausschließen, dass dieser SUV auf einem der Ämter gemeldet war. Die Firma Audi stellte gewiss nicht nur ein Modell her, dem man dieses Attribut zuschreiben konnte. Die Farbe des Autos war von der Zeugin mit Silbergrau beschrieben worden. Man würde sehen, ob sich solche Autos in dieser Farbe auf den Zulassungsstellen der Landratsämter finden ließen. Und wenn ja, wie viele. Das würde jedenfalls eine mühevolle Aufgabe sein. Nichts für übermorgen.

Als Nächstes musste man feststellen, ob Paul Friedberg beim Meldeamt Geislingen noch eingetragen war, oder, falls nicht, wohin er gezogen war. Diese Daten muss jeder hinterlassen, wenn er seinen Wohnsitz wechselte. Jedenfalls gab es noch die Wohnung in Eybach, knapp fünf Kilometer östlich von Geislingen. Das Namensschild an der Tür zeigte, dass die Wohnung noch immer Friedberg gehörte. Allerdings war es verwunderlich, wie er sie in Abwesenheit verwaltete, denn immerhin mussten regelmäßig Steuern und Gebühren bezahlt werden. Vielleicht gab es eine Vertrauensperson, die all das für ihn erledigte, dachte Opitz. Was für ein Mensch war dieser Friedberg eigentlich?

War es möglich, dass jemand wegen Verletzung seiner persönlichen Souveränität zum finalen Mittel griff, um sich zu rächen? Zum Mord?

Er konnte sich das nicht vorstellen. Mord aus Habgier, ja! Mord nach sexuellem Übergriff, Vergewaltigung und Vertuschung des Verbrechens, gewiss, hundertfach! Und dann der Klassiker: Mord aus Eifersucht.

Nein, er glaubte nicht, dass Friedberg Rache in dieser unfassbar brutalen Weise geübt hatte. Es sei denn, eine psychische Erkrankung wäre beteiligt. Eine paranoide Störung, die sehr unterschiedliche Ausprägungen haben konnte.

Opitz zwang sich, das Denkmuster zu realisieren, das er eben noch abgelehnt hatte: Der Mann entschließt sich im Pensionärsalter dazu, eine ehemalige Kollegin auf diabolische Weise umzubringen. Er flößt ihr eine halbe Flasche Schnaps ein, bevor er sie ersticht. Weshalb der Schnaps? Eine symbolische Handlung?

Und wenig später, nach zwei Wochen, lauert er auch dem Sohn dieser Frau auf und tötet ihn mit Messerstichen ins

Herz. Doch diesmal setzt er ein besonderes Merkmal: Er trennt den Penis des Opfers ab. Wie kommt er dazu, nicht nur den Sohn kaltblütig zu ermorden, sondern eine Art rituelle Handlung an dem Toten zu begehen? Jemand hatte einmal behauptet, die Ausführung einer Tat sei ein Spiegelbild der eigenen Verletzung.

Wieder musste der Kommissar sich mit dem Gedanken vertraut machen: Friedberg bereitet einen dritten Mord vor. Der Schulleiter der Mörike-Realschule bekommt einen Anruf, sein Fahrzeug sei beschädigt, mit der Bitte, sich den Schaden anzusehen. Kaum trifft er am Auto ein, wird er von zwei Schüssen niedergestreckt, die aus einem SUV von der anderen Straßenseite abgefeuert werden.

Friedberg, ein zutiefst verletzter Lehrer im Ruhestand, hatte seinen Plan durchgeführt, die Protagonisten zu töten. Er hatte seinen Seelenfrieden wieder hergestellt, sich dabei aber Pein einer ganz anderen Größenordnung eingehandelt.

Nach einer guten halben Stunde hatte er alle Aufträge an drei verschiedene Beamte delegiert: Die Zulassungsanfrage und das Einwohnermeldeamt. Natürlich war man sich bei der Kripo darüber im Klaren, dass das Kennzeichen des Audi aus Tarnungsgründen frei erfunden war; auch bei der Auswahl des Landkreises waren alle Fragen offen. So war es nicht realistisch, nur nach einem Kennzeichen zu suchen, dessen Anfangsbuchstaben AA, GD oder gar HDH lauteten, weil diese Städte im größeren Umkreis des Tatgeschehens lagen. Vielmehr musste man davon ausgehen, dass der Täter auch ein *exotisches* Kennzeichen aus den nördlichen oder östlichen Bundesländern gewählt haben könnte.

Es klopfte flüchtig, doch bevor Opitz »herein« rufen konnte, wurde die Tür geöffnet und Berner erschien. Er hob kurz den Daumen zur Begrüßung, dann ließ er sich auf den Besucherstuhl fallen.

»Wie war doch gleich der Name dieses Kollegen von Friedberg aus Eybach?«

»Krantinger, Joachim. Was ist mit ihm?«

»Vielleicht kann er uns weiterhelfen«, meinte Berner, und zwirbelte seinen Schnurrbart, »er kennt Friedberg schon viele Jahre, und er ist auch mit dessen Freizeitverhalten vertraut. Du selber hast mir davon erzählt.«

Opitz stutzte für eine Sekunde, doch dann fiel ihm ein, dass Krantinger bei seinem Besuch von den Vorzugs-Urlaubsplätzen Friedbergs berichtet hatte: »Vogesen, Schwarzwald und Schwäbischer Wald. Je nach Wetterlage, Zeit und Vorhaben.«

»Richtig, aber da war noch etwas, das du erzählt hast. Es ging dabei um eine Unterkunft in der Nähe von Spraitbach, am östlichen Rand des Schwäbischen Waldes, von dort sind es vielleicht zehn Kilometer bis nach Schwäbisch Gmünd.«

»Das hat Krantinger auch erwähnt. Irgendwo dort habe Friedberg eine Unterkunft gefunden, sehr preiswert und ideal für seine Freizeitbesuche. Vielleicht hat er dort auch ein Revier?«

»Als Jäger?«, fragte Berner und zog die Unterlippe ein.

»Na klar, ein Jagdrevier. Immerhin besitzt er doch auch eine Jagdwaffe.«

»Sollten wir diesen Krantinger nicht doch noch einmal besuchen, vielleicht weiß er mehr über seinen ehemaligen Kollegen zu berichten?« Seine Schneidezähne bissen auf die Unterlippe.

»Wir sollten ihn wenigstens anrufen und ein paar wohlüberlegte Fragen stellen.«

»Telefonieren halte ich taktisch-methodisch für den falschen Weg. Dabei kann man zu leicht unbequemen Fragen ausweichen.«

Opitz richtete sich auf: »Lass' das nur meine Sache sein,

ich hatte nicht das Gefühl, dass dieser Mann etwas zu verbergen hat. Er will auch gerne wissen, was aus Friedberg geworden ist.«

Nach der Mittagspause hing eine unübersehbare handschriftliche Notiz am Schwarzen Brett, die eine Versammlung im Gemeinschaftsraum ankündigte. Ganz unüblich, daraus konnte nicht der Grund für die Sitzung entnommen werden. Unterschrieben von D. Reuter, Kriminalrat.

»Mir schwant nichts Gutes«, orakelte Berner, als sie den Raum betraten, »jetzt hat sich die oberste Polizeibehörde eingeschaltet und es gibt Zoff.«

»Warten wir's ab, und wenn es wirklich so sein sollte, muss man uns erst mal zeigen, wie die Kuh vom Eis geholt werden soll.«

Opitz fand einen Platz ziemlich nah am Pult, obwohl Berner die Plätze ganz hinten an der Wand bevorzugte. Der Raum füllte sich rasch bis an seine Kapazitätsgrenze, allerdings betrug die Anzahl der Kollegen kaum mehr als zwanzig Personen.

Die Unterhaltung stockte, als nach einer unerwarteten Geduldsprobe von fast fünf Minuten die Tür geöffnet wurde und die Gestalt des Chefs erschien – im Schlepptau folgte eine Frau in Jeans und flotter Jacke. Er trat etwas zurück und dirigierte sie an seine Seite, worauf beide sich an das Pult stellten. Man merkte an ihrem Verhalten, dass sich die junge Frau etwas unsicher fühlte, doch dann griff Reuter ein und stellte sie vor:

»Ich habe die freudige Nachricht, dass eine neue Kollegin ab sofort an unsere Dienststelle versetzt ist. Ihr Name lautet Rosalind Gahlen, Kriminalkommissarin aus Stuttgart, nicht ganz unerfahren, denn sie ist schon seit fünf Jahren im kriminalpolizeilichen Dienst. Ich glaube, wir alle freuen uns über eine Ergänzung durch das weibliche Geschlecht, weil wir fast nur Männer an dieser Dienststelle haben. Frau Gahlen wird sicher ein paar Informationen über sich und ihre bisherige Tätigkeit geben.«

Damit zog er sich vom Pult zurück, während die Kollegen durch Knöchelklopfen auf den Tischen für Applaus sorgten.

Sie trug halblanges, dunkles Haar, das unten eine scharfe Schnittebene bildete und jede ihrer Bewegungen beantwortete. Der kräftig aufgetragene Lippenstift unterstrich ihr leicht von Anspannung gerötetes Gesicht, als sie sich an das Pult stellte.

»Tja, ich bin Rosa Gahlen, das ist schon gesagt worden, ich komme vom Landeskriminalamt Baden-Württemberg und war in der Abteilung für terroristische Abwehr tätig. Nun ist es mir gelungen, mich nach fast fünf Jahren in den Ostalbkreis versetzen zu lassen, was mit familiären Dingen zu tun hat, mit anderen Worten, ich habe geheiratet.«

Ein Lächeln strich um ihren Mund, worauf sich die Kollegen anschlossen.

»Ich freue mich sehr auf die neue Tätigkeit und darauf, dass mein Heimweg künftig nur noch fünf Minuten dauern wird. Und ich wünsche mir, dass wir gut miteinander auskommen werden.«

Damit neigte sie ihren Kopf leicht nach unten; zunächst setzte wieder leichtes Knöchelklopfen auf der Tischplatte ein, bis jemand zu applaudieren begann. Dann folgten weitere Klatscher, drei, vier, und schließlich, kurz und bündig, fast alle. So schnell der Applaus aufgebrandet war, so schnell versiegte er wieder. Sichtlich erleichtert verließ sie den Platz hinter dem Pult und sah sich Hilfe suchend um, während auch die Kollegen aufstanden und sich unterhielten. Sofort wurde sie von einer Handvoll Kollegen umkreist und in Gespräche verwickelt. Der Chef gesellte sich hinzu und erklärte, dass die neue Kollegin zunächst einmal die verschiedenen Abteilungen kennenlernen sollte, weshalb er sie nicht vor einer Woche einer bestimmten Tätigkeit zuordnen werde.

Opitz, der sich mit zwei anderen Kollegen darüber unterhielt, dass es hoch an der Zeit sei, mehr weibliches Personal an die Dienststelle zu bekommen, wurde plötzlich von hinten am Oberarm berührt und angesprochen.

»Was hältst du davon«, schlug der Chef vor, »wenn wir Frau Gahlen gleich für morgen dir und Martin Berner an die Fersen heften?«

»Oh, ich habe mir vorgestellt, sie wird zuerst einen Überblick erhalten, natürlich durch dich.«

Er grinste unverhohlen und warf Berner einen Seitenblick zu.

»Na klar, das mache ich heute noch. Dafür brauchen wir ungefähr eine Stunde, danach könnt ihr mit der Einweisung in den Fall Kühn beginnen. Wir sollten die neue Kollegin frühzeitig mit der Komplexität eines solchen Falles vertraut machen, auch wenn sie künftig nicht damit befasst sein wird.«

»Und dass ihr künftiger Heimweg zwar kurz sein mag, dafür aber oft erst verdammt spät angetreten werden kann.«

Berner zog ein misslauniges Gesicht und hielt den Daumen der rechten Hand gen Boden.

»Bitte, meine Herren!«, widersprach der Kriminalrat, »wir wollen doch der Kollegin den Start nicht versalzen.«

Damit machte er auf dem Absatz kehrt und steuerte auf die Gesprächsgruppe zu, die sich um Rosalind Gahlen gebildet hatte.

Opitz hatte schon immer Verlaufsdiagramme von Fällen erstellt, an denen er beteiligt oder für die er verantwortlich war. Er wusste, dass der Aussagewert von Zahlen häufig abstrakt blieb, wo hingegen eine einfache Skizze mit den entscheidenden Wendepunkten oder Aktionen sofort plausibel wurde, wenn sie vermittelt werden sollten.

So verhielt es sich auch diesmal, als er der Kollegin Gahlen die ersten beiden Stufen der Morde an der Familie Kühn beschrieb. Es war ihm bewusst, dass sie aus einem ganz anderen Genre kam, das mit der Ermittlung von Verbrechen im herkömmlichen Sinn wenig zu tun hatte. Zwei Morde, die genealogisch eine Generation überschritten, waren nicht ganz ungewöhnlich, doch undurchschaubar blieb der Mord an Schulleiter Herzog, der offensichtlich nur ganz wenig mit den beiden Opfern zu tun hatte.

Opitz wandte sich mit einem konkreten Vorhaben an die junge Kommissarin: »Wir werden morgen noch einmal nach Geislingen fahren, um einem ehemaligen Kollegen von Friedberg weitere Fragen zu stellen.«

»Bedeutet das, es gibt mehrere Personen, die Kenntnisse über Friedberg haben?«

Sie klinkte den linken Daumen in das Revers ihres Sakkos.

»Leider nein. Wir haben niemand außer Joachim Krantinger, der näher mit Paul Friedberg zu tun hatte.«

»Wie kommt es, dass es nur einen einzelnen Menschen gibt, der Friedberg kennt?«

»Das habe ich nicht gesagt. Ich meinte, wir kennen nur einen Menschen, der etwas mit ihm zu tun hatte.«

Es entstand eine kurze Pause, die Opitz nutzte, um den Kaffeeautomat anzusteuern.

»Wollen Sie auch?«

»Gibt's auch Tee?«

»Natürlich. Welche Sorte: schwarzer Tee, grüner Tee, Kamille, Pfefferminze?«

Sie war unentschlossen, entschied sich letztlich aber für schwarzen Tee. Er tippte die gewünschten Getränke ein und positionierte die Gläser unter der Düse. Sie belegten ein frei gewordenes Kaffeetischchen, während Opitz sich nach Berner umsah, der sich mit einem Kollegen auf ein Gespräch eingelassen hatte.

»Oh je!« Opitz rollte die Augen nach oben. »Diese beiden muss man mit Gewalt an ihre dienstlichen Aufgaben erinnern, wenn sie erst einmal zu diskutieren beginnen.«

Gahlen berührte vorsichtig ihren heißen Tee mit dem Mund.

»Hat dieser Friedberg denn etwas zu verbergen?«

»Verbergen ist gut – wir glauben, dass er der Mörder ist!«

Sie zog die Schultern nach oben.

»Glauben Sie, dass Friedberg aus Rache gehandelt hat? Zunächst tötet er diese Religionslehrerin auf besonders brutale Weise, zwei Wochen später ihren Sohn.«

Opitz rührte bedachtsam den Tütenzucker in seinen Espresso.

»Vorausgesetzt er ist der Mörder, woran ich immer noch zweifle, dann ist wohl Rache ein plausibles Motiv. Schließlich ist er heimtückisch, in der Öffentlichkeit diskreditiert worden.«

»Man nennt so etwas auch Rufmord.«

»Aber es wiegt nicht so schwer, um darauf den Rufmörder umzubringen.«

Sie nippte jetzt doch am Tee, verzog aber das Gesicht.

»Es gibt leider keine Skala, wo Aktion und Reaktion festgehalten sind!«

Er grinste verhalten.

»Das wäre schön. Vielleicht existiert doch so etwas wie ein Muster = wenn – dann. Dass dieser Mann sich abgesetzt hat, könnte in das Muster passen.«

Berner hatte sich wider Erwarten von seinem Gesprächspartner getrennt und einen dritten Stuhl an den Kaffeetisch gezogen.

»Was mich immer noch wundert«, mischte er sich ein, »wie sich ein stabiler Charakter, der dieser pensionierte Lehrer doch wohl war, in einen paranoiden, schizophrenen und rachsüchtigen Psychopathen verwandeln kann.«

Gahlen schien über die Terminologie des Kollegen zu staunen.

»Ich glaube, dass Menschen durch ein gravierendes Ereignis mit der Zeit, oder auch unmittelbar danach, umstrukturiert werden können. Was im Positiven funktioniert – wenn Sie mal an den Pawlow'schen Hund denken –, das geht bestimmt auch durch einen negativen Impuls. Und dieser Impuls war bei Friedberg der Rufmord.«

»Pawlow'scher Hund«, warf Berner ein, »das ist doch die Methode, ein Tier zu konditionieren, damit es auf ein Signal hin eine bestimmte Tätigkeit ausführt.

»Nee, nee«, widersprach sie, »fast jeder Mensch ist auf irgendeine Weise konditioniert. Wenn ich zum Beispiel eine Orange esse, beginne ich zu schwitzen. Es führt so weit, dass ich ebenfalls zu schwitzen beginne, wenn ich Orangen nur sehe, oder sogar, wenn ich ein Foto von Orangen sehe.«

Opitz setzte ein mildes Lächeln auf.

Am nächsten Tag konnten sie es so einrichten, dass Opitz mit der neuen Kollegin Gahlen nach Geislingen fuhr, während Berner dazu verurteilt wurde, die etwas vernachlässigte Dokumentation aufzufrischen. Opitz hatte sein Haar ein wenig sorgfältiger als sonst geföhnt, um die dünnen Stellen zu kaschieren und eine flotte Jeans angezogen. Mehr Aufwand fand er nicht nötig, auch wenn die Kollegin bemerkenswert jung und hübsch war.

Die Fahrt entlang der Schwäbischen Albstraße von Heidenheim nach Böhmenkirch verlief flüssig und bot Gahlen einige neue Perspektiven. Die ebenen und teilweise karstigen Flächen konnten um diese Jahreszeit den Schafen nicht hinreichend Nahrung bieten, lediglich einige vereinzelte Graureiher saßen mit vorgestreckten Köpfen in den Feldern und schienen das Revier zu taxieren.

»Hier sind wir dem Tatort sehr nahe«, bemerkte Opitz mit einer Bewegung der Hand in südlicher Richtung, als sie die Abzweigung nach Sontheim hinter sich hatten.

»Sehr ländlich alles, hier oben«, stellte sie fest und ließ den Blick über die Landschaft schweifen. »Ist es hier im Winter nicht ziemlich öde?«

»Oh ja, aber wenn richtig Schnee liegt, wollen Sie hier nicht mehr weg.«

Sie betrachtete ihn mit einem ungläubigen Seitenblick. Als sie Böhmenkirch erreichten, nahmen sie die Abzweigung nach Geislingen.

»Haben wir einen festen Termin bei Herrn Krantinger?« Sie kontrollierte die Route per GPS-Navigation des Handys.

»Wir haben zehn Uhr dreißig vereinbart, aber ich glaube nicht, dass es auf ein paar Minuten ankommt.«

Opitz konnte sich gut an die Straße erinnern, wo Joachim Krantinger wohnte, ihr Name fiel ihm jedoch nicht ein. Es war ein kurzes Sträßchen ohne Durchgangsverkehr, weil es den Hang nordwestlich anstieg und oben endete. »Fasanenweg 2«, las er das kleine Emailleschildchen, das am Türrahmen befestigt war. Das Haus entstammte den Sechszigerjahren, wenn man nach dem Stil ging, es war jedoch gründlich renoviert und auch strukturell modernisiert worden.

Noch bevor er dazu kam, den Klingelknopf zu drücken,

ging die Türe auf. Krantinger war ein großer Mann, der den Türrahmen oben fast mit dem Kopf berührte. Es entstand eine freundliche, nahezu vertraute Begrüßung, bevor er die beiden Beamten hineinführte. Wieder stand eine Flasche Mineralwasser auf dem Schreibtisch, er holte Gläser aus einer Vitrine neben dem Kamin.

»Sie haben diesmal weibliche Verstärkung mitgebracht. Was kann ich für Sie tun?«

Er klemmte beide Daumen unter den Hosengürtel und streckte die Beine tief unter den Schreibtisch.

»Es geht immer noch um Paul Friedberg, der über Jahre Ihr Kollege an der Realschule war, der sogar im Lehrerzimmer neben Ihnen saß. Er ist seit Jahren verschwunden, und wir hatten bisher auch keinen Erfolg mit der Suche. Wir sollten uns noch einmal mit ihm befassen, vielleicht gibt es doch noch einen Anhaltspunkt, der uns weiterführt.«

»Gerne, aber ich kann mir nicht vorstellen, wo wir beginnen sollen.«

»Meine letzte Frage an Sie, bevor ich nach unserem Gespräch vor gut einer Woche das Haus verließ, betraf die Urlaubsziele von Friedberg.«

»Richtig. Und ich nannte die Vogesen, den Schwarzwald und den Schwäbischen Wald.«

Opitz hob die linke Hand.

»Und dass es dort nördlich von Schwäbisch Gmünd einen Ort auf dem Lande gibt, der ihm ganz besonders gut gefallen hat.«

»Spraitbach. Er meinte allerdings nicht Spraitbach selbst, sondern eine Gastwirtschaft, vielleicht auch einen Bauernhof, wo er häufiger untergekommen war. Gut und günstig.«

Opitz hatte den Laptop bereits eingeschaltet und stellte die Landkarte per Google Earth ein, dann bewegte er die Maus in die angegebene Zone und scrollte hin und her, bis das Städtchen Spraitbach erschien.

»Könnte es sein, dass er dort irgendwo untergekrochen ist, um in aller Ruhe seine Pläne zu verwirklichen?«

Krantinger verzog skeptisch den Mund.

»Für mehrere Jahre in einem Gasthof leben? Selbst ein Bauernhof ist noch zu klein, wenn man Großes vorhat.«

»Aber es sichert größtmögliche Anonymität, wenn man manche Dinge geheim halten möchte. Dort irgendwo auf dem Lande, fernab vom Schuss, der eigenen Erholung dienlich, da kann man doch jeden Zauber aushecken. Und wenn die Sache gelaufen ist, kehrt man – husch-husch – heim ins Körbchen.«

Krantinger füllte die Gläser mit Mineralwasser. Bevor er trank, legte er eine kurze Pause ein, dann stand er auf und verließ wortlos den Raum. Opitz vermutete, jetzt werde Krantinger einen besonders guten Schnaps herbeischaffen, doch das erwies sich als Fehleinschätzung. Er erschien mit einer hölzernen Schachtel in der Hand, die sich als Zigarrenkiste erwies und lauter Bilderpostkarten enthielt. In solchen Schachteln verwahrten die Großmütter früher die Familienbilder, wenn es zu einem Fotoalbum nicht reichte, dachte Gahlen.

Ohne weiteren Kommentar blätterte er den Stoß Postkarten durch, doch er bekam keinen Treffer. Noch einmal versuchte er es von der Gegenseite – dann stockte er. Ziemlich in der Mitte des gewaltigen Packs zog er eine Karte heraus, die auf den ersten Blick ein halbes Dutzend miniaturisierte Landschaftsporträts darstellte. Er wendete sie und las:

»Meine Sommerferien verbringe ich wieder einmal im Schwäbischen Wald mit Radeln und Jagen. Manchmal erwische ich eine Wildente oder einen Hasen. Aber nicht verraten!

Paul

»Ich hatte eine dunkle Erinnerung an diese Postkarte meines Kollegen.«

Er wendete die Karte, um die Motive der kleinformatigen

Fotos zu identifizieren. Auf den Bildchen war der Schwäbische Wald in seiner Gesamtheit vertreten, somit gab es keine Möglichkeit, Rückschlüsse auf einen bestimmten Ort zu ziehen. Krantinger reichte die Postkarte an Gahlen weiter, die sie näher betrachtete und belächelte.

»Idyllische Orte«, war ihr Kommentar, als sie an Opitz weiter gab. Er suchte nach einem Datum, konnte aber nur den schlecht leserlichen Stempel einer Poststelle in Ruppertshofen finden, der auf August 2003 datierte, genaues Datum nicht leserlich.

»Das soll uns aber nicht verleiten, Ruppertshofen als das Zentrum des Bösen zu betrachten«, sagte Opitz warnend, bevor er die Karte an Krantinger zurückgab.

»Wir können natürlich sämtliche Herbergen und Gaststätten in dieser Gegend abgrasen. Dazu brauchen wir die gebündelten Anschriften, damit wir systematisch vorgehen können. Ich werde schauen, dass wir Zugang über die Landratsämter erhalten, oder wer weiß, welche Einrichtung dafür zuständig ist.«

»Ein Puzzlespiel«, warf Krantinger ein. Die Novizin Gahlen schien nicht abgeneigt, selber an dem Spiel teilzunehmen, denn sie nickte zustimmend.

»Aber – sollten wir uns nicht um weitere Informationen bemühen? Es muss doch jemand geben, der mehr als Sie, Herr Krantinger, über Paul Friedberg weiß!«

»Jederzeit, doch wie stellen Sie sich das vor?«

Opitz fühlte sich etwas abgewählt.

»Gab oder gibt es eine Ehefrau oder Freundin?«

»Er war verheiratet«, bemerkte Krantinger beiläufig, »seine Frau starb während der Krise in der Schule. Seitdem lebte er allein, soweit ich weiß.«

Der fast wolkenlose Himmel verlangte nach Beschattung. Krantinger erhob sich und suchte den Eingangsbereich auf, um die Sonnenrollos herabzufahren. Opitz räusperte sich.

»Ich glaube, wir sollten noch einmal das Haus in der Kahlhangstraße besuchen.«

»Am Kahlhang«, berichtigte Krantinger, »das ist auf der anderen Seite der Hauptstraße, es gibt dort kaum Sonneneinstrahlung in dieser Jahreszeit.«

Das Haus lag tatsächlich komplett im Schatten, weil die Sonne im Winter nicht so tief in die Furche eindringen konnte, welche die Natur vor Millionen von Jahren geschaffen hatte. Die Alb bestand in ihrem nördlichen Teil aus einer Vielfalt von Hängen, Gräben, Schluchten und urzeitlichen Abläufen ehedem vorhandener Gewässer.

Sie betraten den kleinen Vorgarten des Hauses und stiegen ein paar Stufen zur Eingangstür hinauf. Das untere Namensschild an der Klingel lautete auf *K. Becherle,* das obere *P. Friedberg.* Opitz betätigte die Klingel, erwartete jedoch nicht, dass jemand im Hause war, außer einem hinfälligen alten Mann.

Ganz unerwartet öffnete die Tür ein junger Mann mit üppig lockigem Haar und ebenso viel Bart. Er reagierte freundlich zurückhaltend, als Opitz sich und Gahlen als Kommissare der Kripo Heidenheim vorstellten.

»Ich bin Mitarbeiter der häuslichen Sozialpflege und kümmere mich stundenweise um diesen alten Herrn, weil seine Kinder tagsüber arbeiten.«

»Danke sehr, wann kommen die Herrschaften denn von der Arbeit zurück?«

»Ich glaube um achtzehn Uhr, aber ich selber halte mich nur für kurze Zeit hier auf. Kann ich irgendwie helfen?«

Ohne nachdenken zu müssen, sagte Opitz, dass er sich für die Wohnung im ersten Stock interessiere. Und ob man sie besichtigen könne.

»Es gibt einen Schlüssel«, meinte der Bärtige, »er hängt hier neben der Tür.«

Damit nahm er einen kleinen Bund mehrerer Schlüssel

von der Wand und händigte sie ohne Bedenken an die Besucher aus. Das hatte der Kommissar nicht erwartet, und so nahm er die Schlüssel dankbar entgegen. Er konnte sich nicht vorstellen, dass die Bewohner des Hauses die Schlüssel so freimütig herausgerückt hätten, wie es der bärtige junge Mann getan hatte. Über eine dunkel gebeizte und lackierte Kiefernholztreppe gelangten sie auf den Treppenabsatz zur Wohnungstür, die ebenfalls so behandelt war. Der Schlüssel ließ sich im Schloss leichtgängig drehen, und nach zweimaligem Schließgeräusch war die Tür offen.

Der von beiden erwartete Muff abgestandener Luft traf nicht zu. Sie traten in eine fast leere, geräumige Dreizimmerwohnung mit Balkon. Im Wohnbereich war ein kleiner hochbeiniger Tisch verblieben, begleitet von zwei alten Buchenstühlen mit geflochtenen Sitzflächen. In einem Nebenraum, der vielleicht als Arbeitszimmer gedient hatte, befand sich ein Holzgestell, das man nicht als Bücherregal bezeichnet hätte, wären darin nicht ein paar Reihen mit Büchern abgestellt gewesen.

»Viel hat er hier nicht grade hinterlassen«, bemerkte Rosalind Gahlen mit einem Tritt gegen das Büchergestell, worauf einige Bücher eine neue Stellung einnahmen, und Staub aufwirbelte.

»Nicht so grob mit dem geistigen Eigentum, bitte!«

Opitz wedelte sich durch eine Staubwolke, um festzustellen, um welche Art Literatur es sich handelte.

»Man sieht, dass hier ein Deutschlehrer gewohnt hat: Von der Klassik zur Moderne, Prosa, Lyrik, Drama – es ist alles vertreten. Und natürlich didaktische Literatur, Wörterbücher, Lexika. Wer in aller Welt, kann so viel Literatur lesen?«

»Solche Texte sind natürlich nix für den Durchschnittsleser«, sie fuhr mit der Hand über die staubigen Werke, ohne sie zu berühren.

Gahlen trat an die Balkontür und beobachtete den Nachbargarten. Sie hatte eine Frau entdeckt, die sich an einem Baum zu schaffen machte.

»Ist das vielleicht die Nachbarin, die euch schon einmal Auskünfte über Paul Friedberg erteilt hat?«

Opitz stellte sich auf die Zehenspitzen, bevor die Frau unter dem Balkon verschwand.

»Ja, das ist sie, ich habe ihren Namen und die Telefonnummer ebenfalls. Aber sie läuft uns ja nicht weg.«

»Sollen wir sie nicht noch etwas nachdrücklicher zu Friedberg befragen? Ich kann mir vorstellen, dass sie uns noch nicht alles mitgeteilt hat, was sie weiß. Wenn sie sich beschwert, sie habe doch schon alles gesagt, stellen Sie mich einfach als neue Kollegin vor, die noch nicht alles gehört hat.«

Opitz nickte und schnüffelte weiter in den Büchern. Es schien sich ausschließlich um Lektüre zu handeln, die Friedberg in seinem Beruf verwendet hatte.

»Na gut«, bemerkte er abschließend und schlug die Handflächen gegeneinander, dass es staubte, »dann besuchen wir Frau Michulik noch einmal.«

»Was liegt denn da?« Gahlen hatte entdeckt, dass just vor den Büchern etwas auf dem Boden lag, ganz offensichtlich war es beim Herausnehmen herabgefallen. Sie hob es auf und wendete es.

»Eine Landkarte oder so etwas, nein, eine Radwegekarte Schwäbischer Wald!«

Sie entfalteten die Karte und breiteten sie auf dem Tisch aus, um nach handschriftlichen Markierungen und dem Datum zu suchen. Sie stammte von 1995.

»Hier ist eine Linie mit Kugelschreiber neben der Straße eingetragen«, rief Gahlen, während ihr Zeigefinger den unscheinbaren Linien des Originals folgte.

»Es scheint so, dass der Start nördlich von Alfdorf erfolgt

und die Reise auf einer kleinen Nebenstraße über zwei oder drei Dörfer bis zur Bundesstraße 298 geht, die nach Gschwend führt.«

»Wie viele Kilometer sind es auf der Landstraße?«

Opitz suchte nach dem Maßstab der Karte und versuchte eine grobe Schätzung, als er ihn am untersten Ende gefunden hatte.

»Zehn Kilometer etwa. Offensichtlich kein Rundweg, der hier eingetragen ist. Man fuhr diese Strecke, und irgendwo dort könnte die Unterkunft sein, oder gewesen sein. Der Faktor Zeit kann aber alle Überlegungen über den Haufen werfen.«

»Ist entlang dieser Strecke nirgendwo ein kleines Kreuz oder ein Kreis eingezeichnet?«

»Das wäre zu schön, dann müssten wir nur noch ein paar Beamte in den Einsatzwagen packen, vorfahren und den Mann verhaften.«

Die junge Kommissarin hatte einen Anflug von Röte auf den Wangen. Opitz bemerkte es bald, hielt sich aber zurück und machte sich seinen Reim darauf. Es ist halt doch keine reizarme Bürotätigkeit, wenn man sich auf Spurensuche befindet, dachte er.

Damit faltete er die Karte wieder zusammen und steckte sie ein. Nach einem letzten Rundblick verließen sie die Wohnung und lieferten die Schlüssel bei der Tagespflege ab. Wie auf Absprache war Frau Michulik in ihrem Garten, als die beiden Beamten das Haus verließen. Sie schien die Bandage eines Baumes zu inspizieren, jedenfalls trug sie wieder die grüne Gärtnerschürze und ein paar kniehohe Gummistiefel. Sie bemerkte die beiden Personen sofort und winkte, als sie Opitz erkannte.

»Sie sind ja immer noch in Ihrem Garten beschäftigt, Frau Michulik!«, rief er mit leicht spöttelndem Unterton. Sie reagierte lachend darauf und ließ eine Rolle Klebestreifen fallen.

»Einer muss die Arbeit ja machen, mein Mann ist dafür nicht zu gewinnen. Und Sie? Sie sind ja auch schon wieder da.«

»Aus gutem Grund, wir haben noch einmal ein paar Fragen an Sie, hätten Sie vielleicht eine Viertelstunde Zeit für uns?«

Sie stemmte die Hände in die Hüften.

»Natürlich, kommen Sie doch herüber, dann können wir in Ruhe plaudern.«

»Sie haben bei unserer ersten Plauderei erzählt«, begann Opitz, als sie in der Wohnküche Platz genommen hatten, »dass es nachbarschaftliche Kontakte mit ein paar Familien gegeben habe, darunter war auch das Ehepaar Friedberg. Können Sie bitte etwas zu diesen beiden berichten; wie waren sie, was war auffällig an ihnen.«

Ohne nach Bedürfnissen zu fragen, stellte sie jedem einen derben keramischen Teepott vor die Nase, warf je einen Teebeutel ein und goss kochendes Wasser auf.

»Nun, er war Lehrer an der Mörike-Realschule in Geislingen, der sich in seiner Freizeit viel sportlich betätigte. Mitglied im Tennisclub, aktiver Fußballer im hiesigen Verein, Langläufer – ich glaube, das heißt heute Jogger – Skiläufer, Radfahrer und wer weiß, was nicht noch alles. In den Ferien fuhren beide oft zum Radfahren in den Schwarzwald. Aber nicht mit dem Auto, sondern mit dem Fahrrad! Radfahren war ihnen die liebste Sportart, glaube ich. Sie fuhren mit dem Fahrrad auch in die Vogesen und blieben dort in den kleinen Ferien vom ersten bis zum letzten Tag. Später konzentrierten sie sich auf den Schwäbischen Wald, weil er schneller zu erreichen war.«

»Besaßen sie denn kein Fahrzeug?«

»Aber doch, sie fuhren einen BMW, dunkelblau, das Modell weiß ich nicht.«

»Und sie, welchen Beruf hatte die Ehefrau?«

»Sie arbeitete bei einem Architekturbüro in Göppingen, ich glaube als Statikerin. Sie fuhr jeden Morgen mit der Bahn nach Göppingen.«

Frau Michulik nahm vorsichtig einen Schluck Tee aus der gewaltigen Tasse.

»Welche Eigenschaften hatten die beiden, wie verhielten sie sich gegenüber anderen Leuten, na ja, Sie wissen schon.«

Sie drehte ihren etwas fülligen Körper zur Seite und überlegte: »Mir fällt nichts Besseres ein, als zurückhaltend zu sagen. Und zwar waren beide so, sie vielleicht ein Quäntchen mehr als er, was man bei Frauen nicht vermuten sollte. Wenn wir damals Grillabende veranstalteten – es waren oft acht bis zehn Teilnehmer aus den benachbarten Häusern –, dann entstanden natürlich auch lebhafte Gespräche. Paul Friedberg war im Vergleich zu den anderen passiv, er hörte mehr zu, als dass er sprach. Seine Frau musste man als introvertiert bezeichnen. Ich dachte manchmal, sie hat irgendwas, vielleicht ist sie krank. Wenn man unter Nachbarn abends zusammensitzt, kommt es doch vor, dass man von persönlichen Dingen berichtet, und wenn es nur Nebensächlichkeiten sind. Aber Familie Friedberg reagierte in dieser Hinsicht anders. Nämlich gar nicht. Oder fast nicht.«

Sind die beiden denn überhaupt gerne zum Grillen gekommen?«, fragte Rosalind Gahlen und musterte die Nachbarin aufmerksam. Diese blickte überrascht zurück.

»Aber ja, sie waren sogar sehr interessiert. Sie fragten oft, wann das nächste Grillen stattfinden werde.«

»Man möchte natürlich gerne wissen, was sich hinter diesem gehemmten Verhalten verbarg«, bemerkte Opitz, während er mit zwei Fingern über seinen Bart strich. »Das wird häufig als Charaktersache bezeichnet, solche Verhaltensweisen haben aber bestimmte Ursachen. Wissen Sie etwas über die Herkunft der beiden Nachbarn?«

»Sie meinen geografisch?«

Sie blickte Opitz überrascht an.

»Oder vielleicht gesellschaftlich?«

»Sowohl als auch.«

»Sie kamen beide aus der ehemaligen DDR. Das berichteten sie eines Abends, es war ganz zu Anfang unserer nachbarschaftlichen Kontakte. Er hatte drüben schon eine Lehrerausbildung begonnen, doch dann kam der Zusammenbruch des sozialistischen Systems und sie gingen in den Westen. Zuerst kamen sie bei seinem Bruder unter, der schon zu Zeiten das Land verlassen hatte, als das System noch existierte, also jedenfalls vor 1990.«

»Hm, gibt es diesen Bruder vielleicht noch?«

»Nein, bestimmt nicht. Ich erinnere mich aber aus Erzählungen, dass der Bruder nach seiner Republikflucht in Nürnberg gelandet war und sich dort als Installateur oder Klempner selbstständig machte. Er muss einen gut laufenden Betrieb gegründet haben, es gab aber keine Nachkommen. Paul Friedberg erzählte einmal davon – und ich glaube auch, dass er dann alles geerbt hat.«

»Daher war er wohl auch nicht auf seine Pension angewiesen«, stellte er fest.

»Nicht angewiesen? Er war doch als Lehrer auch Landesbeamter, also bekam er natürlich eine Pension.«

»Nein, nein«, griff er ein, »so einfach geht das nicht. Er war schließlich untergetaucht, damit konnte er das Konto nicht behalten, auf das die monatlichen Bezüge eingezahlt werden.«

Sie zog ein erstauntes Gesicht.

»An diese Formalitäten habe ich natürlich nicht gedacht. Aber wo Sie es jetzt sagen – die Polizei hätte natürlich Zugriff auf ihn und das Konto gehabt.«

»Gewiss. Die Pensionskasse konnte natürlich die Pension auch nicht auszahlen, mal abgesehen davon, dass per Gerichtsbeschluss die Auszahlung unterbunden worden wäre.«

»Dann muss er also«, sagte sie nachdenklich, »das gesamte Erbe flüssig gemacht und irgendwo versteckt haben. Sonst könnte er, selbst bei sparsamster Lebensführung, nicht lange ohne Geld überleben.«

Opitz nickte.

»Woran ist eigentlich die Ehefrau von Paul Friedberg gestorben? Sie war noch relativ jung.«

»Ich bin keine Ärztin, aber man hat erzählt, dass der Tod durch einen plötzlichen Herzstillstand eingetreten sei. Vielleicht war sie auch durch die weiteren Umstände überfordert.«

»Was meinen Sie damit?«

Sie schob den Teekrug beiseite.

»Es war der Höhepunkt der Verleumdung ihres Mannes. Beide litten sehr darunter, weil sie sich kaum dagegen wehren konnten. Der Ruf war dahin, und sie als Ehefrau eines Alkoholikers war ebenfalls gebrandmarkt. Die internen Gespräche an der Schule wurden in Windeseile an die Öffentlichkeit getragen und konnten nicht schnell genug revidiert werden, um ihre Verbreitung aufzuhalten.«

Opitz war erstaunt, dass sie viel mehr wusste, als er vermutet hatte.

»Sie kennen viele Einzelheiten aus diesem Konflikt. Wer hat Sie denn eingeweiht?«

»Oh, in erster Linie natürlich das Ehepaar Friedberg selbst. Besonders Gerda. Ich habe Gerda persönlich zum Kaffee eingeladen, nachdem die Sache an die Öffentlichkeit getragen wurde. Sie war dankbar, dass sie ihren Ärger abladen und ihre Notlage beschreiben konnte. Während sie die Situation schilderte, begann sie zu zittern und zu weinen. Es grenzte an ein Wunder, dass sie sich öffnete, wenn man sie damals erlebte. Eine äußerst verschlossene Frau, die aber unbedingt abladen musste, um nicht zu zerbrechen.«

»Und dann ist es trotzdem geschehen.«

»Eines Tages klingelte es früh morgens an der Tür, es war vielleicht sechs Uhr. Draußen stand Paul Friedberg, ich konnte sofort sehen, dass etwas Ungewöhnliches passiert sein musste, aber dass Gerda gestorben war, das konnte ich mir nicht vorstellen.«

Sie bekam glitzernde Augen und wischte mit dem Handrücken darüber. Für eine Weile schwieg sie, überwältigt von dem geschilderten Bild des verzweifelten Mannes.

»Er musste früh aufstehen, weil der Unterricht um halb acht begann. Dabei bemerkte er die Blässe seiner neben ihm liegenden Frau. Außerdem zeigte sie keine Reaktionen beim Einsetzen des Weckerklingelns, wie sonst immer. Als er sie berührte, war sie bereits ganz kalt. So hat er es erzählt – ich konnte es fast nicht ertragen, als ich es hörte. Es selber zu erzählen, fällt mir leichter.«

Wieder setzte für einen Moment Schweigen ein, Kommissarin Gahlen nippte an ihrem Tee, während Opitz den Reißverschluss seiner Jacke höher zog.

»Wie ging es dann weiter?«, warf er in den Raum, was er sogleich als unnötig empfand. Doch niemand fühlte sich unangenehm berührt.

»Sie können sich vielleicht vorstellen, wie es einem psychisch angeschlagenen Mann ergeht, der auch noch seine Partnerin verliert? Er brach regelrecht zusammen, anders kann man es nicht nennen. Sie war ja nicht alt, vielleicht Mitte fünfzig, und deshalb kam ihr Tod völlig überraschend, wie ein Keulenhieb. Er war daraufhin über einen Monat lang krank, bekam Sprachstörungen und Angstneurosen. Wenn er sich gar nicht mehr zu helfen wusste, kam er zu mir herüber, meist um etwas zu erbitten, das er in seinem Haushalt nicht finden konnte. Oft musste er Schlafmittel nehmen, Beruhigungstees, später dann Tabletten, die er stärker dosieren konnte.«

»Auch ohne Psychologin zu sein«, sagte Gahlen und setzte den Pott ab, »meine ich, dieser Mann litt an einer schweren psychischen Störung, vielleicht ein Trauma, das ihn verfolgte.«

»Oh bitte, wie kommen Sie denn darauf?«, Opitz zog die Augenbrauen zusammen.

»Aber ja, Friedberg ist verhaltensauffällig und seine Frau war es noch mehr. Zu diesem Resümee muss man kommen, wenn man all das gehört hat, was über die beiden berichtet wurde!«

Sie hatte Opitz die Antwort energisch entgegen geschleudert.

»Kann man das mit Recht behaupten, nur weil einer zurückhaltend ist?«

»Sie war es doch auch, noch mehr sogar!«, mischte sich Theresa Michulik ein.

»Beide hatten unter der autoritären sozialistischen Erziehung gelitten. Und dabei einen erkennbaren Schaden erlitten. Wollte er nicht schon damals Lehrer werden?«

»Ja, sie haben ihn aber von der Akademie geworfen, weil er offenbar nicht systemtreu war. Und wohl auch nicht politisch angepasst – das waren dann Ausschlusskriterien. Ob er sich später untergeordnet hat, können wir nur vermuten.«

»Hat er nach der Wende ein Studium im Westen angefangen?«

»Er konnte sich an der Pädagogischen Hochschule in Ludwigsburg einschreiben und dort endlich in Ruhe ein Lehramtsstudium absolvieren. Seine Frau sorgte zunächst als Technische Zeichnerin für den Lebensunterhalt. Ob er vom Land Baden-Württemberg eine Unterstützung erhielt, kann ich nicht sagen.«

Die Pötte waren leer getrunken und die wichtigsten Fragen erörtert. Opitz steckte sein Notizheft ein und stand auf.

»Eine Frage habe ich noch. Gab es für die beiden im Schwäbischen Wald einen bevorzugten Aufenthaltsort? Eine Pension? Ein Hotel?«

Sie dachte eine Weile nach.

»Das weiß ich nicht. Sie haben aber einmal davon erzählt, dass sie in Spraitbach oder in der näheren Umgebung besonders gerne mit dem Rad unterwegs sind. Wegen der schönen Landschaft oder aus anderen Gründen, dazu ist nichts bekannt geworden.«

Fraaank!« sie rief seinen Namen so laut sie konnte, doch es nützte nichts, denn der Mann, der dort einen halben Kilometer vor Giulia seinem Stahlross die Sporen gab, konnte ihre Stimme nicht hören. Verdammter Radlerehrgeiz, dachte sie, sobald er einen Hügel entdeckt, steuert er darauf zu, um ihn zu bezwingen – Jan Ullrich im Kleinformat.

Sie waren nun seit zwanzig Minuten mit den Fahrrädern unterwegs. Sie hatten in Zimmerbach, einem kleinen Nest fast an der Bundesstraße 298 und westlich von Durlangen, in den südlichen Ausläufern des Schwäbischen Waldes, die Räder vom Autoträger genommen. Ziel war das nördlich liegende, per Luftlinie acht Kilometer entfernte, Städtchen Gschwend. Und zwar über einen Fahrradweg niederer Rangordnung, was bedeutete, dass man auf Überraschungen gefasst sein musste. Die Idee zu dieser Expedition stammte natürlich von ihm, und wenn er einmal zu einem Entschluss gekommen war, dann war es kaum möglich, ihn vom »rechten« Wege abzubringen.

Schon seit Tagen hatte er abends an seiner präzisen Fahrradwegekarte gesessen, wasserfest und ideal in Nord-Südrichtung zu falten, um ein ungewöhnliches strategisches Ziel zu verfolgen: Einen Mann namens Paul Friedberg ausfindig zu machen, den Quellen nach ein versierter Radfahrer, der mit einer nicht unbegründeten Wahrscheinlichkeit eine

Unterkunft irgendwo im östlichen Welzheimer Wald hatte. Es blieb nur die Frage, über welche Möglichkeiten Opitz verfügte, um diesen Mann zu lokalisieren.

Er besaß zwar ein Fahrrad, hatte aber weder die Zeit noch das Geld, um sich wirklich sportlich mit dem Radfahren zu befassen. Folglich war die Wahl ein Tourenrad, das er vor einiger Zeit gebraucht, aber in gutem Zustand erworben hatte. Giulias Fahrrad hatte zwar eine Nabenschaltung mit sieben Gängen, doch war es insgesamt eher ein Einkaufsfahrrad mit angebautem Einkaufskorb, also für längere Strecken nur bedingt geeignet.

Besonders unangenehm waren Giulia Melis die langen Steigungen auf schlecht befestigten Pfaden, die durch kurzstämmige Nadelwälder führten und auf deren querende Wurzeln man beim Fahren achten musste, wollte man nicht aus dem Sattel katapultiert werden. Als sie Spraitbach erreichte, hatte sie gute Lust, das Fahrrad in den nächsten Graben zu werfen und sich nach einem Café umzusehen. Da sah sie, dass Frank die Fahrtrichtung gewechselt hatte und ihr entgegen kam.

»Nicht besonders aufschlussreich bis jetzt«, schnaufte er mit rotem Gesicht. »Es gibt aber eine Hütte, die etwas abseits liegt. Ich habe die Stelle in der Karte markiert.«

Sie war abgestiegen und schob das Fahrrad wie ein heißes Stück Eisen.

»Und du glaubst, dort könnte er stecken?«

»Aber nein, das wäre eine Möglichkeit von vielen, die wir auf diesem Weg noch finden können. Wir müssen auch Pensionen oder Privatzimmer in Betracht ziehen, ebenso wie Bauernhöfe.«

»Ist das nicht so etwas wie Lotteriespielen? Der Kerl kann sich doch weit abseits unseres Weges irgendwo in der Botanik verstecken. Und wir rollen fünfzig Meter an ihm vorbei.«

Er grinste entspannt.

»Nimm es sportlich. Wenn wir nichts und niemand finden, haben wir eine hübsche Radtour gemacht. Eine Stunde noch etwa bis nach Gschwend, und eine weitere Stunde auf einem anderen Weg zurück, etwas weiter östlich. Nutzen wir einfach das gute Wetter für ein wenig Bewegung.«

Darauf wusste Giulia keine passende Antwort, denn sie hatte dieser kleinen Radtour schon gestern Abend zugestimmt und auch heute Morgen nicht widersprochen.

Als sie am späten Nachmittag wieder an Opitz' Fahrzeug eintrafen, hatten sie vier Stunden auf den Rädern zugebracht. Opitz hatte im Vergleich zu Giulia fast die doppelte Fahrstrecke zurückgelegt, denn er nutzte immer wieder einladende Nebensträßchen, um nach möglichen Unterkünften zu suchen. Der Rückweg hatte sie aus Gründen der Abkürzung nicht ganz bis nach Gschwend hineingeführt, das tief in einer Geländesenke liegt, sondern von Birkhof querfeldein nach Westen über eine Ortschaft mit dem Namen Bärenlöcher wieder auf die Bundesstraße 298.

»Wie viele kritische Objekte hast du notiert?« Sie war erleichtert, das Fahrrad los zu werden und lehnte sich entspannt über den Sattel. Er zückte sein Notizheft und ging mit dem Finger die einzelnen Posten durch.

»Sechs interessante Liegenschaften, die ich mir demnächst näher ansehen werde, und mindestens noch einmal so viele, die auch ein gewisses Potenzial haben.«

Sie schob das Fahrrad zum Heck des Autos, wo der Fahrradträger angebracht war. »Glaubst du eigentlich wirklich, auf diese Weise den Mann ausfindig machen zu können? Meiner Meinung nach ist das wie die Suche nach der Stecknadel im Heuhaufen.«

Er schüttelte den Kopf, nachdem er sein Fahrrad in den Träger gehievt hatte. »Zugegeben, es sind magere Hinweise, dass Friedberg sich hier mit dem Fahrrad bewegt, aber wir müssen Anwohner gezielt nach ihm befragen. Gaststätten könnten hilfreich sein oder kleine Läden und Tankstellen. Wenn er sich hier aufhält, wird er auch Verbindungen zu anderen Leuten haben, denn er braucht schließlich ein paar Lebensmittel und einige weitere Dinge für den Lebensunterhalt.«

»Wisst ihr denn überhaupt, wie dieser Friedberg aussieht?«

»Nur ruhig«, er grinste überlegen und zog wieder sein Notizheft heraus, »das hat mir Joachim Krantinger überlassen.«

Die vorletzte Seite bestand aus einer Plastikfolie, dahinter klemmte ein Foto von Friedberg.

»Es ist ungefähr zehn Jahre alt, aber wer weiß, wie er heute aussieht.«

Das Foto zeigte einen Mann mit wenig Haar, einem Schnurrbart und einer kleinen Brille. Es war von rechts vorne gemacht und schien nicht gestellt zu sein.

»Naja – ein Foto eines beliebigen Mannes, jedenfalls ist nichts Besonderes an ihm. Das wird nicht als Vorlage funktionieren, wenn sich der Typ unter zehn Kandidaten befindet und bestimmt werden soll.«

Er wandte sich brüsk an Giulia: »Was ist heute eigentlich los mit dir? Zum Radfahren hast du keine Lust, die Spurensuche machst du mies und das Foto ist nur mangelhaft! Gibt's heute auch etwas Positives zu bemerken?«

Auf eine solche Reaktion war sie nicht gefasst und wusste zunächst nicht viel mehr zu sagen: »... meine Güte, man wird doch mal seine Meinung sagen dürfen?«

Die Rückfahrt führte sie wieder auf die Bundesstraße 298 nach Süden über Mutlangen nach Schwäbisch Gmünd. Schweigend erreichten sie die Ortschaft Mögglingen, wo besonders viele Blitzer die Autofahrer das Fürchten lehrten. Die Bundesstraße 29 war bekannt als gefährliche Rennstrecke in Ost-West-Richtung und umgekehrt.

»Es würde mich interessieren«, unterbrach Giulia das Schweigen, »weshalb diese Frau Kühn-Scharter auf solch sonderbare, ja, exzentrische Weise ums Leben gebracht wurde.«

Er nahm den Fuß vom Gas, weil die letzte Ampel am Ortsausgang auf Rot sprang. »Exzentrisch? Was meinst du damit?«

»Darf ich mal erklären, welche Art des Mordens ich als, sagen wir mal, unauffällig beschreiben würde? Erschießen, erwürgen, erstechen und erschlagen. Diese Beschreibung erhebt keinen Anspruch auf Vollständigkeit, aber die meisten Morde werden doch mit einer dieser Methoden durchgeführt.«

»Und was bezeichnest du nun als exzentrisch im Mordfall Kühn-Scharter? Dass sie zuvor eine halbe Flasche Wodka oder mehr eingetrichtert bekam?«

Sie holte tiefer Luft als sonst.

»Man hat sie mit einer Schlinge gewürgt, bis sie kurz vor dem Exitus stand. Dann ging es weiter, sie musste Wodka kippen, bis sie ohnmächtig wurde und schließlich erstach er sie! Der Mörder konnte sich nicht entscheiden, welche finale Methode er anwenden wollte.«

»Wir haben natürlich ebenfalls überlegt, was dieses Wodkamotiv bedeuten sollte. Weshalb musste die Frau so viel Wodka hinunterwürgen, bevor sie umgebracht wurde? Erst im Laufe der Ermittlungen kamen wir darauf, dass der Impuls von Kühn-Scharter selbst ausging. Sie hatte einen Alkoholismusvorwurf gegen Friedberg erhoben. Sie wollte sich an ihm rächen, weil er es nicht ermöglicht hatte, ihren Sohn Elias bei der Prüfung durchzuwinken.«

»Aber das ist doch kein Grund, jemand deshalb zu töten!«

»Das versteht sich von selbst, doch wir haben es hier nicht mehr mit einem normalen, halbwegs gesunden Mann zu tun. Friedberg ist mit der Zeit zu einem gefährlichen

Psychopathen geworden. Und sie hatte seinen Abwehrwillen unterschätzt. Er nahm sich vor, sie mit ihren eigenen Mitteln zu schlagen. Er setzte ein Symbol, ein Bild, aus dem der Vorwurf hervorging, den Alkohol. Er bestrafte sie zuerst mit einer Überdosis Schnaps, danach mit dem Tod.«

Sie schüttelte den Kopf.

»Schrecklich. Aber es war auch unklug von ihm, weil er auf diese Weise die Fährte zu sich selbst legte.«

»Und womit hat Elias den Mörder so herausgefordert, dass der auch ihn umbrachte?« Er setzte zum Überholen eines schleichenden Flügeltüren-Mercedes an.

»Womit? Elias war die Zentralfigur in diesem Drama.«

Der nächste Morgen begann so, wie der Abend zuvor geendet hatte, mit mildem und schönem Wetter. Als der Opitz ins Präsidium kam, führte ihn sein erster Weg zum Dienstzimmer von Martin Berner. Er sparte sich das Klopfen und öffnete die Tür, ohne zu zögern. Berner war überrascht.

»Herrjeh! Erschrick mich bitte nicht so! Du könntest eigentlich auch mal anklopfen, bevor du hier eindringst.«

Opitz tat verwundert: »Habe ich das etwa nicht? Dann tut's mir leid.«

»Ich möchte wetten, du hast bei der Radtour eine heiße Spur gefunden. Oder du willst mir mitteilen, wie sich die neue Kollegin angestellt hat.«

»Das trifft zwar beides nicht zu«, erwiderte er ohne jede Ironie, »aber wenn du schon die Kollegin Gahlen genannt hast, will ich das gerne tun. Sie hat sich sofort in die Situation in Geislingen hineingelebt und -gedacht. Sie hat auch ohne jede Aufforderung die Rolle des eruierenden Kommissars übernommen. Es fehlt ihr natürlich noch die Praxis, doch ich glaube, dass sie sich sehr schnell alles aneignet, was sie hier braucht. Und sie ist freundlich und zugänglich, hat also durchaus angenehme Eigenschaften.«

»Na denn. Und wie steht's mit der Fährte?«

»Leider kein Treffer. Giulia und ich haben gestern aber eine bestimmte Gegend um Spraitbach gewählt, die Friedberg offensichtlich bevorzugte. Und weil auch er ein Radler ist, passte es ganz gut, denn dort gibt es einen Radweg, den wir genommen haben.«

»Und? Wenigstens einen Verdacht oder eine Vermutung?«

»Noch mal: Nichts Konkretes, aber wir haben auf der Strecke zwei Gasthäuser und vier mögliche Unterkünfte gesehen – kleine Landhäuser, Hütten, Scheunen und so weiter. Ich denke, wir sollten diese Quartiere einmal unter die Lupe nehmen.«

Berner blickte gemäßigt verdrießlich. »Aber bitte nicht per Fahrrad für mich!«

»Die meisten Wege sind auch mit Fahrzeugen zugänglich, wenn dich das beruhigt. Jedenfalls mit einem SUV.«

»Ist diese Methode nicht etwas spekulativ? Ohne konkrete Hinweise dort herumzuschnüffeln, macht doch kein gutes Bild.«

»Fängst du auch schon damit an«, schnauzte Opitz, »dasselbe Thema hat schon Giulia losgetreten. Was kostet es dich, auf zwei Stunden dort hinauszufahren und die Gebäude unter die Lupe zu nehmen? Wenn wir nichts finden, dann haben wir eben nichts gefunden, basta! Aber wir haben uns dann nicht nur umgesehen, sondern auch umgehört.«

»Du willst Anwohner befragen?«

»Nachbarn wissen immer alles über sich. Dieser Teil des Schwäbischen Waldes ist natürlich ziemlich dünn besiedelt. Wir werden dort nicht allzu viele Menschen antreffen. Aber die wenigen sind dann meist umso ergiebiger.«

Als er an seinen Schreibtisch kam, bemerkte er sofort eine handschriftliche Notiz, die vermutlich von Linda stammte.

Bitte heute um 10 Uhr zum Chef!

Grüße, Linda

Oha, dachte er spontan und fragte sich, was er falsch gemacht haben konnte. Trotz schneller Rekapitulation der Fakten fiel ihm nichts anderes ein, als vielleicht ein Gespräch wegen der neuen Kollegin, die ihn einen ganzen Tag dienstlich begleitet hatte.

Er nutzte die Zeit bis dahin, indem er sich um die Liste der Gaststätten und Unterkünfte im südöstlichen Teil des Schwäbischen Waldes kümmerte. Zweimal erwischte er sich dabei, wie er dem Gedanken nachhing, was wohl der Chef von ihm wollte. Außerdem erklärte er Berner, dass er es für besser hielt, die geplante Fahrt noch heute durchzuführen, zumal das schöne Wetter sie geradezu einlud. Um zehn Uhr klopfte er an die Tür von Kriminalrat Reuter.

Der Chef musste hinter der Tür gestanden haben, denn just in diesem Augenblick wurde sie geöffnet. Mit ernster Miene geleitete er Opitz zum Besucherstuhl vor seinem Schreibtisch und nahm einen A5-Umschlag zur Hand, aus dem er ein einmal gefaltetes Blatt zog. Während er fortfuhr, Opitz ausdruckslos anzusehen, schlug er das Papier auf. Ab diesem Moment erheiterte sich sein Gesicht.

»Hiermit ernenne ich im Namen der Landesregierung von Baden-Württemberg Kriminalkommissar Opitz zum Kriminaloberkommissar. i. A. Mahler.«

Darauf erhob er sich von seinem Platz und reichte Opitz die Hand sowie das Dokument.

»Ich gratuliere! Du hast ja lange genug darauf gewartet.«

Opitz lächelte vage und dankte.

»Das stimmt allerdings«, erwiderte er erleichtert, »und dass die Beförderung ausgerechnet jetzt kommt, wo der Dreifachmord noch völlig offen ist, wundert mich wirklich.«

»Die Wege des Herrn sind manchmal unergründlich«, grinste Reuter, »dieser Brief ist schon vor dem Wochenende gekommen, ich habe dich aber nicht mehr erreicht.«

Bevor Opitz und Berner am Nachmittag den Wagen besteigen konnten, hatte sich die Nachricht von der Beförderung herumgesprochen. Von allen Seiten kamen die Kollegen auf ihn zu und verbanden ihre Glückwünsche mit der Hoffnung auf einen Drink. Dies bestätigte er zwar positiv, doch das Wann und Wie ließ er offen. Martin Berner war nicht überrascht, denn er war jünger als Opitz, auch hatte er weniger Dienstzeit auf seinem Polizistenbuckel.

Die Fahrt bis Spraitbach dauerte nicht viel länger als eine Stunde. Der geländegängige, neutral in Grau lackierte Einsatzwagen entsprach nicht ganz den modernen SUV-Autos, doch dafür gehörte er auch zur Kripo und stammte von Daimler.

Das erste Ziel, das Opitz sich notiert hatte, befand sich gute zwei Kilometer nördlich von Spraitbach, in einer hügeligen und waldreichen Landschaft, in Sichtweite zur B 298 nach Gschwend. Sie nahmen ab Spraitbach den Radweg, was nach anfänglichen Bedenken tadellos funktionierte. Die Hütte lag am Ende eines schmalen Pfades und machte den Eindruck einer Unterkunft für Waldarbeiter oder Forstpersonal. Opitz stoppte das Fahrzeug außerhalb der Sichtweite der Hütte, dann näherten sie sich langsam, während sie darauf achteten, möglichst geräuscharm voranzukommen. Währenddessen prüften sie den zweispurigen Weg auf Fahrzeugspuren, konnten jedoch keine Profilmuster erkennen.

»Sie ist vermutlich unbewohnt«, raunte Opitz, als sie sich

bis auf ein paar Meter genähert hatten. Unten befanden sich zwei Fenster, die mit Läden geschlossen waren. Am Giebel oben gab es ein weiteres Fenster, jedoch ohne Fensterladen.

»Kann hier irgendwo ein Auto abgestellt sein? Neben der Hütte, oder gibt es einen Abstellplatz anderswo?«

Berner beantwortete sich die Frage selber, indem er um die Hütte lief und kopfschüttelnd auf der Gegenseite wieder auftauchte. Opitz interessierte sich für Beschaffenheit und Zustand der Eingangstür, die mit einem Querbalken verriegelt war. Viel zu kompliziert, um diese Türe täglich als Eingang zu benutzen, sagte er sich. Die Schwelle war unbenutzt, was er feststellte, als er den Fuß aufsetzte und einen Abtritt hinterließ.

Bevor sie die Waldhütte verließen, machte Berner noch zwei Fotos mit dem Handy.

»Das nächste Ziel ist eine Blockhütte«, erklärte Opitz, als sie in den Wagen stiegen, »sie scheint öfter belegt zu sein.«

Nach einem für Fahrräder abenteuerlichen Abstieg, der sie zwei Kilometer weiter nach Schlechtbach führte, verließen sie den Radweg nach einem weiteren Kilometer und fuhren gen Westen, immer Waldwege oder kleine Sträßchen nutzend. An der Straßengabelung bei Gerichtswasen, die nun wieder nach Süden führte, kam eine wenig auffällige Blockhütte ins Blickfeld. Zwanzig Meter daneben befand sich ein Verkaufsstand für Getränke, Lkw und Rote, was in dieser Gegend die codierten Bezeichnungen für Leberkäswecken und drei Zentimeter dicke Bockwürste sind.

Als sie ausstiegen, tupfte sich ein Paar in den mittleren Jahren mit Papierservietten den Mund und entsorgte die Pappteller im Mülleimer, um danach die Fahrräder zu besteigen. Die beiden Kripobeamten schlenderten zur Blockhütte hinüber. Ein erster Inspektionsgang um das Holzhaus verlief nichtssagend. Wieder zwei geschlossene Fensterläden unten, und eine Blechtüre, ebenfalls wieder mit einem

Querholz verriegelt. Daneben ein Plastikschild mit der Inschrift *Radfahrclub Schwäbisch-Fränkischer Wald.* Der Inhaber der Imbissbude beobachtete die beiden Männer während des Rundganges sehr genau. Als sie an seinen Stand traten, legte er sein Handy bereit und unter der Theke die Schreckschusspistole.

Opitz bestellte eine Limonade, während Berner sich auf einen Cappuccino kaprizierte. In Opitz' Augen das Lieblingsgetränk der Deutschen in Italien. Außer Bier. Und natürlich Wein. Nachdem der Wirt beide Wünsche erfüllt hatte, deutete er auf die Blockhütte: »Jetzt beginnt wieder die Saison. Sie kommen dann aus dem ganzen Ländle geradelt und darüber hinaus.«

Opitz nickte und trank die Limonade mit einem Zug zur Hälfte leer. »Kennen Sie vielleicht einen Mann im Rentenalter, der einen silbergrauen Audi-SUV fährt? Er könnte vielleicht irgendwo hier in der Gegend leben.«

Damit schob er seine Dienstplakette über den Tresen in das Blickfeld des Inhabers. Der starrte darauf und begann zu schlucken, bevor er sich fasste.

»Sie müssen entschuldigen, ich dachte schon, hier sollen krumme Geschäfte abgewickelt werden.«

Er schien sich zu sammeln, jedenfalls furchte seine Stirn, doch sehr bald winkte er ab. »Es tut mir leid, ich kann mich an keinen Rentner erinnern, der bei uns einen SUV fährt. Dafür sind die Dinger verdammt zu teuer.«

Opitz bezahlte, dankte und hinterließ seine Telefonnummer für den Fall, dass sich nachträglich etwas ergeben sollte.

Auf den nächsten drei Kilometern in südlicher Richtung erwartete sie eine kaum abwechslungsreiche schmale Landstraße mit Feldern und Wäldern zu beiden Seiten, bevor sie Hintersteinenberg erreichten. Auf halber Strecke gab es wieder einen Eintrag von Opitz. Ein schmaler Feldweg führte westlich der Straße in einen dichten Wald, in dessen

Schatten sich ein kleines Bauerhaus befand. Rechts davon hatte man eine Scheune gebaut, die Platz genug bot für landwirtschaftliches Gerät – oder für ein SUV. Ohne zu zögern, steuerte Opitz den Wagen auf das Haus zu, denn irgendetwas hatte seine Geduld ein wenig angekratzt. Bevor sie den Hof erreichten, zog er nach rechts ab und nahm die Scheune ins Visier. Kein Mensch war zu sehen, auch keinerlei Gerätschaften, vermutlich war dies überhaupt kein Bauernhof, sondern ein bequemer und ruhiger Landsitz für jemand, der seinen Ruhestand zu genießen wusste.

Er hielt den Wagen vor dem Tor an und stieg aus. Mit wenigen Schritten erreichte er die ins Tor eingesetzte Tür und riss sie auf. Berner folgte ihm auf dem Fuße wie ein treuer Jagdhund. Zuerst erkannten sie nichts in der Dunkelheit der Scheune, langsam wurden Konturen deutlich, bis schließlich ein Traktor und ein Anhänger sichtbar wurden. Der Anspannung seiner Nerven folgte bei Opitz eine frustrierende Entkrampfung. Hatte er sich den Zugriff auf den Mörder zu leicht vorgestellt?

Während sie den Wagen vom Zugangsweg des Bauernhauses auf die Landstraße brachten, kam sich Opitz recht naiv vor. Wie konnte er auch nur hoffen, auf einer Radstrecke, die als Zielgebiet Friedbergs beschrieben wurde, diesen Kerl zu fassen?

Auch wenn er hier immer wieder mal mit dem Fahrrad auftauchte, so musste er doch keineswegs auch hier wohnen. So verlockend manche Hütten und Quartiere während der sonntäglichen Radtour auch ausgesehen haben mochten, die Auswahl musste eine willkürliche gewesen sein, und damit ohne Wert.

Als sie Hintersteinenberg erreichten, ein kleines Dorf mit einer Durchgangsstraße ins südliche Vordersteinenberg, hielten sie den Wagen vor einem Minimarkt an. Berner, der vorangegangen war, suchte aus der Ablage die Stuttgarter

Zeitung heraus. Während er zahlte, bat er die mollige Verkäuferin mit der karierten Schürze um Auskunft:

»Haben Sie vielleicht einen Kunden im Rentenalter, der einen silbergrauen Audi-SUV fährt? Er ist nämlich ein ehemaliger Kollege, den ich besuchen will, doch er hat leider vergessen, seine neue Adresse anzugeben. Und seine Telefonnummer habe ich auch nicht.«

Die Frau betrachtete den Mann aufmerksam.

»Ein Audi-SUV? Ist das nicht so ein teures Safari-Fahrzeug? Und silbergrau ist er?«

Sie sinnierte einen Augenblick und legte das Rückgeld auf den Tresen.

»Er kommt manchmal, um Brot zu kaufen oder eine Zeitung. Entweder in dem silbernen Audi oder mit dem Fahrrad.«

Opitz war platt. Er versuchte, sich nach vorne zu drängen, doch Berner wies ihn mit dem Ellenbogen ab.

»Wissen Sie vielleicht, wo er wohnt?«

»Keine Ahnung«, antwortete sie energisch, »ich weiß auch nicht, wie er heißt. Jemand hat behauptet, dass er in der Nähe von Kapf wohnt. An der Bushaltestelle rechts ab.« Sie deutete mit der Hand die Richtung an. »Das übernächste Dorf.«

Es klang fast wie ein Rauswurf, war es aber nicht. Die beiden Männer brachten es nicht fertig, weitere Fragen zu stellen, so überrascht waren sie von der Mitteilung. Sie bedankten sich knapp und verließen den Laden in der Gewissheit, eine Schaltstelle gefunden zu haben, die man vielleicht noch einmal kontaktieren konnte, wenn ihre Suche nicht erfolgreich sein sollte.

»Hättest du gedacht, dass ich das aus ihr herausbringe?«

Opitz schnaufte ungeduldig. Statt einer Antwort befasste er sich mit dem bordeigenen Navi und scrollte ihre Fahrtstrecke nach Süden ab. Das nächste Dorf hieß Vordersteinenberg und war kaum zwei Kilometer entfernt. Kapf schien das kleinste Nest von allen zu sein. Es lag noch einmal zwei Kilometer weiter und war der Wendepunkt ihres Kurses nach Osten.

»Dann los!«

Opitz legte den Gang ein und ließ den Wagen durch das Dorf rollen. Sie hatten ein schmales Sträßchen auf dem Navi ausgemacht, das ein wenig nördlich vor Kapf lag und nach Westen in einen Wald führte. Ungeduldig passierten sie das nächste Dorf, das sich vollständig östlich der Straße befand.

»Wir müssen auf die Bushaltestelle achten«, sagte Opitz, und tippte mit dem Finger auf das Navi-Display. Berner tat unbeeindruckt, ohne Straße und Bildschirm aus den Augen zu lassen. Als in der Ferne rechts eine Abzweigung sichtbar wurde, ließ Opitz den Wagen langsamer rollen. Eine schmale Asphaltstraße verlor sich rechtwinkelig im Wald, doch die Bushaltestelle war nicht aufgetaucht. Erst als die Abzweigung im Rückspiegel nicht mehr erkennbar war, erschien linker Hand ein Schild auf einem Pfosten.

»Hier ist es!«, rief Opitz erleichtert, und wendete.

»Und jetzt?«

Berner hatte eine, für sie beide ultimative Frage aufgeworfen.

»Durch diesen Wald führt nicht nur eine Straße! Es ist ein ganzes Straßennetzwerk, wie man hier sieht.«

»Nun, dann werden wir sie alle abfahren«, entgegnete Opitz entschlossen, »wenn es nötig sein sollte. Eine nach der anderen.«

Bevor sie in den Wald eintauchten, stoppte Opitz den Wagen, weil er sich das Straßenbild genauer ansehen wollte. Er zoomte die Karte des Displays, worauf sich eine zentrale Straße in der Mitte des Waldes erkennen ließ, die sich in schmalen Wegen verästelte.

»Jetzt sieht die Sache etwas anders aus. Ich denke, wir

sollten die Straße zunächst von unten nach oben abfahren, dann wissen wir mehr.

Zunächst fuhren sie rechtwinkelig auf die mittig verlaufende Straße zu, dann bogen sie links ein und folgten ihr in Richtung Süden. Das kleinere Stück war kaum kürzer als einen Kilometer und erwies sich als ordentliche Landstraße. Sie verfolgten auf dem Display die zu beiden Seiten abgehenden Forstwege und konnten akkurat voraussagen, wann der nächste Forstweg zu erwarten war.

Bald hatten sie das südliche Ende des Waldes erreicht. Bisher gab es keinen Hinweis auf eine Unterkunft, dafür war der Wald auch viel zu dicht. Gewiss würde die Forstbehörde den Bau einer Hütte in einem solchen Wald nicht zulassen. Und wer wollte schon ein Domizil in der Mitte eines Waldes bewohnen, ohne ausreichend Tageslicht und Sicht zu haben.

Die Rücktour gen Norden verlief ähnlich ereignislos, lediglich zwei Radrennfahrer tauchten plötzlich hinter einer Kurve auf und mussten rasch vom Nebeneinander zum Hintereinander wechseln. Als sie das nördliche Ende des Waldes erreichten, glaubten sie nicht richtig zu sehen, denn plötzlich erschien Hintersteinenberg schon wieder, das Dorf mit dem Kiosk. Berner grübelte: »Vielleicht sollten wir uns auf der Rückfahrt ein paar dieser Forstwege ansehen. Es könnte ja sein, dass wir dabei etwas finden.«

»Guter Vorschlag«, entgegnete Opitz«, und welche würdest du denn empfehlen?«

»Auf halber Strecke zwei oder drei, ganz beliebig, und halte gefälligst deine ironischen Bemerkungen zurück!«

»Ich werd's versuchen, aber was versprichst du dir von solcherlei Sondierungen?«

»Herr im Himmel«, platzte Berner heraus, »willst du denn ewig diese verdammte Asphaltstraße rauf und runtergurken? Dann können wir auch gleich einpacken, weil wir bisher nichts entdeckt haben. Ein paar Stichproben der

Waldwege könnten uns dagegen weiterhelfen. Wie sind sie vernetzt? Welche Wege werden oft für Holzgewinnung verwendet, welche dienen eher dem Zugang?«

Plötzlich deutete Opitz mit der Hand nach draußen.

»Hast du das gehört? Eine Motorkettensäge!«

Er öffnete die Scheibe einen Spalt, worauf das kreischende Geräusch aus dem Wald gut zu hören war. Berner hatte seine Seitenscheibe ebenfalls geöffnet und peilte mit der Hand die Richtung der Säge an. Ohne es ausgesprochen zu haben, war es für beide selbstverständlich, um was es jetzt ging.

»Lass' uns nachsehen, wo sie sind. Bitte den nächsten Waldweg rechts nehmen.«

Nach einem halben Kilometer entdeckten sie tatsächlich einen schmalen Weg, der aufgrund seiner Position der Zugang für die Waldarbeiter sein konnte. Das schwere Polizeifahrzeug ließ sich klaglos an den holprigen Wurzelweg gewöhnen. Nach wenigen Minuten standen sie vor einer quer über den Weg gespannten Banderole: *ACHTUNG: BAUMFÄLLARBEITEN!*

Im Hintergrund waren zwei Männer damit beschäftigt, einen gefällten Baumstamm von seinen Ästen zu befreien. Sie sahen auf, als der Wagen vor dem Hinweisschild hielt. Ein kräftiger Arbeiter mit bunter Warnbekleidung kam näher und fuchtelte mit der Hand hin und her. »Hier geht's nicht weiter: Fällarbeiten!« rief er, ohne mit der Wedelei auszusetzen.

»Wir wollen Sie nur um eine Auskunft bitten«, entgegnete Berner, »sonst gibt es wohl in diesem Wald keine Menschen?«

»Wie man's nimmt«, sagte er und fächelte sich mit der Schirmmütze Luft zu, »heute sind wir nur zu zweit, sonst arbeiten Kollegen auch an anderen Stellen.«

»So war es nicht gemeint«, lächelte Berner freundlich, »ich dachte eher an einen Wohnsitz.«

»Hier im Wald? Das glauben Sie doch selber nicht. Wen suchen Sie denn?«

»Wir haben gehört, dass ein ehemaliger Kollege hier irgendwo wohnt, vielleicht in einem Holzhaus. Er fährt einen silbergrauen Audi-SUV. Oder ein Fahrrad.«

»Es gibt keine Häuser in diesem Wald. Wenn Sie aber westlich rausfahren, werden Sie schon zwei oder drei finden.«

Er setzte die Mütze wieder auf und verabschiedete sich: »Viel Glück!«

Als sie den Wagen wendeten, hatte die Motorsäge ihre Arbeit wieder aufgenommen. Berner suchte den eigenen Standort auf der Karte des Displays und verfolgte ein geeignetes Sträßchen im Wegesystem mit dem Finger, um einen Ausgang nach Westen zu finden. Bald hatte er einen Weg nach außen entdeckt und wies Opitz die Richtung. Nach ein paar Minuten bereits näherten sie sich der Waldgrenze, die fortlaufend heller wurde. Dann tauchten sie auf wie aus einem trüben Gewässer, prallten gegen das Licht der Sonne und fochten um die Orientierung.

Vor ihnen erstreckte sich parallel zum Waldrand ein breiter Wiesenstreifen, dessen Bewuchs sich für die Jahreszeit bereits weit entwickelt hatte. Im Hintergrund Felder, weit außen am Horizont ein Kirchlein und ein paar Bauernhäuser. Opitz war froh, dass sie die Dunkelheit und Enge des Waldes verlassen hatten.

Parallel zum Waldrand verlief eine schmale Straße, in die er mit nördlicher Richtung eindrehte. Laut Karte führte sie auf die ganze Länge von fünf Kilometern linksseitig am Waldrand nach Norden. Ob sie hier Erfolg haben würden? Er beobachtete konzentriert die Landschaft. Bald entdeckte er Rehe in der Wiese unter dem Schatten eines hohen Baumes. Und dann sah er eine Scheune, ganz nah an den Wald gelehnt. Er tippte mit dem Zeigefinger gegen Berners

Unterarm und deutete nach draußen. Dann nahm er den Fuß vom Gaspedal, damit sie das Bauwerk besser beobachten konnten.

Es war offensichtlich, dass diese Scheune nicht nur für landwirtschaftliche Zwecke genutzt wurde, denn ein Teil des Bauwerkes war mit Fenstern ausgestattet. Eine unscheinbare Doppelspur führte von der Straße in dessen Richtung und verlor sich dort. Keine Anzeichen von Bewohnung, aber auch keine von Verödung oder Vernachlässigung. Ein Auto konnte dort gut und unauffällig untergebracht werden. Während sich ihre Augen an der Hütte festkrallten, wanderte sie langsam aber sicher aus dem Gesichtsfeld.

Etwa einen Kilometer nördlich gab es ein weiteres interessantes Objekt. Schon der erste Blick konnte den Betrachter davon überzeugen, dass hier ein Insider die Verhältnisse genutzt und ein idyllisches Landhaus mit Pool gebaut hatte. Menschen saßen auf einer Bank vor dem Haus, ein Kleinkind mühte sich mit ersten Schritten. Opitz ließ den Wagen langsamer rollen, doch Berner wedelte ungeduldig mit der Hand auf Durchzug, denn dies konnte keine Behausung in ihrem Sinne sein.

Fast am Ende des Waldes wurde ihr Interesse erneut geweckt, denn sie hätten die Blockhütte fast übersehen, die noch weiter in den Wald hineingesetzt war, als im ersten Fall. Sie verständigten sich auf eine kurze Visite zu Fuß, weil die Zufahrt nicht zu erkennen war. Opitz parkte den Wagen nahe am Straßengraben, dann gingen sie querfeldein direkt auf die Blockhütte zu.

»Und was machen wir, wenn Friedberg jetzt erscheint und nach unseren Wünschen fragt?«, fragte Berner.

Er schien diese Möglichkeit ernsthaft zu erwägen. Je näher sie der Hütte kamen, umso klarer wurde es, dass niemand zugegen war. Die Fenster besaßen Fensterläden, und zwar geschlossene. Die Blockhütte erwies sich als großzügig und vermutlich geräumig, gut geeignet als Feriendomizil für eine mehrköpfige Familie. Berner machte sich auf den Weg, das Haus zu umrunden, doch es gab nichts weiter zu entdecken als ein paar alte Gartenmöbel. Auf der Vorderseite fand sich ein Blumengarten mit Rosenstöcken, ein kleines Beet für Kräuter und Salat. An der Wand stand eine alte hölzerne Bank. Die beiden Männer entschieden sich für eine kurze Sitzpause.

»Weitere Unterkünfte sind wohl auf der Westseite nicht zu erwarten«, konstatierte Opitz und zog die Pfefferminzbonbons aus der Tasche.

»Nummer drei fällt aus«, sagte Berner und griff in die angebotene Dose, »Nummer zwei ebenso.«

Opitz nickte und schob sich zwei Pfefferminz-Rhomben in den Mund.

»Jetzt wünschte ich uns eine Drohne. Dann könnten wir unauffällig spionieren und filmen.«

»Hamm wir abba nich«, ulkte Berner, »daher schlage ich vor, wir machen eine ganz konventionelle Aufklärung. Wir nähern uns dem Haus Nummer eins von der Rückseite, soweit das möglich ist. Dabei machen wir ein paar Fotos, und wenn niemand anwesend ist, gehen wir heran und dokumentieren alles auch von vorn.«

»Und wenn doch? Du solltest nicht vergessen, Friedberg ist ein gefährlicher Psychopath. Du hast hoffentlich deine Waffe dabei?«

Berner zog den Reißverschluss seiner leichten Jacke ganz herunter, sodass die Pistole im Holster sichtbar wurde.

»Gut. Wir stellen den Wagen hundert Meter vor der Scheune an der Straße ab. Dann schlagen wir zu Fuß einen weiten Bogen, damit wir das Haus von hinten erreichen können, wie du es vorgeschlagen hast. Mehr brauchen wir jetzt nicht absprechen, den Rest manchen wir mit Handzeichen.«

»Einen Moment noch«, bremste Berner, »was ist, wenn

wir feststellen, da ist jemand? Und wie verhalten wir uns, wenn er uns mit der Waffe bedroht?«

Opitz kontrollierte seine Schnürsenkel.

»Im ersten Fall ziehen wir uns unauffällig zurück. Den zweiten Fall stelle ich mir lieber nicht vor. Also: auf geht's!«

Als sie den Wagen am beschriebenen Standort abgestellt hatten, legten sie optisch einen Vorhaltewinkel fest, der sie in die Lage versetzen sollte, ohne große Mühe und nicht zu weit hinter die Scheune zu gelangen. Das Feld war feucht, jedoch nicht sumpfig, sodass Ackerfrucht und Gras gut gedeihen konnten. Abdrücke ihrer Schuhe würden allemal bleiben, aber um solche nebensächlichen Erscheinungen konnten sie sich jetzt nicht kümmern.

Opitz fühlte sich einerseits sicherer, als sie den Waldrand erreichten. Die beiden Männer mahnten sich gegenseitig, trockene Äste auf dem Waldboden zu meiden, während sie sich vorwärts bewegten. Je weiter sie in den Wald vordrangen, umso näher mussten sie der Scheune kommen. Berner entdeckte sie zuerst und deutete mit der Hand auf das graue Bretterwerk, das zwischen Baumstämmen sichtbar wurde.

»Sollen wir nicht direkt darauf zu?«

Er hatte die Stimme gedämpft und schien die Antwort erst gar nicht abwarten zu wollen, doch Opitz hielt ihn zurück.

»Besser wir kommen aus der 12-Uhr-Position, zurzeit sind wir in 10 Uhr.«

»Was macht das schon für einen Unterschied?«, maulte Berner, doch dann fügte er sich.

Nach ein paar Minuten hatten sie die von Opitz gewünschte Position erreicht und näherten sich nun in kleinen Schritten der Scheune, die sie nicht aus den Augen verloren hatten. Die Rückseite besaß weder Tür noch Fenster. An einer Wäscheleine hingen zwei Unterhosen und ein dunkles T-Shirt. Langsam erreichten sie den kritischen Point-of-no-Return. Und was, wenn er jetzt auftauchen sollte? War er im

Haus oder war er nicht im Haus? Sorgsam schoben sie sich vorwärts, jeder vorbeifliegende Vogel hätte sie zusammenzucken lassen.

An der Südseite der Scheune gab es eine Eingangstür, auf der Gegenseite ein Tor, hinter dem gewiss Platz genug für Gerätschaften vorhanden war. Oder für ein SUV.

Weshalb sollte der Mann sich innen aufhalten, wenn doch hier auf der Südseite zwei Korbstühle standen und ein kleiner Tisch? Und weshalb sollte er nicht das rare Sonnenlicht nutzen, anstatt sich in der Hütte zu verkriechen? Opitz ging langsam auf die Türe zu, verharrte einen Moment davor, um im nächsten Augenblick den rostigen Türgriff zu betätigen. Abgeschlossen!

Wie ein zerplatzter Luftballon hatte sich ihre Anspannung plötzlich aufgelöst. Sie fassten sich schnell und gingen einmal vollständig um die Scheune herum. Dabei entdeckten sie zweierlei, was keinen minimalen Zweifel mehr übrig ließ, ob hier wirklich Paul Friedberg hauste: Das Scheunentor war nicht abgeschlossen, außer zweier Trekkingräder, einem Damenrad mit platten Reifen und ein paar Gartenwerkzeugen fiel ihnen die Betriebsanleitung eines Audi Q3 in die Hände. Im ehedem schlammigen Boden hinter der Scheune hatten sich ein halbes Dutzend Watschelgang-Schuhabdrücke eingeprägt.

Am nächsten Morgen setzte der Chef für zehn Uhr eine Besprechung an. Opitz und Berner bekamen Gelegenheit, ausführlich über den gestrigen Tag zu berichten. Sie schilderten – nicht ohne Selbstironie –, wie sie die Suche nach Friedberg auf einer Fahrradroute aufgenommen hatten, deren Lage und Richtung aus verschiedenen Quellen stammte, und die darin mündete, dass Opitz mit Partnerin sich sonntags eine Vorinformation mit eigenen Fahrrädern verschafften.

In der Zwischenzeit hatte Opitz die Fotos der Scheune an die Wand geworfen und zeigte sie von allen Seiten. In der Folge berichteten sie, dass sich der Verdacht via Ausschluss von zwei Objekten auf die Nummer eins erhärtet hatte.

»Wenn ihr den Bewohner doch nicht selber gesehen habt«, entgegnete Kommissarin Gahlen, »so verlasst ihr euch darauf, dass eine Bedienungsanleitung und eine Fußspur unfehlbar auf Friedberg hinweisen?«

»Was ist schon unfehlbar. Aber die Bedienungsanweisung gehört zu seinem Audi Q3 und der extreme Watschelgang zu ihm persönlich. Wenn wir ihn einmal festgesetzt haben, können wir das an ihm demonstrieren. Im Übrigen haben wir seine Fußabdrücke im Umfeld der ermordeten Kühn-Scharter archiviert.«

»Kommen wir zur Frage des Zugriffs«, stellte Kriminalrat Reuter fest, »der ist natürlich von der Präsenz des Täters abhängig.«

»Ich halte den Zugriff gegen Abend, besser noch bei Dunkelheit, für sinnvoll, weil wir uns dann unbeobachtet anpirschen können.«

Opitz sah auf seine Uhr.

»Auf alle Fälle muss die Gruppe komplett in neutralen Fahrzeugen anreisen und darauf hoffen, dass er für die Nacht in der Behausung sein wird.«

Reuter kratzte sich am Kopf. Wir werden rechtzeitig einen Späher vorausschicken, der uns informiert, ob oder wann der Täter anwesend ist. In einer guten Stunde oder einer Stunde fünfzehn könnte die Mannschaft vor Ort sein.«

Weil niemand eine andere Vorstellung hatte, schien die Idee Konsens zu finden. Berner meldete sich zu Wort wie in der Schule: »Wie viele Mann brauchen wir denn überhaupt?«

Um im nächsten Moment die Zahlen zu liefern. »Zwei für den eigentlichen Zugriff, zwei weitere Männer zur eventuellen Unterstützung und Beleuchtung, und schließlich zwei Sanitäter.«

Er sah sich um, ob jemand Einwände hatte.

»Gehen wir auf Nummer sicher und nehmen noch zwei weitere Beamte mit«, entschied der Chef schließlich, »die können ja auf der Rückbank in Bereitschaft liegen und die Kommunikation mit der Dienststelle betreiben.«

Gahlen rutschte unruhig auf ihrem Stuhl hin und her.

»Wir sollten überlegen, ob es nicht einfacher wäre, den Täter auf der Straße abzupassen. An einer Kreuzung, wenn er langsam fahren muss, oder bei Rot, natürlich von uns eingeschaltet.«

Dieser Vorschlag fand nach einer kurzen Diskussion keine Mehrheit im Kollegium, weil das Risiko einer Schießerei im Straßenverkehr für untragbar gehalten wurde.

»Na gut, bleibt noch die Frage, wann wir die Operation durchführen.«

Reuter blickte in die Runde, es zeichnete sich aber keine unmittelbare Reaktion bei den Kollegen ab.

»Ich meine, wir haben es nicht wirklich eilig mit der Festnahme des Täters, aber es spricht auch nichts dagegen, die Sache möglichst zeitnah anzugehen.«

Er rieb sich das Kinn und beobachtete interessiert die Mannschaft.

»Wir haben ideales Wetter für einen Zugriff«, warf Opitz ein, »wir könnten es jetzt tun, also heute noch!«

Es entstand ein Gemurmel und Geraune, aus dem einzelne Wortfetzen Zustimmung, aber kaum Ablehnung signalisierten.

»Wir haben lange genug gewartet«, sagte einer der Kriminalassistenten mutig und erntete damit spontane Zustimmung bei den anderen jüngeren Leuten, bis auch Berner seinen Senf dazu gab: »Wie man sieht, haben die Assistenten Bedarf an etwas mehr Abenteuer. Ganz ehrlich, ich würde den Zugriff auch lieber heute als morgen durchführen.«

Pfiffe aus dem Publikum. Trommeln auf den Tischen. Bravorufe. Reuter erhob sich von seinem Platz.

»Ihr habt euch für heute entschieden. Oder besser gesagt: Ihr habt euren Wunsch für heute geäußert, und ich habe den Zugriff für denselben Tag angeordnet. Damit nicht vergessen wird, wer hier das Sagen hat.«

Am Nachmittag hatte man sich verständigt, dass Berner als vorgeschobener Posten die Scheune hinter dem Wald bei Vordersteinenberg überwachen und möglichst nicht aus den Augen lassen sollte. Man einigte sich auf Lettmann als seinen Begleiter, falls eine unerwartete Situation auftreten sollte, die ein Einzelner nur schwer regeln können würde. Opitz sollte dieser Mann aus zweierlei Gründen nicht sein: Ein Mann mit Ortskenntnis war für den Zugriff der Gruppe unabdingbar. Zudem oblag Oberkommissar Opitz die Verantwortung, weil der Chef ihn als Leiter der Aktion eingesetzt hatte.

Anschließend wurden die beiden Späher in einem neutralen VW-Golf losgeschickt. Ihr Auftrag war es, zunächst herauszufinden, ob die Scheune aktuell belegt war, dabei möglichst die Anzahl der Personen nach Geschlecht festzustellen, und ab diesem Punkt Kontakt mit der Dienststelle zu halten. Zur Tarnung erhielten beide einen für Pflanzensammler typischen Korb und breitkrempige Hüte. Nun hieß es warten.

Kurz nach 18 Uhr klingelte Opitz' Handy. Berner berichtete, sie hätten eine halbe Stunde Pflanzen gesammelt, dann sei der silbergraue SUV gekommen und sofort hinter dem

Scheunentor verschwunden. Soweit erkennbar, befinde sich jetzt nur der Fahrer in der Scheune. Laut Kalender sei die Dunkelheit gegen 20 Uhr zu erwarten.

Opitz versprach, binnen einer Viertelstunde abzufahren. Man werde den Sprinter zunächst abseits der Scheunen-Vorderfront parken, etwa an der gestrigen Stelle. Wenn es dunkel genug sei, werde der Wagen auf der Straße in Höhe der Vorderfront abgestellt, ab diesem Zeitpunkt könne der Zugriff gestartet werden. Er werde an die Türe treten und klopfen oder klingeln, wobei Berner sich zunächst unsichtbar im Hintergrund aufhalten solle. Die Festnahme werde überfallähnlich erfolgen, das heißt unter Ausnutzung des Überraschungseffekts. Dann solle Berner ebenfalls eingreifen, um jede Art von Widerstand im Keim zu ersticken. Ob nun alle offenen Fragen geklärt seien?

Nicht wirklich, bemerkte Berner freundlich. Und was, wenn der Kerl die Scheune auf ein Bier verlasse, bevor Opitz und die anderen eingetroffen seien?

Darauf wusste er keine plausible Antwort, rettete sich aber mit einer qualifizierten Formel: »Wir machen das schon!«

»Tolle Antwort«, sagte Berner zu Lettmann, als er das Handy abgeschaltet hatte, »wir können nur hoffen, dass er die Scheune nicht verlässt.«

»Und wenn schon, vermutlich wird er ja zum Schlafen zurückkehren. Notfalls müssen wir die Kollegen im Sprinter unterwegs zurückhalten und erst alarmieren, wenn er wieder da ist.«

Als sie auf dem Tangentenweg die Rückseite der Scheune erreichten, bemerkten sie, dass der Mond im Osten aufging. Ob das von Vorteil für ihre Aktion war, würde sich noch herausstellen. Hoffentlich nicht zu spät. Langsam und mit großer Vorsicht näherten sie sich dem hölzernen Gebäude, bis sie entschieden, einen Sicherheitsabstand von ungefähr fünfzig bis achtzig Meter einzuhalten. Alle sprachlichen

Mitteilungen konnten jetzt nur noch flüsternd abgewickelt werden. Umgekehrt lauschten sie hinaus, um möglich Geräusche aufzuschnappen und zu deuten. Hörten sie nicht leise Musik aus einem Radio? Ab und an konnten sie ein schurrendes Geräusch vernehmen, worauf polternde Töne folgten. Verschieben eines Stuhles? Schritte auf Bretterböden?

Mit einem Schlag wurde plötzlich die Tür aufgerissen und eine Gestalt trat ins Freie. Panisch huschten die beiden Männer hinter die Bäume, die sie sich als Deckung ausgesucht hatten. Ein schwacher Lichtschein fiel aus der Tür und erhellte das zweistufige Treppchen davor. Friedberg bewegte sich langsam bis zur Rückseite der Scheune, wo er drei Wäschestücke aufgehängt hatte. Er betastete sie und nahm sie schließlich von der Leine. Bevor er sich in die Behausung zurückzog, hielt er sich eine Weile vor der Türe auf, schien tief durchzuatmen wie jemand, der in der Luft einen bestimmten Geruch vernommen hat, ihn aber nicht deuten kann.

Nach einer geraumen Zeit des Wartens trat Berner hinter seinem Baum hervor und näherte sich langsam der Tür. Jetzt konnte er sehen, dass sich neben der Tür ein kleines Fenster befand, das einen Blick ins Innere der Scheune zuließ. Friedberg saß in einem beleuchteten Nebenraum, während der größere Hauptraum unbeleuchtet war und durch insgesamt drei kleine Fenster einen Ausblick ins Freie zuließ.

Berner entschied, sich sicherheitshalber wieder zurückzuziehen, denn es bestand immer die Gefahr, dass der Mann noch einmal vor die Tür trat, um wieder Witterung aufzunehmen. Außerdem konnte man nicht ausschließen, dass heute Abend noch ein Trip angesagt war.

Der unregelmäßig von gestreckten Wolkenbänken überzogene Himmel ließ nicht zu, dass der aufsteigende Mond Beleuchtungsfunktion übernehmen konnte. Zudem hatte eine sehr hohe Zirrusbewölkung einen feinen Schleier vor den Mond gelegt.

Berner war mit dem Resultat zufrieden, denn er hatte befürchtet, dass die Männer unter romantischer Beleuchtung über die Wiese stapfen müssten, dann hätte der Mann mit der Flinte leichtes Spiel. Überhaupt war ihm in den letzten Stunden der Gedanke an das rostige Gewehr wiederholt durch den Kopf gegangen. Hatte nicht Krantinger, der Kollege von Friedberg, von einer solchen Waffe berichtet? Gesehen hatte er sie bei Friedberg, als er ein paar ausgeliehene Bücher zu ihm zurückbrachte. Friedberg sei in Aufbruchstimmung gewesen, nebenbei habe er seine vergammelte Flinte gereinigt.

Und noch etwas anderes wäre ihm just entgangen, dass Elias Kühn in seinem Cinquecento mit Gewehrschüssen aus dem Verkehr gezogen wurde, bevor man ihn so bestialisch schlachtete. Auch Rektor Herzog war doch ebenfalls mit einem Gewehr erschossen worden! Er wusste nicht recht, weshalb ihn diese Gedanken jetzt so massiert befielen – etwas in ihm schien zu revoltieren oder zu warnen. Bevor er sie weiter verfolgen konnte, bemerkte er sein vibrierendes Handy. Opitz meldete seine Ankunft in fünf Minuten. Und ob der Hausherr anwesend sei. Das konnte er bis jetzt bestätigen. Dann könnten sie mit dem Sprinter auch gleich in Sichtweite vor das Haus fahren, dadurch sei der Anmarschweg kürzer. Berner schluckte, denn jetzt wurde es ernst.

Bald nahmen sie den Transporter wahr, der mit geringer Drehzahl und Standlicht heranrollte. Der Motor wurde abgestellt und alle Beleuchtung gelöscht. Berner versuchte die Vorgänge hinter dem breiten Wiesenstreifen mit seinem Fernglas zu verfolgen und konnte sehen, dass mehrere Personen ausstiegen, hatte jedoch das Mitzählen verpasst. Nun schien noch eine Instruktion stattzufinden, dann vibrierte das Handy.

»Wir beginnen jetzt!«, war die Nachricht, dann ließ sich erkennen, wie die Männer den Wiesenstreifen zu queren begannen. Da spürte er das Hämmern seines Blutdrucks in Schädel und Hals, zugleich bewegte er sich vorwärts, um etwa zusammen mit Opitz an die Scheune zu gelangen. An zwei der kleinen Fenster war ein matter Lichtschein zu erkennen. Irgendwie kam er sich vor wie ein Einbrecher, der ans Haus heranschleicht, um sich im nächsten Augenblick mit Gewalt Zugang zu verschaffen.

Opitz befand sich schon ganz nahe an der Scheune und Berner musste sehen, dass er den versprochenen geringen Abstand zu ihm einhielt. Da hörte er drei gewaltige Schläge gegen die Tür, darauf Opitz' Stimme, durchdringend und im Befehlston: »Kommen Sie heraus, Friedberg! Aber ohne Waffen! Wir haben Sie umstellt!«

Im selben Moment trat er von der Tür zurück, um seitlich davon auf die Reaktion zu warten. Für eine Sekunde oder zwei flammte plötzlich eine grelle Beleuchtung hinter den Fenstern auf, hektische Schritte polterten über Bodenbretter, etwas fiel mit lautem Getöse zu Boden, ohne wieder aufgerichtet zu werden. Die Schritte näherten sich der Tür, dann ein metallisches Knirschen, wie es beim Öffnen eines alten Türschlosses entsteht – und schließlich ein gigantischer Knall. Und gleich darauf ein weiterer, und dann ein dritter.

Jeder Schuss riss Löcher in die Tür, dann zeichnete sich eine feine Staubwolke im Licht der Handstrahler ab. Die Männer standen stumm und starrten auf die Tür, einige hatten sich auf den Boden geworfen, wo sie bewegungslos verharrten und den nächsten Schuss erwarteten. Doch einstweilen war wieder das metallische Geräusch zu hören.

»Was ist mit dir?«, rief Lettmann und beugte sich über Berner, der ebenfalls auf dem Boden lag und sich zusammengekrümmt hatte. Er stöhnte laut und qualvoll. Da erschütterte ein weiterer Schuss die Scheune. Sie zuckten zusammen, ein dumpfes Summen blockierte die Gehörgänge für einen Moment, das sich langsam in ein feines Sirren veränderte.

»Kommissar Berner ist getroffen!«, rief Lettmann jetzt laut und deutlich, »Hilfe, bitte schnell!«

Die beiden Sanitäter rappelten sich hoch und krochen zu Berner, der sich am Boden wälzte. Mithilfe von Stirnlampen untersuchten sie den Getroffenen, drehten ihn zu einer Seite, dann zur anderen, ohne dass sie eine Verletzung finden konnten. Berner selber tippte mit schmerzverzerrtem Gesicht auf den Bauch, den immer noch die schussfeste Weste bedeckte. Sie halfen ihm, den Kevlarpanzer loszuwerden, dann entdeckten sie es: Berner hatte eine ungewöhnliche Vertiefung von der Größe eines Tennisballs in der linken Seite des Bauches, knapp unter Nabelhöhe. Aber keine blutende Verletzung.

»Der Abdruck des Projektils durch die Kevlarweste«, sagte einer der beiden, während der andere die Weste untersuchte. Tatsächlich hatten die verschiedenen Faserschichten das Geschoss aufgefangen und es dabei stark deformiert, selber ebenfalls eine starke Deformation erhalten, die als Beule auf der Innenseite sichtbar geworden war.

Opitz, der sich auf die Schüsse aus der Scheune konzentrierte, hatte dennoch gehört, dass Berner einen Schuss abbekommen hatte. Er robbte schnell zu dem Verletzten.

»Eine schwere Prellung«, sagte der Sanitäter, »bestimmt schmerzhaft, aber nicht gefährlich.«

Es war nicht möglich, sich auf beide Ereignisse gleichzeitig einzulassen, deshalb entschied er sich für die Schüsse aus der Scheune. Er war überrascht, dass Friedberg sich mit der Waffe gegen die Polizei stellte; hatte er nicht zügig alle Geburtshelfer seiner Traumata beseitigt? Es war niemand mehr auf der Welt, an dem Friedberg sich noch rächen konnte. Aber was versteht ein Kriminalist schon von solchen Psychopathen?

Wie viel Zeit war seit dem letzten Schuss vergangen? Zwei

Minuten? Er lauschte. Es war nichts weiter zu vernehmen als das schwere Atmen der Kollegen. Vorsichtig näherte er sich der Tür aus einem spitzen Winkel, dann hämmerte er ein paarmal mit dem Schuh dagegen. Rasch verzog er sich aber wieder in seine Ecke. Dann warten. Keine Reaktion. Was war dort hinter der dicken Eingangstür los?

Als er den Lichtstrahl der Taschenlampe auf die Tür richtete, sah er, dass Blut durch den kleinen Türspalt am Boden floss. Zäh tropfte es über die Schwelle und versickerte in der Erde.

»Wir haben noch einen Verletzten«, rief er nach hinten, »wir müssen die Tür aufbrechen!«

Rasch erschienen zwei Kollegen, um sich die Tür und das Schloss anzusehen.

»Sie schlägt innen an«, meinte Wenzel, der offenbar Kräftigste, »wir werden sie eintreten.« Ohne zu zögern versetzte er der Tür einen weit ausgeholten Tritt, doch sie hielt stand. Noch zwei Mal trat er zu, doch es war nichts zu machen. Schließlich nahm er Anlauf und setzte seine gesamte Masse ein, da gab sie nach.

Es war zu spät. Friedberg lag unmittelbar hinter der Tür auf dem Rücken. Er blutete aus einer Kopfverletzung. Neben ihm lag eine Pistole, die ihm aus der Hand gerutscht war. Das Gewehr hatte er auf dem Tisch abgelegt. Die Sanitäter kümmerten sich sofort um ihn, stellten aber schnell fest, dass er nicht mehr lebte. Die anderen Männer schwiegen, während sie die makabre Szene beobachteten, in die sie geraten waren. Vor allem waren sie dem Schicksal dankbar, verschont geblieben zu sein. Opitz lief unruhig hin und her, sein Kopf dröhnte, während er überlegte, was jetzt zu tun sei. Dann nahm er das Handy und kontaktierte Gerichtsmediziner Dr. Mühlbach. Schließlich müsse ein Arzt Friedbergs Tod feststellen. Und der Tote könne doch nicht die ganze Nacht in seinem Blut liegen bleiben.

Nach einer unruhigen Nacht, in der noch um 23 Uhr der Arzt Friedbergs Tod feststellte, empfand Opitz den nächsten Termin am Ort des Geschehens, um 10 Uhr des nächsten Tages als Zumutung. Um diese Zeit war der Leichenwagen angekündigt, um den Toten abzuholen. Sie hatten sich für Vordersteinenberg als identifizierbaren Ort entschieden. Von dort sollten sie von einem Lotsen zur Scheune gebracht zu werden.

Opitz hatte es so eingerichtet, dass er bereits um 9.30 Uhr dort eintraf, diesmal begleitet von Kommissarin Gahlen, denn Berner musste wegen des Schusses, der von seiner Weste aufgefangen wurde, in ärztliche Behandlung gehen.

»Sehen wir uns zunächst den SUV an«, erklärte er und schwenkte einen kleinen Schlüsselbund in der Hand, »bin gespannt auf das Kennzeichen.«

Das Tor war nicht abgeschlossen, der metallicfarbene Q3 stand im Hintergrund der geräumigen Garage, ursprünglich wohl eher ein Schuppen für landwirtschaftliche Geräte.

»Sieh mal an, ein Stuttgarter Kennzeichen! S-GR 0205. Ich wette, das ist nicht echt.«

»Doch, doch, das Schild ist ganz professionell«, erwiderte Gahlen und bückte sich hinab, »aber Stempel und Aufkleber sind nicht echt.«

Opitz verdrehte die Augen, dann rüttelte er an dem Schild. Es war in der üblichen Weise in einem Rahmen festgemacht. Der Wagen besaß tatsächlich ein Schiebedach, das Friedberg als Schießstand für die Schüsse auf Herzog gedient hatte. Auf der Fußmatte des linken Rücksitzes lag ein Schild mit der Bezeichnung FORSTVERWALTUNG. Mit den Saugnäpfen konnte man es an der Innenseite der Frontscheibe befestigen. Bei der weiteren Inspektion der Garage entdeckten sie drei Fahrräder. Opitz wandte sich zum Tor.

»Schließen wir den Wohnbereich auf, aber bitte nicht erschrecken. Er liegt so, wie er umgefallen ist. Versuchen Sie, möglichst nicht in die Blutflecken zu treten.«

Sie schluckte.

»Viel Erfahrung mit Selbstmördern und anderen Schussopfern habe ich nicht. Gott sei Dank.«

Das war der Wink mit dem Zaunpfahl.

Als sie eintraten, sahen sie zuerst das weiße Gesicht des Toten und die dunklen Blutlachen. In der Luft lag eine seltsame Mischung von Abbrand, Schmieröl und Schweiß. Der Arzt war in eine der Lachen getreten und hatte Spuren auf dem Boden hinterlassen.

»Da liegt die alte Flinte, von der Krantinger erzählte. Man kann ein Zielfernrohr montieren und trifft dann jede Maus auf fünfzig Meter.«

»Ich trete mal schnell nach draußen«, murmelte sie, »um etwas Luft zu schnappen.«

Kaum hatte sie die Scheune verlassen, rief sie irgendwie erleichtert: »Sie kommen, dort an der Straße!«

Sie waren zu zweit und trugen eine Bahre über das Feld. Der Akt der Aufbahrung hatte nichts Feierliches an sich. Die Männer erschienen in Jeans und leichten Sweatshirts. Sie packten den Toten, legten ihn auf die Bahre und sicherten ihn mit Gurten. Nach fünf Minuten waren sie fertig und trugen ihn über den Acker zu ihrem Fahrzeug.

Opitz hatte sich bereits umgesehen. Friedberg musste schon eine Weile hier gewohnt haben, denn die Scheune war bewohnbar gemacht worden. Er hatte sich drei Zimmer eingerichtet; alle wurden sie mit Gleichstrom aus einer Fotovoltaikanlage gespeist. Auch warmes Wasser war verfügbar, beheizt mit Flaschengas. Auch der Herd wurde mit Gas betrieben. Eigentlich alles vorhanden, dachte Opitz, ein kleines Idyll mitten auf dem Lande. Auf nichts musste er verzichten, außer auf seine Identität.

»Frau Gahlen!«, rief er nach der Kollegin, die sich in Friedbergs Lektüre vertieft hatte, »Ach jetzt reicht's, wollen wir nicht einfach du sagen?«

»Einverstanden, ich heiße Rosa.«

»Und ich Frank. Wenn wir einen Schnaps finden sollten, trinken wir darauf.«

Sie lächelte etwas unsicher, das mochte an ihrem Befinden nach an der Leiche gelegen haben.

»Aber eigentlich suche ich etwas anderes.«

Er wandte sich wieder dem Inventar zu. In den Ecken und Nischen der Scheune waren Ordner und Schachteln untergebracht. Auch Schubladen interessierten ihn, oder locker neben Büchern abgelegte Mappen, jedenfalls alles, wo man Briefe und andere Dokumente unterbringen konnte. Er nahm die Papiere zur Hand, blätterte darin und legte sie wieder zurück.

»Und das wäre?«

»Alles, was Auskunft über diesen schwierigen Charakter geben kann«, wich er der Frage aus.

»Das ist mir zu nebulös. Bitte etwas konkreter.«

Er griff in ein Regal, das über einem alten Plüschsessel hing, und präsentierte eine Flasche.

»Ein Obstbrand, und zwar Mirabelle. Besser hätte es nicht kommen können.«

In der Nähe fanden sich ein paar Gläschen, die er rasch füllte. Dann stießen sie an und tranken – Opitz schlückchenweise, Rosa mit einem Schluck.

»Ich halte es für möglich, dass der Mörder im Falle Kühn seinen Verbrechen eine Botschaft mitgeben wollen«, sagte Opitz.

»Bei der Mutter liegt es auf der Hand: von ihr ging die Verleumdung aus, Friedberg sei Alkoholiker. Und sozusagen als Strafe dafür, musste sie eine halbe Flasche Wodka trinken, bevor er sie umbrachte.«

»Hm. Und wie lautete die Botschaft bei ihrem Sohn Elias? Etwa der abgeschnittene Penis?«

»Ja, ich glaube, so ist es.«

»Aber wofür steht dieses abgeschnittene Teil denn?«

Er schüttelte den Kopf.

»Ich weiß es nicht, doch vielleicht finden wir hier eine Erklärung.«

Nach einer halben Stunde des Stöberns mussten sie feststellen, dass der größte Teil der Lektüre aus geschichtlichen Werken bestand. Zum Teil hatte er auch Lehrbücher über das Fach Geschichte abgestellt. Eine umfangreiche Sammlung der verschiedensten Werke befasste sich mit dem Ende der Weimarer Republik bis zum Ende des Zweiten Weltkrieges. Dafür war die Lektüre über die Zeit der sowjetischen Besatzung und der DDR eher dürftig.

»Schau mal, was ich gefunden habe«, Rosa brachte ein Fotoalbum gefüllt mit Klassenfotos über viele Jahre, mal mit Lehrer, meist aber ohne.

»Und welche liebevollen Widmungen sich immer wieder finden. Ich kann mir vorstellen, dass nicht jeder Lehrer so etwas bekommt.«

Das nächste Objekt, das sie anschleppte, war wieder ein Fotoalbum. Schon der Einband war so windig, dass Opitz auf Made in GRD tippte, oder sogar auf noch früher. Und so war es denn auch. Den Anfang machten Schwarz-Weiß-Bilder über die verschiedensten Anlässe, mit Schwalbe-Roller oder Trabbi, an der Ostsee beim Zelten und FKK.

Ab der Hälfte traten vereinzelt Farbfotos auf, verwischte, entfärbte Qualität. Gegen Ende des Albums wurden die Bilder besser, die Farbe blieb stabil.

»Interessant«, bemerkte Opitz, als er es durchgeblättert hatte, »das Archiv eines konsequenten Psychopathen, aber es wird uns nicht weiterhelfen.«

Gegen vierzehn Uhr waren sie sich einig, das Inventar hinreichend gesichtet zu haben und beschlossen daher, es genug sein zu lassen, zumal die ersten Hungerattacken auftraten. Sie hatten keinen Hinweis auf ein Motiv für die

Penektomie gefunden. Und mittlerweile war Opitz es auch leid, einem solch absurden Phänomen nachzulaufen. Dann sollte die Vermutung, dass es für beide Morde eine Erklärung des Mörders gebe, eben den Bach runter gehen.

Sie schlossen ihren Auftrag mit einem letzten Rundgang innerhalb und außerhalb der Scheune ab. Wie einfach es doch für diesen Mann gewesen sein musste, seine Existenz um dreißig Kilometer nach Norden zu verlagern und dort in der Anonymität mehrere Jahre zu verbringen.

Er schloss den Eingang hinter sich ab. Dann öffneten sie die Scheune, wo der Q3 stand. Wo war der Schlüssel für das Auto? Hatte er ihn nicht irgendwo auf einem Tisch im Wohnbereich gesehen? Der Wagen war nicht abgeschlossen, und so nahm er hinter dem Lenkrad Platz. Na gut, ohne Schlüssel kann man eben nicht wegfahren.

Routinemäßig überprüfte er den Kofferraum, die Seitentaschen für Fahrgäste und Fahrer, sowie das Handschuhfach. Es enthielt die Zulassungsdokumente, einen dicken Einband mit den Bordpapieren und einen Autoatlas. Unter dem Atlas lag ein Blatt mit einem Text.

Er nahm es hervor und hielt es unter die Deckenbeleuchtung. Ein ganz einfach gestaltetes Gedicht mit einem fast durchgehenden Paarreim. Was ihm sofort auffiel, war die Unbeholfenheit der Sprache. Wer hatte dieses Gedicht verfasst? Er begann noch einmal zu lesen, und als er die Hälfte gelesen hatte, wurden ihm schlagartig Genre und Autorenschaft klar.

Als Friedberg mal in der Schule saß
Und gemütlich sein Wurstbrot aß,
Da kam die Ziegler ins Zimmer rein,
Gleich fing der Friedberg an zu schrein.
Denn sein Kleiner fing an zu stehen
Und wollte sich an ihr vergehen.
Dann gingen sie zu ihr nach Haus,

Der Friedberg legt sich auf sie drauf,
Doch was ist das, er geht nicht rein.
Er ist zu kurz, ach dieses Schwein
Und was jetzt machen, so n Dreck,
Er kauft 'ne Prothese und die steckt
So reiten sie dann Tage lang,
Bis die Ziegler nicht mehr kann.
Er fickt sie drei Wochen hin und her,
Dann bekam er Aids und weg ist der Speer,
Und was nun machen ohne Schwanz.
Ein Arschfick mit dem Franz,
Was ist das für ein Affentanz.
Ach der Franz, die geile Sau,
Den will jeder ficken, whou!

Kein Name zierte dieses Pamphlet, verfasst von ein paar Schülern in der Deckung der Anonymität. Ein Machwerk voller Naivität und dem Verlangen, damit die Lehrer Friedberg und Ziegler ins Lächerliche zu ziehen. Wer hatte so etwas geschrieben?

Weil Friedberg und die Kollegin Ziegler den Aufenthalt im Schullandheim begleitet hatten, konnten es nur jene Schüler gewesen sein, die auch dabei waren. Also Schüler der späteren Abschlussklasse.

Er wendete das Blatt, die Rückseite war leer. Ein normales Druckerpapier A4. Etwas angestoßen, weil es wohl schon durch viele Finger gegangen war. Friedberg musste es im Klassenzimmer gefunden haben oder er hatte es einem Schüler abgenommen. Vielleicht hatte er es auch für sich kopiert. Für einen Moment hielt Opitz inne, darüber nachzudenken, wer es wohl verzapft hatte. Vielmehr überlegte er, wie und weshalb es in Friedbergs Fahrzeug gekommen war.

Kommissarin Gahlen schien bemerkt zu haben, dass er sich mit dem Flugblatt beschäftigte. »Was Interessantes gefunden?«, fragte sie und versuchte einen Blick auf das Papier zu werfen.

»Hier – lies selber«, damit überließ er das Blatt der Kollegin. Sie las den Text rasch durch, doch dann setzte sie noch einmal an, um langsamer zu lesen.

»Das ist ja unglaublich«, rief sie empört und gab den Text zurück, »wer hat denn so was Vulgäres geschrieben?«

»Schüler, mit denen Friedberg in seinem vorletzten Dienstjahr im Schullandheim war.«

»Und das hatte er seit dieser Zeit in seinem Wagen aufbewahrt?«

»Das wohl nicht, denn sonst würde es sehr viel schlechter aussehen. Er hatte es irgendwo anders aufgehoben, vielleicht in der Absicht, es eines Tages benutzen zu können.«

»Benutzen, wozu?«

Er zuckte die Achseln.

»Es gibt verdammt viele Möglichkeiten für einen solchen Text.«

»Verdammt viele? Wo genau hast du es gefunden?«

Er deutete auf das Handschuhfach und hob den Atlas etwas an.

»Hier lag das Blatt, fast hätte ich es übersehen.«

Sie nahm ihre Taschenlampe und leuchtete das Handschuhfach aus, bis in alle Winkel, um anschließend den gesamten Inhalt leer zu räumen. Dann griff sie tief hinein und hatte ein kleines Plastiktütchen in den Fingern.

»Das hast du aber übersehen«, grinste sie, während das transparente Tütchen an einem Nylonfaden von ihrer Hand baumelte. Es enthielt ein dreimal gefaltetes Blatt. Mit ein paar Griffen entnahm sie den Zettel und entfaltete ihn; da ahnte Opitz bereits, auf welchen Inhalt sie stoßen würden.

»Derselbe Text, diese fürchterlichen Reime!«, stöhnte sie und faltete das Papier wieder zusammen. »Was soll denn diese kleine Klammer?«

Am anderen Ende des Fadens hing eine Miniaturklammer mit Metallzähnen. Opitz nahm ihr das Gebilde aus der Hand und heftete es sich an die Jacke. Dann stieg er aus dem Auto und trat vor das Scheunentor. Dort holte er einige Male tief Luft und hielt Gahlen das Tütchen vor die Nase.

»Ich kann nur eine einzige Funktion für dieses gefaltete Pamphlet erkennen: Friedberg wollte es Elias, seinem zweiten Opfer, an die Kleidung heften.«

»O Gott, weshalb hat er es dann nicht getan?«

»Vielleicht war er zu aufgeregt, als er dem Jungen den Penis abschnitt, und er wollte den Tatort schleunigst verlassen. Oder er hatte es sich einfach anders überlegt. Es könnte auch sein, dass er ein zweites Mal den Weg zu seinem Wagen scheute. Wir wissen es nicht. Aber eine dieser Erklärungen kommt der Sache bestimmt sehr nahe.«

Ohne sich nochmals umzusehen, schritten sie über den bepflanzten Streifen zur Straße, wo der privat anmutende Dienstwagen stand. Die Luft war bereits ungewöhnlich warm für die Jahreszeit, und die aufgelockerte Bewölkung gestattete der Sonne immer wieder Zutritt auf die Felder, wo intensives Wachstum sich regte. Gahlen zupfte ein paar Sprösslinge aus dem Acker und wickelte sie in einen Streifen Papier.

»Fürs Büro, damit die Kollegen merken, es geht aufwärts.«

Opitz grinste verhalten. Dann startete er den Motor und wendete. Jetzt lag die Scheune zur linken Seite, ziemlich tief in den Wald versetzt, und von Radfahrern oder Wanderern kaum zu bemerken. Er dankte den Umständen, dass sie diese *Hütte im Wald-Situation* hinter sich lassen konnten. Was für ein Musterbeispiel für die völlige Autonomie des Individuums. Keine Nachbarn, kein Lärm und damit keine Störung, keine Briefkastenstopfer und niemand, der eine Umfrage führt. Du kannst aufstehen, wann immer du willst, und das Bett ist stets bereit, dich wieder zu empfangen.

Sie rollten nach Süden, etwa einen Kilometer, bis die

Straße nach links, direkt in den Wald einbog, den sie durchqueren mussten. Wieder bemerkte er, mehr als sonst, dass dieser verdammte Nadelwald sehr dicht war, schwarz und stickig wie Moskitosümpfe. Nur die zentrale Straße, die wie die Wirbelsäule eines Fisches den Wald in zwei Seiten teilte, konnte bei der Suche nach dem Ausgang weiterhelfen. In weniger als fünf Minuten hatten sie den Wald verlassen und freuten sich, die Landstraße nach Alfdorf gefunden zu haben.

Der Chef hatte für den nächsten Vormittag eine Besprechung der Kommissare anberaumt. Es war sein Ziel, das hatte er schon vor Tagen angedeutet, die Motivation des Täters zu beleuchten. Um neun Uhr sollten die Kollegen sich in seinem Dienstzimmer einfinden. Als Opitz um drei Minuten nach neun erschien, hatten Rosa Gahlen und Martin Berner bereits an einem Frühstückstisch Platz genommen, während Dieter Reuter ein Telefongespräch beendete.

»Was macht die Schussverletzung?«, wandte Opitz sich an Berner, der wieder ganz passabel aussah.

Er hob die Hand an die Brust.

»Ein fetter Bluterguss, tief durchatmen geht auch nicht.«

»Was sagt der Arzt?«, fragte Reuter, »bleibt was zurück?«

»Etwa zwei Monate, dann müsste alles wieder in Ordnung sein.«

Reuter legte den Hörer auf das Gerät und setzte sich zu den Kommissaren. Er klappte sein kleines Notizbuch auf und suchte nach einem Datum.

»Hier ist es«, begann er, »Paul Friedberg ist 2010 in Ruhestand gegangen, bald danach ist er aus der Öffentlichkeit verschwunden. Am 15. und 26. Januar 2016 hat er Frau

Kühn-Scharter und ihren Sohn Elias getötet. Habt ihr bei der Durchsuchung seiner Unterkunft irgendetwas Schriftliches gefunden, das mit dem Verbrechen im Zusammenhang steht?«

Opitz schüttelte langsam den Kopf, doch dann schien er sich zu besinnen.

»Natürlich haben wir«, warf Gahlen ein, »wir haben dieses schlimme Schmähgedicht in seinem Wagen entdeckt, und zwar in zweifacher Ausfertigung.«

Nun nickten auch die anderen beiden Kollegen.

»Betrachten wir den Fall möglichst der Reihenfolge nach: Ungefähr fünf Jahre nach seinem Eintritt in den Ruhestand verübt Friedberg ein schweres Kapitalverbrechen – er ermordet eine Kollegin und deren Sohn. Beim Rückblick in das dienstliche Zusammenleben von Friedberg und Kühn-Scharter zeigt sich ein massiver Konflikt, sie diskreditiert ihn in der Öffentlichkeit mit einem Alkoholismus-Vorwurf. Er muss um seinen Ruf kämpfen, doch er scheint nicht ganz unbeschadet wegzukommen. Bald darauf wird er pensioniert, und noch ein wenig später verschwindet er aus dem Blickfeld, er nimmt nicht einmal mehr seine monatlichen Bezüge in Anspruch.«

Er unterbrach sich und blickte in die Runde.

»Das bedeutet einen erheblichen Einschnitt«, bemerkte Berner, »wer lässt sich schon freiwillig die Pension durch die Lappen gehen?«

»Er ist einfach verschwunden, selbst ein Freund erfährt nichts mehr von ihm, keine Adresse, keine Telefonnummer, kein Garnix. Auch die Nachbarn haben keine Ahnung.«

Opitz blickte etwas verloren in den Kreis.

»Völlig überraschend findet man im Januar Frau Kühn-Scharter ermordet in ihrer Garage. Der Mord ist gekennzeichnet durch besondere sadistische Handlungen. Zwei Wochen später wird der zweiundzwanzigjährige Sohn gefunden, auch er ist erstochen worden. An ihm sind Handlungen vorgenommen worden, die man mit Leichenschändung bezeichnen muss. Man hat ihm den Penis abgetrennt.

Die Suche nach dem Täter erweist sich als sehr kompliziert, bis wir dann etwas tiefer in der Vergangenheit graben. Dabei kommt nach fünf Jahren der Alkoholismusvorwurf wieder ans Tageslicht.«

»Es war nicht ganz einfach, bei Kühn-Scharter die gewaltsame Zufuhr einer großen Menge Schnaps als Racheakt zu deuten. Oder als Umkehr der Aktionen.«

Opitz kritzelte auf einem Blatt Papier herum.

»Dann erstach er sie.«

»Zwei Wochen später«, fuhr Berner fort, »wurde Elias Kühn ermordet, ebenfalls mit einem langen Messer. Auch dies war ein Racheakt, aber ungleich schwerer zu erkennen. Erst als wir dieses fürchterliche Gedicht zu lesen bekamen, das ja entgegen der Absicht des Mörders dem Toten dann doch nicht angeheftet wurde, zeigte sich die Rache: Das Gedicht enthält zwei Zeilen, in denen vom Verlust des Geschlechtsteils die Rede ist. Insoweit stimmt die Gesamtkomposition.«

»Gesamtkomposition«, grinste der Chef, während die anderen beiden keine Miene verzogen.

»Und wieso hat dieser Friedberg sein lange schmorendes Rachebedürfnis erst nach fünf Jahren gestillt?«

»Schwer zu beurteilen«, schaltete sich die Kommissarin ein.

»Nach allem, was wir über ihn hörten, war er ein eher zurückhaltender Mensch, vielleicht auch etwas depressiv. Seine Frau lebte nicht mehr und er wohnte in dieser Hütte auf dem Land. Ich kann mir vorstellen, dass er nur noch wenig Sinn im Leben sah.«

»Und dann wollte er späte Rache?«

»Ja, bestimmt hatte er auch eine psychopathische Tendenz.

Außerdem: nicht alle Menschen werden im höheren Lebensalter demütig und herzensgut.«

»Bleibt noch der Dritte im Bunde. Weshalb Rektor Herzog ebenfalls sterben musste, ist mir ein Rätsel.«

Der Kriminalrat warf einen Blick in die Runde, nur Opitz signalisierte Widerspruch:

»Es geht hier um einen Fall mit psychopathologischer Würze – nur zur Erinnerung. Ich glaube, Paul Friedberg hat sich von Herzog hintergangen gefühlt, indem dieser sich hinter die Vertreterin der Kirche stellte, wo er doch Solidarität vom Schulleiter erwartete. Herzog glaubte ihm nicht, sondern das, was die Religionslehrerin behauptete. Bei Friedberg wirkte vielleicht immer noch das antiklerikale Denkmuster der DDR, das er aus seiner sozialistischen Erziehung mitgebracht hatte.«

Berner hob den Zeigefinger: »Die anderen Kollegen bekommen den Auftrag, Friedberg während der Englandreise auf seine Trinkgewohnheiten zu beobachten. Nach der Rückkehr müssen sie Rede und Antwort stehen, aber es gibt keine negativen Beobachtungen in seinem Sinn. Für Friedberg ist der Schaden groß. Er fühlt sich verletzt und gedemütigt, und reicht Klage gegen die Religionslehrerin ein. Doch nun ist das kollegiale Vertrauensverhältnis ruiniert.«

Sie atmeten durch, nun waren die Dinge gesagt.

»Eine Frage habe ich noch«, warf Rosa Gahlen ein: »Gab es einen Prozess und ein Urteil?«

»Sie wurde wegen übler Nachrede verurteilt«, sagte Opitz, »und zwar zur Zahlung von fünfhundert Euro.«

Dieser Kriminalroman spielt an realen Schauplätzen.
Alle Personen und Handlungen sind frei erfunden.
Sollten sich dennoch Ähnlichkeiten mit lebenden oder verstorbenen Personen ergeben, so sind diese rein zufällig und nicht beabsichtigt.

Titelbild: Wolfgang Trust
Gestaltung: PMP Agentur für Kommunikation, Reutlingen
Lektorat: Bernd Weiler
Korrektorat: Sabine Tochtermann
Satz: Uhl + Massopust, Aalen
Druck und Bindung: CPI books GmbH, Leck
Printed in Germany
ISBN 978-3-96555-024-7